カスガ
コミケへの聖歌
A CANTICLE FOR COMIKET
早川書房

コミケへの聖歌

1

荒廃した世界のはずれにあるイリス沢集落地の、そのまたはずれの森の中に、われらが《イリス漫画同好会》の部室はあった。

もともとは旧時代に建てられた農具倉庫で、旧文明が終末を迎えたあとは使う人もなく、風雨にさらされるままに放置されていた建物だ。わたしたちが発見したときはほとんど倒壊寸前で、屋根も壁も穴だらけだったが、今年の春にわたしたち四人はその遺跡を修繕して、〈部室〉として使うことに決めた。屋根の穴をふさぐのにうってつけのトタン板は、森の奥の別の遺跡から剝ぎ取ってきた。素人《しろうと》大工では塞ぎきれない羽目板の隙間には、アサダの樹の皮をぎゅうぎゅう詰め込み、旧時代のアニメ雑誌から切り取ってきたポスターを貼って風を防いだ。

それだけの手間をかけてまで部室が欲しかった第一の理由は、〈部活〉には部室が必要だったからだ。マンガの中で部活をやる登場人物たちは、みんな〈部室〉という俗世間からの避難所を持っていた。そして、わたしたちにとってマンガ内の描写は、なにをおいても厳守しなければならない信仰箇条のようなものだった。

第二の理由は、その小屋がわたしたちだけの「部屋」だったからである。集落内に自分専用の個室を持てるような女の子はいなかったし、たとえ四分の一ずつわかちあわねばならないとしても、そこは、わたしたちが自分だけの時間を過ごせる聖域だったのだ。

荒廃した世界の片隅のそのまた片隅で、わたしたち四人は結構楽しくやっていた。マンガがあったからである。三十年続いた暗黒期に、マンガは他の書物と一緒に大部分が焼却されていたが、なにぶんにも発行部数が膨大であったため、森の中に埋もれた旧時代の住居跡を丹念に探せば、焚書をまぬかれたものがそこそこ見つかった。そうやって集めたマンガの単行本が、部室には百冊近くも溜め込んであった。

残念ながら、発掘された単行本は全巻がそろっているとは限らず、しばしば肝心な巻がごっそり欠けていた。奇跡に近い偶然に頼る以外に、欠けた巻を積極的に入手する手段はなく、いくつかの物語の発端や途中や結末は永遠の謎のままであった。

「あたしらで足りない巻を描こうよ、ゆーにゃ」

あるとき、幼なじみの比那子《ひなこ》がそう言い出した。最初は冗談だと思った。髪の毛のように細い描線に、目に見えないほどこまかい点で表現された中間色。紙面は古びてぼろぼろになってはいても、想像もつかない技術と道具の産物なのは明らかである。到底わたしたちの手に負える代物とは思えなかった。わたしがそう指摘すると、比那子はこう答えた。

「こんなの簡単だよ。紙の上に四角描いてさ、中に絵を描くだけじゃん」

その紙を手に入れるのがひと苦労だった。筆記に耐える白紙は貴重品となっていた。最終的に、比那子がナグモ屋敷の土蔵から三十冊の未使用の帳面をひそかに持ち出してきた。旧時代には金銭出納簿として使われていたノートらしく、黄ばんだページの上に青い罫線が引かれ、「摘要」だの「支払」だのといった文字が印刷されていたが、そんなことは誰も気にしなかった。ペンの方は削って尖らせた葦《あし》の茎やカラスの羽軸が、それなりの要求を満たすことがわかった。

こうして、失われた物語の欠落を埋める作業からはじまったわたしたちの〈部活〉であったが、比那子はすぐにそれだけでは飽き足らなくなった。彼女は元のマンガには存在しない人物をどんどん登場させ、自分で考えた設定を勝手に追加していった。往々にしてそれらの人物や設定が、新しい物語の中心になった。くやしいことに、それがとてつもなく面白いのだった——いや、比那子の話が面白かったという意味ではない。彼女の作る話はどれも玉石混淆で、ありていに言えば石の方がずっと多かった。

新しい物語を作る行為に、わたし自身がすっかりハマってしまったのだ。創作とは、それほどの快楽であった。いにしえの慣習にならい、わたしたちはこれら自作のマンガを描き綴った帳面を〈同人誌〉と命名した。わたしと比那子は〈同人誌〉を互いに見せあうばかりでなく、集落の女の子たちにもこっそりと回覧させた。同世代の読者たちからの反応はおおむね好評だったため、わたしたちはマンガを描き続け、見せ続けた。やがてその読者たちの中から、スズが加わり、茅《かや》が加わった。仲間が増えたことは、創作の快楽を三倍にも四倍にもしてくれた。

三年も続けていると、未記入だった金銭出納簿のページの大半が、手製の没食子《もっしょくし》インクに葦ペンで描かれたマンガで埋め尽くされた。

わたしたちは残り少なくなった白紙の帳面を使いきるまで、このささやかな〈部活〉を続けていたに違いない。そして、使える紙がなくなれば、ふっつりとマンガを描くのをやめていたと思う。そのころにはわたしたちも大人になり、イリス沢の共同体の中で大きな責任を背負うのだから。

2

「今年こそは、冬が来る前にコミケへ行くよ」

それが比那子の口癖であった。

〈コミケ〉とは、旧文明の崩壊前に《廃京》の海岸で開かれていたマンガの祝祭で、わたしたちが掘り出したマンガの単行本も、かつてはそこで生み出されていたのだという。今もそんなものがおこなわれているとはとても信じられなかったが、今日に至るも《廃京》のどこかで〈コミケ〉の伝統を守り続けている人々がいるのだと、比那子はかたくなに主張していた。

比那子の主張は以下の通りである。

旧文明が崩壊していった時期に、マンガを支えていた技術もまた失われてしまった。けれども、それがなんだというのだろう？　つまるところ、それらはマンガの本質ではない。筆記の道具があり読者さえいれば、どこででもマンガは描けるのだ。

散り散りになったマンガの描き手たちは、あるときは収容所のコンクリートの上に、あるときは路傍の砂の上に、彼らのマンガを描き続けた。それらのマンガは当時の人々にひとときの心の慰めを与えただろうし、マンガの描き手たち自身もその返礼として、ひと椀の粥《かゆ》やひと晩の寝床にありつけたかもしれない。

今も述べた通り、この時期のマンガは道端の壁や地面に描かれるもので、役目を終えれば風雨にさらされるままに消えていく運命にあった。しかし、すべての文化と記録が否定された暗黒期には、そのはかない性質がかえって有利に働いたのである。

この暗黒時代を支配した新政府によって、紙に印刷された記録は発見され次第に焼却され、他の記録媒体も同じ運命をたどった。その記録を後世のために残そうと抵抗した者は、自分が守ろうとしたものと一緒に生きたまま焼かれた。

しかし、砂の上に描かれたマンガは、描き手でさえわざわざ保存しようと思わないほどに無価値であり、したがって比較的無害なものと考えられていた。いずれにせよ人間には娯楽が必要である。暴君や密告者や狂信者たちでさえも、ときにはマンガを見て心の憂さを晴らしたくなる日があるのだ。

それはマンガの描き手たちにしても同様であった。だから彼らは《廃京》の秘密の場所に集まり、互いのマンガを披露しあおうと取り決めた。その集会こそが、新しい〈コミケ〉の形に他ならない。かくして〈コミケ〉の伝統は、文明の終焉と暗黒時代を生き延び、現在にまで伝えられた。今も《廃京》の海辺では、わたしたちが切望してやまないマンガの続きや、いまだ読んだことのないマンガが、〈コミケ〉によって生み出され続けているのである――

結局は全部、比那子の空想――いや、妄想なのであるが。

年に二回、春と秋には、レンジャク商人が北の山地を越えてきて、海辺の集落でしか手に入らない塩と交換に、イリス沢の米と木炭を運んでいった。その商人たちによれば、北の山脈を越えたずっと先には塩水の海があるらしい。《イリス漫画同好会》の部員で塩水の海を見たことがあるのは、元ナガレ者のスズだけだ。他の三人は真水の湖すら見たことはない。

南の《廃京》から来る者は誰もいない。

《廃京》の周辺は、武装した野盗の集団が徘徊する危険な土地である。さらにその先は、赤い瘴《しょう》気《き》の立ち込める不毛の荒野と化している。《廃京》そのものがどうなっているかは、行って戻ってきた者がいないので誰も知らないが、作物すら育たない以上、人間が生活できる場所でないのは確実である。〈コミケ〉だの、今も作られている新しいマンガだの、すべて比那子の作り話にすぎない。

それでも冬枯れの時期が近づくと、比那子は〈部活〉のたびに「コミケへ行こう」と言い出すのだった。他の部員たちはそれを適当に聞き流しながら、アキバやナカノといった伝説の土地をこの目で見てみたいとか、乙女ロードなるものは一体どこにあったのだろうとか、行けもしない《廃京》遠征の話で盛り上がるのも、また恒例になっていた。

3

それが夢物語のうちは、《廃京》遠征も悪くはなかった。その日の〈部活〉でも、わたしたちは森の中の部室に集まって、比那子が持ち込んだ古地図を前に、〈同人誌〉の執筆そっちのけで議論を交わしていた。

先日、比那子の住むナグモ屋敷では、土蔵の奥の古いがらくたを虫干ししたのだそうな。例の金銭出納簿を発掘してきた土蔵である。そのがらくたの奥の奥に、比那子の大伯父の遺品である木製の茶箱があった。蓋には南京錠がかかっていたが、好奇心の強い比那子はかなてこを持ち出して、錠を無理やりにこじ開けた。

その箱の底に、この地図が敷かれていたのだという。紙質と印刷の鮮明さから見るに、おそらくは暗黒期以前、旧時代の技術の産物と思われた。もしそうならば、百年近く昔の地図ということになる。そのわりには保存状態は良好で、目ざとい比那子は、地図の上に「東京」なる二文字が記されているのを見逃さなかった。

東京。それが旧時代における《廃京》の旧名だったのを、比那子はマンガを通じて得た知識で知っていた。

地図を広げると、部室の机の半分を占める大きさがあった。旧時代の旅行用に使われていた地図らしく、要所要所の地名とそれらをつなぐ道路しか書き込まれていなかったが、それだけでもわたしたちの想像力を刺激するには十分だった。

なかんずく、「浦安」の地名が比那子を狂喜させた。なぜならば、それは数多のマンガに名を留《とど》める夢と魔法の国ディズニーランドが存在した土地であり、比那子の研究によれば、そこから遠からぬ地点に〈コミケ〉があるはずなのだから。もっとも、わたしとしては他の地名にも興味があった。この地図によって、今まではお伽話《とぎばなし》でしかなかった「渋谷」や「横浜」といった土地の実在が証明されたのだ。一年生の茅はひたすら舞い上がっていた。《廃京》がこんなに狭いものならば、〈コミケ〉へ寄ったついでに、ディズニーランドや乙女ロードの跡地も見られるのではないか。いやいや、もしかするとディズニーランドや乙女ロードも、まだ細々と営業を続けているのではなかろうか、と。

ただ、二年生のスズはそういう夢物語には興味がないらしく、部室の隅で長椅子がわりの古ベンチに座り、ぼろぼろの少女マンガ雑誌を一心に読みふけっていた。その一冊はスズのお気に入りで、すでに百回は読み返していたと思う。

結局のところ、東京にせよ浦安にせよ、あるいは渋谷や横浜にせよ、それらはアトランティスやキャメロットのような伝説上の土地の名称であり、その名を現実の世界と、ましてや自分たちの生活圏と引き比べてみようなどとは、誰も本気で考えていなかったのだ。

最初に気づいたのは茅だった。

「……あのう、ゆーにゃ先輩」それまで意識すらされていなかった地図の左上隅を指差し、茅がおずおずと口を出した。「ここに書いてある〝湫田《くでた》IC〟って、ひょっとして、あのクデタのことじゃないですか?」

茅の指先に目をやると、《廃京》のほぼ反対側、地図が途切れるか途切れないかギリギリの場所に、「湫田IC」の文字があった。わたしはこの後輩の想像力の豊かさに苦笑した。

クデタとは、イリス沢から徒歩で一日の距離にある、放棄された旧市街の遺跡である。昔は山あいの市場町として栄えた場所だったそうだが、今は南の危険地帯と近すぎるため、定住する人もなく、森に覆われて久しい。近辺の集落の廃物拾いたちは定期的にその廃墟を訪れては、樹木に屋根を破られた百年前の遺構を探索し、金属やガラス製品や布地などの、集落内では手に入らない品物を持ち帰っていた。

「まさか、偶然よ。昔にもそういう地名があったのよ、きっと」

「でも、こっちの文字は〝月夜見《つきよみ》〟って読めませんか? これも、ツキヨミのことじゃないかと思うんです。〝くでた〟と〝つきよみ〟って地名が隣りあっていた場所が、旧時代にも、ここととは別に存在していた——そんな偶然って、あるものなんでしょうか?」

確かに、そこには三文字の痕跡が読み取れた。ツキヨミはクデタの近くにある小規模な集落だ。地図のそのあたりは折り目になっていた場所で、文字は白くかすれて消えかかっていた。正直、わたしには〝月〟の部分しか読めなかったが、茅は〝月夜見〟と読めると言い張った。比那子も茅に賛同した。

「ねえ、スズ! ちょっとこっち来て」

部室の隅で百一回目の再読に移ろうとしていたスズに、比那子が声をかけた。

「なんですか？」マンガの織り成す幻想の世界から、スズが気乗りしない様子で顔をあげた。

「スズって、前に塩水の海を見たことあるって言ってたよね？　この地図の海岸のどっかに、聞き覚えのある地名ない？」

「塩水の海っていっても、うちが見たことあるのは、《廃京》よりずーっと北にある海ですよ？　《廃京》の地図なんか見たって、なーんにもわかりませんってば」

渋るスズを、比那子が「いいから見るの！」と、強引に地図の前まで引っ張ってきた。

「この地図って、線と字しか書かれてないじゃないですか。こんなの見せられても……」

ぶつぶつ言いながら地図を眺めまわしていたスズが、不意に口をつぐんだ。比那子が熱心に問いかけた。

「どう？　知ってる海岸があった？」

「いえ──でも、この湖の形には見覚えがありますよ」

スズが、地図上の〝湫田〟のずっと東にある大きな湖を指し示した。

「うち、イリス沢に来る前の前くらいは、湖の岸にある集落地にいたんですよ。イリス沢と違って、みんなが水辺にバラバラに住んで、マスとかイワナとか、魚捕りながら生活してるとこ。そこの船頭の元締めのじーさんが、自分で作った湖の地図を見せてくれたんです──ほら、なんか革靴みたいな形してるじゃないですか？　そのときもそう思ったんで、だから、憶えてるんです」

「その湖ってのは、間違いなくイリス沢の東にあるの？」比那子が念を押した。

「はい。そこから先はずーっと西に山を越えてきましたし」

「ちょっと待って」わたしは思わず声をあげた。「それじゃあ、この地図の中にイリス沢もあるってこと?」

さっそくイリス沢探しがはじまった。

結論から言えば、捜索は不毛に終わった。当然である。あの広大なクデタの遺跡さえ、申し訳程度に記されているだけなのだ。当時は過疎の小村だったイリス沢の名が、書かれているわけがない。

それでも、茅の直感とスズの記憶が正しければ、この〝湫田IC〟のすぐ近く、地図の上端のどこかに、イリス沢があるはずなのだ。今この瞬間に、わたしたち四人が地図を囲んで頭を突きあわせている、《イリス漫画同好会》の部室があるイリス沢が。

「こんなに近くにあったんですねえ……」

〝湫田IC〟の文字と〝東京〟の文字との距離を目で測りながら、茅がしみじみと言った。

「ねえ、ゆーにゃ! すごいよ! これって本当にすごいことだよ!」

比那子はそう叫びながら、何度もわたしの両肩をゆさぶった。

「……うん、すごいわね」

わたしの方は、世界の中での自分たちの位置を見出した哲学的感動の意味で「すごい」と答えたのだが、比那子の方は、まったく別のことを考えていた。迂闊《うかつ》だった。なぜ、このときに比那子の言葉の底意を見抜いて、事前に釘を刺しておけなかったのだろう。

「やっぱ、ゆーにゃもそう思うよね？」

比那子は〝湫田〟の左上、わたしたちがイリス沢だと見当をつけたあたりに人差し指を置いた。そして、旧時代の道路の上をなぞりながら、その指先をぐいっと〝東京〟まで滑らせていった。

「だって、この道をまっすぐたどっていけば、〈コミケ〉まで歩いていけるってことじゃん！」

4

比那子が突飛なことを言い出すのは今にはじまった話ではなかったから、わたしも最初は適当に調子をあわせておいた。これがいけなかった。まだ引き返せるうちに、その計画の無謀さと杜撰《ずさん》さを指摘しておくべきだったのだ。

厄介なことに、スズと茅まで完全に乗り気になっていた。

「行きたいです、〈コミケ〉！」茅が勢いよく手を挙げたため、狭苦しい〈部室〉に置かれた大机が揺れた。「半年前から描き続けてる新作が、もうすぐ完成しそうなんです。わたしのマンガ、もっと大勢の人に読んでもらいたいです！」

茅は最年少ながらも一番熱心な〈部員〉で、わたしたちが定期的に作っている〈同人誌〉『アイリス』にしても、最近は半分以上が茅のマンガで占められていることが珍しくない。『アイリス』以外にも、どこからかかき集めてきた反故紙《ほご》の裏に寸暇を惜しんでマンガを描き溜めており、その反故紙を綴じた個人誌が二十数冊にも及んでいた。

「途中までなら、うちが案内できますよ？」スズも名乗りをあげた。「うち、クデタへは、オヤジと一緒にしょっちゅうイノブタ撃ちに行ってますから。あの辺はうちらの庭みたいなもんです」

二年生のスズは元ナガレ者の娘で、小さい頃から渡り猟師の父親に連れられてあちこちを旅してきた。そのせいか妙に達観したところのある子だ。マンガよりもイラストを描くのが好きで、『アイリス』の表紙はもっぱらスズの仕事だった。

なお『アイリス』の発起人である比那子自身は、いつも大長篇マンガの第一話だけ描いては投げ出してばかりで、最後まで話を完成させたことは一度もない。本人に言わせると、「先に描いておきたい別の話が見つかったから後回しにしてるだけで、いつかは続きを描いて完結させる予定」だそうだが。

「うわっ、それってもう完璧じゃん」比那子がここぞとばかりに身を乗り出した。「見せるマンガもあるし、行き方もわかってる――それで、《廃京》まではどれくらいかかると思う？」

「そんなの、《廃京》までの道なんて知りませんし、地形や天候次第で全然変わりますから、うちに訊かれても困りますよ」

「じゃ、この道路の線が、ずっと徒歩で行ける平坦な道で、ずっと晴天続きだったとしたら？」

「もう一回、地図見せてください……んー、その条件なら、クデタから片道十日間ってとこですかね？」

「だったら、なるべく早く出かけないとまずいのか。師走《しわす》の前には山道は雪で埋まっちゃうし、向こうでも三日ぐらいは滞在したいし、帰り道のことも考えたら、今月中には出発しないと」

「あの、ヒナコ先輩。もし時間が余ったら、わたし、乙女ロードにも行ってみたいです！」

茅が目を輝かせて言った。なぜ、この子はこんなにも乙女ロードにこだわるのか。

それにしても、この雰囲気はまずい。いくら〝ごっこ遊び〟とはいえ、このまま放置すれば比那子の性格からして、本当に後輩を引き連れて《廃京》に出発しかねない。

「ええ、そうね。《廃京》でマンガを描いてる皆さんと交流できるなんて、わたしとしても、願ってもない機会だと思うわ――」

わたしは机の上に置かれた〈お茶〉を飲み干すと、にこやかに現実への軌道修正を試みた。

「――でもね、〈コミケ〉だの《廃京》だのなんて、やっぱり、わたしたちにはまだ早すぎるんじゃないかしら？　本当に〈コミケ〉に行きたいって気持ちがあるのなら、あと二、三年は待てるわよね？　〈コミケ〉は逃げやしないんだし、きっとその頃にはイリス沢も落ち着いて、わたしたちも遠出する余裕ができると思うのよ」

けれども、後輩たちは少しの妥協もする気はなかった。子供っぽい茅は仕方ないにしても、リアリストのスズまでもが比那子の味方をしたのは予想外だった。

「エーッ、三年も待ってたら、うちら完全にオバサンですよ、オ・バ・サ・ン」

「そうですよ。三年後にはわたしたちみんな子供もできちゃってますし、そうなったら、一生

〈コミケ〉へ行くチャンスなんてないですよ」

「わかってないねえ、ゆーにゃは」比那子が指を振ってチッチッと舌を鳴らした。「本当に行きたいって気持ちがあるからこそ、〝今〟行かなくちゃダメなんだよ。行かない理由なんて、いくらでも思いつくんだから」

わたしは冷静さを保とうと、〈お茶〉のポットを傾けた。空《から》だった。

「――あれ？　ゆーにゃ先輩、お茶、切れました？　ポット、貸してください。お茶、沸かしなおしてきますから」

立ち上がった茅に、スズが琺瑯《ほうろう》びきのカップを振った。

「あー、カヤー。うちの分もお願い」

「はーい」

火の用心のため、コンロは水瓶と一緒に表に置いてある。針金でひび割れを修繕したポットを片手に、茅が部室を出ていった。この子はいろいろと気が利く。それに本当に器用な子で、〈お茶〉を淹れるのも、火を熾《おこ》すのもうまい。わたしなら火種を作るだけで二分以上かかるところだ。

干したタンポポの根を煎じたものを、わたしたちは〈お茶〉と呼んでいた。常飲したくなるほど美味なものでもなかったが、〈部活〉で〈お茶〉をするのはマンガの中での習わしのひとつであったし、わたしたちは可能な限り、それらを模倣しようとしていたのだ。

茅が〈一年生〉でスズが〈二年生〉で、わたしと比那子が〈先輩〉なのも、同じ理由による。最初のうちは呼ぶ方も呼ばれる方もくすぐったかったが、もう慣れてしまった。そうそう、比那子がわたしを呼ぶのに使う「ゆーにゃ」とかいうふざけたあだ名も、なにかのマンガを参考にしたものだ。

　しかし、今はわたしの呼び名より重要な問題があった。茅が外でお湯を沸かしている隙に、わたしはさりげなく比那子に念を押した。

「……もちろん、本気じゃないわよね？　別に、本当に《廃京》に行くつもりじゃないんでしょ？」

　比那子が怪訝な顔でわたしを見返した。

「なに言ってんの？　さっきから、ずっと《廃京》に行くって話してたじゃん？　しっかりしなよ、ゆーにゃ」

「うん、そういう〝設定〟なんだよね……いや、わたしはわかってるのよ？　でもね、カヤなんかは夢見がちな子だし、遊びだってわかってても、ついつい真に受けちゃうじゃない。あとでがっかりさせるのも気の毒だし、今回は予行演習として、みんなでツキヨミあたりへ日帰りのピクニックに行くって話にして、そっちの方で計画立て直さない？」

　比那子がやれやれと首を振った。

「もちろん、《廃京》へ行くんだよ――ひょっとして、ずっと〝ごっこ遊び〟のつもりで話してたの？――ま、ゆーにゃは昔からそういうとこあるから、仕方ないけどさ。もう最上級生なんだし、いい加減、夢と現実の区別はつけようよ」

　それはわたしが言いたいことだ。人のセリフを盗るな。

「あのね、現実的に考えて、ひと月も集落を空けられるわけないでしょ？　ヒナコと違って、他のみんなには仕事があるんだから――スズもカヤも、それをわかった上で話をあわせてくれてるのよ」

わたしたちのやり取りを面白そうに眺めていたスズが、会話に口をはさんだ。

「あ、うちならダイジョブですよ。うちらは基本的に自給自足だから、多少のユーズー利きますし。それに、うちのオヤジなら、一か月ぐらいほっといても死なないですよ」

「いや、そもそも誰も《廃京》に行ったことはないのよね？　途中の道路がどうなってるかもわからないし、一か月で帰れるとは限らないわよ？」

「そんなの出発さえしちゃえばなんとかなるよ。道がわからなくなったら、途中で現地の人に訊けばいいいんだし」

比那子がそう答えたとき、折悪しくも茅がタンポポのお茶を手に戻ってきた。スズがぐいっとベンチから背を伸ばした。

「あのさー、カヤ。先輩方が、『カヤは家の仕事があるから一緒には行けないわね。しかたないから今回は留守番しててもらおうか』って相談してたよ」

「え。あ。あの」

茅が戸惑いながら、あわてて湯気の立つポットを置いた。

「あの、わたしは大丈夫です。わたしの家、弟や妹がたくさんいますから。それに、わたしがいなくなったら、その分の食い扶持《ぶち》が助かりますし」

うんうんと比那子がうなずく。

「そうそう。どーせ農閑期は暇なんだしさ、親も許してくれるよ、きっと」

許してくれるわけがないだろう。野盗や野犬が徘徊する汚染された百数十キロの土地を横断する遠征を、婿取り前の娘に許す親がどこの世界にいるのか。

「じゃ、こっそり行けばいいじゃん」

どんどんと話が不穏な方向へと流れていく。そういう話をしているのではない。《廃京》までの道のりは、女の子だけで旅をするには危険すぎると言っているのだ。ノブセリと呼ばれる野盗集団の捕虜となり、彼らの奴隷として悲惨な生活を送っている女性たちの噂は、ここイリス沢にも届いていた。

「いーじゃん。ゆーにゃやスズやカヤと一緒なら、あたしは奴隷でも平気だよ？」

わたしは平気じゃない。なんの因果で、奴隷になったあとまで比那子との腐れ縁を続けねばならないのか。

「あのねえ」

これを言えば〈部活〉の雰囲気を損ねてしまうのはわかっていたが、もう〝ごっこ遊び〟を続けるのも限界だった。

「〈コミケ〉なんてのは、全部作り話なの。ヒナコが頭の中だけで作った絵空事なの。《廃京》には瘴気で汚れた廃墟が広がってるだけで、そこにはなにもないし、たとえ行けたとしても、なにも起こらないの。

——ハイ、これでこの話はおしまい！　そんなことより、次の『アイリス』の企画でも立てましょ。いつも通り表紙はスズに任せるとして、わたしとしては、今回は統一テーマでの競作をやりたいと思ってるんだけど」

「〈コミケ〉はあるよ」比那子が真顔で言った。

わたしは聞こえよがしに溜息を洩らした。まだ〝ごっこ遊び〟を続けるつもりなのか。

「だから、ないんだってば。そんなもの」

「ゆーにゃは《廃京》へ行ったことあるの？　《廃京》の海岸がどうなってるか見たことあるの？」

「行かなくても常識でわかるじゃない、馬鹿馬鹿しい。これだけ世の中がめちゃくちゃになってるのに、のんきにマンガのお祭りに集まってくるような人が、いるわけないでしょ」

「ここにいるじゃん、四人も。だったら、他にそういう人たちが大勢いても、全然おかしくないよ」

5

それからはどこまでいっても平行線で、その日の〈部活〉は結論の出ないままに終了した。

例の古地図は今後の予定表と並べて、部室の黒板に鋲釘《びょうくぎ》で留めてあった。いっそ、こんな誘惑を生む紙切れは燃やしてしまおうか――一瞬そうも考えたが、〈部活〉の仲間を裏切るような真似はとてもできない。

「――あの、ゆーにゃ先輩。さっきはすみませんでした」

草箒《くさぼうき》を片手に黒板を睨んでいたわたしに、茅が妙におどおどと声をかけてきた。そんなに怖い顔をしていたのだろうか。

「ん？　なんのこと？」

「さっきの〈部活〉では、一方的に反対ばかりしちゃって……正直、ゆーにゃ先輩の言ってることの正しさもわかるんです」

「ああ……いいのよ、そんなこと。わたしも、ちょっと意固地になりすぎちゃった部分もあるし」

後輩を不安にさせまいと、わたしは空元気をつけて微笑んだ。茅は昨年の秋に〈入部〉したばかりだが、最前も述べたとおり、一番執筆に熱心な部員である。反面、〈部活〉の相談事にはあまり口を出さないタイプで、「マンガさえ描いていれば幸せ」という雰囲気のこの子が、あそこまで食い下がったのは意外だった。

「でもね、ヒナコと一緒に《廃京》へ行くとか、くれぐれも軽はずみな真似はしないでね」

「あ。え、ええっと……あの、それは……」茅は一瞬硬直して口ごもり、ぺこりと頭をさげた。

「すみません。その約束はできません」

わたしは心の中で溜息をついた。茅は真面目で、熱心で、そして、嘘のつけない子だった。

「ま、この話はよしましょ。それよりも、明るいうちにさっさと片づけちゃいましょうね」

「はいっ」

今日の掃除当番はわたしと茅だった。ふたりで「よいしょ」と大机を倒して壁に寄せ、茅が手箒でコンクリートの床から枯草や虫の死骸を掃き集め、わたしが草箒で表の草むらへと掃き出す。立地が立地だけに、部室は頻繁に清掃する必要があった。お互いに、これ以上《廃京》と〈コミケ〉の一件は蒸し返さないようにして、掃除を続けた。

そうなると、自然とお気に入りのマンガの話題で盛り上がることになる。

「カヤは、先週拾ってきたマンガの単行本はもう読んだの？」

「はい、もちろん。新しく見つかったマンガは、回し読みの順番がきたら、すぐに目を通してますから。機械の体を手に入れるために、宇宙の星々を旅する話ですよね？」

「で、感想はどう？　わたしとしては久し振りの大ヒットだったんだけど、一巻しか見つからなかったのが、ほんと残念だったわ」

「うーん、そうですね……ゆーにゃ先輩は、ああいうの、好きそうですよね……わたしも、読んでるときは本当にハラハラしたし、設定やストーリーも凄いと思いました。でも、わたしはもっとこう、普通の女の子たちが集まってわちゃわちゃしてるような、純粋な〈旧時代もの〉が読みたいです」

「カヤは、ほんとに〈旧時代もの〉が好きね」

「はい、大好きです！」

茅が無邪気に笑った。マンガの話をしているときのこの子は、実に愛らしい。

〈旧時代もの〉とは、女の子が朝から晩まで共同体のための労働に明け暮れるのではなく、毎日〈学校〉なる建物に通い、〈授業〉や〈部活〉や〈恋愛〉や〈お茶〉をしていたという、文明崩壊直前の時代を舞台にしたマンガのことである。〈旧時代もの〉に限らず、わたしたちの描くマンガは旧時代を舞台にした話が多かった。お手本にしたのが旧時代のマンガばかりなのだから、当然だけど。

部室の壁に貼られたポスターの中では、旧文明の建築物を背景にした四人の制服姿の少女たちが、百年の歳月にすっかり青く色褪せて、黙ってわたしたちを見おろしていた。端に小さく書かれていたタイトルは白く抜けて、なんというアニメのポスターだったのかもわからない。しかし、その風景や服装はさまざまな形で着想の源となってくれたし、茅はその一枚のポスターを題材にして、すでに一本の長篇と四本の連作短篇を描きあげていた。

掃除が終わると、またふたりで協力して机を戻す。部屋の隅には結構な量の土埃が溜まっていた。どうも比那子・スズ組の掃除にはぞんざいなところがある。一度注意しておかねば。

茅と一緒に〈部室〉を出ると、表には秋の夕暮れが満ちていた。山の日没は早い。西に見える山際は茜色に輝き、空全体も淡い藍色ぐらいの明るさなのに、地表の近くはすっかり黄昏の薄闇だった。もっとも、わたしも茅もこれぐらいの暗さには慣れている。

昼の名残りを吹き払う涼風の中で、鈴虫がさかんに鳴いていた。夏はもう終わってしまったのだ。

鬱蒼とした森の踏み分け道を数分も歩くと、集落を東西に貫く旧時代の道路に出た。アスファルトの路面はひび割れだらけで、至るところでタンポポやハマスゲが芽吹いている。その両脇には、うっかりすると周囲の森に飲み込まれてしまいそうな、貧弱な田畑が広がっていた。これは比喩でもなんでもなく、降雪期以外は毎日のように野良に出て雑草をむしり、畦を侵しはじめた灌木の芽を定期的に抜いてやらねばならなかった。

稲株と積み藁だけが残るうら寂しい田中の道を、ふたり並んで歩いた。茅はわたしや比那子とふたつしか違わないのだが、頭ひとつ分は小さい。ちゃんと食べているのだろうか。集落内の子供たちの栄養状態は、いつでも母の心配の種だった。今はわたしの心配の種でもある。

「——あのう、これは、『もしも』の話なんですけど」

分かれ道でしばらく立ち話をしたあと、茅が口を開いた。

「もしも、わたしたちがどうしても〈コミケ〉へ行くってことになったら、ゆーにゃ先輩は一緒に来てくれますか？」

「ごめんなさい。仮定の質問には答えられないわ」

悲しげに佇《たたず》む茅に手を振ると、わたしは背中を向けた。わたしも強情だよなー、と内心で反省せずにはいられなかったが、考えを変える気はなかった。

集落の東にあるわたしの家への道すがらには、山々と森を背にして、ぽつぽつと旧時代の住宅を改修した農家がある。いくつかの窓からは、菜種油のランプや蠟燭《ろうそく》の光が洩れていた。

今日は比那子が変な議題を持ち込んだせいで、すっかり〈部活〉から帰るのが遅くなってしまった。

両親はわたしがマンガを描くことにいい顔をしない。特に母からは、今は誰もが大変な時代だというのに、マンガなんて非生産的な行為にかまけてる余裕があるのかと、あるときは遠回しに、あるときは面と向かって、何度言われたかわからない。現代において〝非生産的〟とは、共同体の人的資源を削るという意味であり、その負担を他者に負わせるという意味であり、許されない社会悪であった。ましてや、「《廃京》でやるマンガのお祭りに行きたいから、ひと月ばかり家を空けたい」なんて口にしたら、どんな顔をされることか。

だけど、母の気持ちもわかるのだ。

わたしたちの親の世代は子供の頃に暗黒期直後の混乱を経験している。それを考えれば、わたしたちは本当に恵まれた時代に生まれたものだと思う。少なくとも、今は餓死しない程度には食べ物があるし、野盗の襲撃に四六時中怯《おび》えて過ごす必要もない。農繁期以外は、マンガを描いたり〈部活〉をしたりと、ささやかな趣味に費やす余裕さえあるのだ。父や母たちはそんな少年時代を送れなかった。

わたしの父は農夫で、母は集落のたったひとりの医者である。母は医者としての技術を祖母から受け継ぎ、祖母は曾祖母から受け継いだ。イリス沢が人口百数十戸という、この時代としては破格の大集落となったのも、母や祖母たちのおかげである。祖母の技術がなければ、比那子や茅やわたしは赤ん坊の頃に死んでいたかもしれない。母の技術がなければ、スズの父親はイノシシにえぐられた傷の出血で命を落としており、腕利きの猟師として親子でイリス沢に居つくこともなかったかもしれない。

すでに、わたしも腸炎の診断や創傷の処置については、母から手ほどきを受けている。今は人の命なんて簡単に失われる時代だ。母にもしものことがあれば、わたしがすぐにあとを継がねばならない。そして、一日も早く自分の技術を継がせられる子供を産まねばならない。

ふと見上げると、夜空は西のわずかな領域を残して深い紺色に染まり、上弦の月が煌々《こうこう》と輝いていた。

――かつてはあの月にまで足跡を残した文明が、今はこのちっぽけな砦を守るだけで精一杯とは、なんたる哀れなことよ！

人はパンのみにて生くるにあらず。されど、パンなくしては生くるにあたわず。比那子たちとの〝部活ごっこ〟は大切だが、このイリス沢はもっと大切だ。そもそも集落の安定あってこその〝部活ごっこ〟ではないか。

だから、わたしは〈コミケ〉に行くわけにはいかない。

6

赤ランタンの常夜灯で照らされた診療所に帰り着いたころには、表は真っ暗になっていた。

先ほども述べたとおり、わたしの母は医者で、自宅はイリス沢の診療所である。内科や外科はもちろん、皮膚科に耳鼻咽喉科に眼科に産科、必要とあらば歯科医の役割までこなす、いわば医療のなんでも屋だ。集落の人々はクリハラ診療所と呼ぶ。旧時代に建てられた施設に修繕に修繕を重ねたもので、築百余年のわりには長持ちしている。

表へまわれば待合室や診察室といったものもあるが、緊急の怪我人や病人は直接に処置室に担ぎ込まれ、母による問診と治療が同時におこなわれる。母の往診中に急患があったなら、代診のわたしが応急処置をほどこしつつ、母の帰りを待つ。二人以上の患者がかちあった場合も、母の手が空くまではわたしが処置をせねばならない。

ゆえに、わたしは原則として診療所を離れてはならないのだ。今日は非番の日だったが、それでも日のあるうちに帰るという約束の上で出てきていた。

だから母屋から漏れる蠟燭の明かりを見たときは、どきりとした。普段ならとっくに夕飯を済ませている時間だ。それなのに、まだ食事をしているというのは、不測の事態があって食事が遅れたということに他ならない。

「ただいま」と告げて、こそこそと勝手口の土間から入ると、卓袱台《ちゃぶだい》の上座には家長然とした母の姿があった。母の隣では父が、その向かい側では弟が、先に食事をはじめていた。

食卓に置かれているのは、五分搗《づ》き玄米の雑炊と、発酵キャベツのシチーと、イノブタの焼きベーコン――借地農の夕餉《ゆうげ》としてはまずまずのメニューである。

キャベツをひたひたの汁が出るまで塩でもみ込み、瓶で重石《おもし》をして発酵させる。そうしてできあがった発酵キャベツを水で煮込んだスープがシチーだ。調味料は使わないが、キャベツから出る塩味と酸味が味つけの代わりになる。今日は奮発して厚切りのベーコンをメインに回したためか、他の具材は入っていなかった。焼きベーコンの方は、先々週にスズが仕留めたイノブタのおすそ分けだ。日持ちするようにふんだんに粗塩が使われていて、これ一切れあれば玄米飯が二杯は食べられた。

一食で炭水化物、蛋白質、脂質、ビタミン、ミネラルのすべてが揃っている。母はイリス沢の収穫を用いた理想的な献立表を作成して配布しており、自宅内でもその規律をゆるがせにはしなかった。治療をおこなう人間が病人より先に倒れては話にならず、医者は誰よりも節制を心懸けねばならないというのが母の持論で、「医者の不養生」は母がもっとも嫌っている言葉だった。

その献立にそった炊事をするのは、わたしと弟の滋波《しげなみ》の役目だ。今日の夕食の支度はすっぽかしてしまったが、滋波が一人でやってくれたらしい。小声で滋波に「ごめんね」と呟くと、小さく「いいよ」とうなずき返してくれた。なるべく母と目をあわせないようにしながら、板間に敷かれた莫蓙《ござ》の上に正座した。

「いただきます」

両手をあわせ、日々の食事が与えられることへの感謝を示し、箸を取った。

「悠凪《ゆうなぎ》」唐突に母が口を開いた。「食事の前に、なにか言うことがあるんじゃないかね」

「あの……」わたしはおそるおそる訊き返した。「なにかあったの？　誰かが大ケガしたとか、急病で倒れたとか……」

「どうもしやしないよ。あんたはこんな時間まで出歩いてるし、滋波は滋波であんたを当てにして遊び惚《ほう》けてたから、夕飯がこんな時間になったってだけさ」

母には申し訳ないが、その言葉に安堵した。どうやら急患が出たわけではなかったようだ。

「ごめんなさい」ここは素直に頭をさげておく。「もっと早く帰るつもりだったんだけど、こんなに急に暗くなるなんて思わなかったの。大事な相談事があったから、わたしだけ先に抜けるわけにもいかないし……次からは気をつけます」

「なにが『大事な相談』だよ、馬鹿馬鹿しい。どうせ、また落書き遊びの集会に行ってたんだろう」

「落書きじゃないってば、マンガだよ」

「似たようなものだよ。今日のことだけじゃない。家でも、暇さえあれば落書きばかりやって――他に、もっとやるべきことがあるだろうに」

「診療所ではちゃんとやってるんだから、家にいるときぐらいはいいでしょ？　余ってる時間くらい好きなことやらないと、息がつまっちゃうわよ」

「今のイリス沢に、『余った時間』なんてものはないんだよ」母がかぶりを振った。「あんたは医術を学ぶために使えたはずの時間を、くだらない遊びで無駄にしているのさ。時間だけじゃない。本当ならいろいろと役に立ったはずの白紙の帳面まで、子供の落書きで埋め尽くして、ただの紙屑に変えてしまって」

「……そうさな。ま、悠凪もまだ子供なんだし」

それまで黙って箸を使っていた父が、伸ばした髭の下でもごもごと独り言のように呟いた。

「子供が遊びたがるのは仕方ないさ――少しは大目に見てやらんと」父がこんなに長く喋るのを聞いたのは、久しぶりだった。

わたしは父が喋るのをあまり聞いたことがない。ともすれば、父の声さえ忘れそうになる。

「悠凪はもう子供じゃないし、あなたには関係ないことですよ。わたしと悠凪の話に口を出さないでくれますか？」

母がぴしゃりと告げた。父はひと言も言い返さず、最初からなにも喋らなかったかのように、食事を再開した。そんな父を冷ややかに横目で見て、母は説教を続けた。

「いいかい、悠凪――あんたはもう子供じゃない。自分の人生を自分で決めなくちゃならない齢だ。医者になりたくないなら、それでもいい。だけど、中途半端な生き方を続けるわけにはいかないよ。あんたは医者になるのかい？　ならないのかい？」

「わたしは」母の目を見返すと、わたしはこれまで何度も述べてきた信仰告白を繰り返した。

「わたしはイリス沢の医者になります。それが、わたしの生まれてきた意味です」

「なら、落書き遊びは今日で終わりにするんだね。片手間にやれるほど、甘い仕事じゃないんだから」

「わかってるわ。だけど、もう少しだけ続けさせて、お願い！　もちろん診療所が一番大切だけど、今のわたしにとっては、マンガも大切なんだから！」

母が深々と嘆息した。

「まずは、その『わよ』とか『だわ』とかいうみっともない言葉遣いをやめなさい」

わたしは真っ赤になって口を押さえた。

もともと、わたしの喋り方はこんな風じゃなかったのだ。小さい頃に、比那子と一緒に「マンガの女の子の喋り方」を真似していた時期があり、比那子は早々に飽きてやめてしまったが、わたしの方はそれを続けているうちに、いつしか習い性となってしまった。

もちろん、これはあくまで演技のつもりで、〈部活〉以外の場面、特に家族との会話では使わないようにしているのだが、最近ではちょっと気を抜くと、自然に「だわ」口調が出てしまう。この頃は「だわ」口調の方が演技なのか、普通の口調の方が演技なのか、自分でもわからなくなりつつある。

「誰があんたに悪影響を与えてるかは、わかってるよ――」母が言った。「――ナグモ屋敷の馬鹿娘だね？　まともに仕事もせずに、毎日のらくら遊び暮らしてるから、ああいう惚《ほう》け者ができあがるんだ。十七にもなって落書き遊びの大将におさまって、落書きの束を得意気に他の子に見せて回って――本物の馬鹿なんじゃないかね？　ナグモの刀自《とじ》さまも刀自さまだよ。大事な跡取り娘を野放しにしたあげくが、とんだ穀潰しを育てちまった」

わたしは箸を食卓に置き、卓袱台を力任せにガンと叩いた。弟が怯えたように身をすくませる。

父は無反応のまま、黙々と食事を続けていた。

「うるさいなあ！　わたしのことはどんな風に言ったっていいけどさ、ヒナコのこと悪く言うのはやめてよ！　友達なんだから！」

　ここで、旧時代のマンガの主人公ならば憤然と席を立つ場面だが、いかんせん現代の少女には、いかなる事情があろうと食事を残すなどという贅沢は許されていなかった。だから、わたしは精一杯ふてくされた態度で顔をそむけ、なおもくどくどと続く母からの小言を強引に無視しながら、掻き込むようにして食事を終えた。

　さいわい食後までお説教が続くことはなかった。母は夕食のあとも、明日の診察の準備や治療内容の検討などの、診療所でやるべき仕事が残っている。急病人でも出れば、深夜であろうと飛び起きねばならない。本来なら、わたしがその仕事を代行できるようにならなければいけないのだが。

　夕食の支度に遅れた埋めあわせとして、食器洗いはわたしひとりで片づけた。井戸から新しい水を汲み、つけ置きの水でゆすいだ椀や小鉢を布巾で拭いているあいだも、腹が立ってしかたなかった。

　こうなったのも、すべて比那子のせいである。比那子のバカのせいで母に叱られたばかりか、本当なら息抜きになるはずだった〈部活〉でも、余計なストレスを溜め込んでしまった。

7

洗い物を終えて、母屋の端にある二畳半の自室に戻った。部屋の半分を占める寝台の上では、弟の滋波がすうすうと寝息を立てていた。

母屋とはいっても、その実は診療所に継ぎあわせるように建てられた陋屋《ろうおく》である。卓袱台の置かれた土間つきの台所兼居間と、父と母が寝る奥の間、それにわたしと弟が寝る次の間があるだけの簡素なものだ。しかしながらこの二畳半では、イリス沢の他の場所では得られない特権が享受できた。

部屋のガラス窓のすぐ外には診療所の常夜灯があり、一晩中ほのかな赤い明かりが部屋の中に差している。常夜灯には特別なランタンが使われていて、一度点火すれば、油を注ぎ足す必要もなく八時間は煌々と燃え続ける。カーテンを半分開いて小机を窓際に寄せれば、夜遅くでも本が読めたし、〈同人誌〉を描けたのだ。

けれども、今晩はマンガを描く気になれなかった。

比那子や母とのやり取りで精神的に疲れ果てていたというのもあるが、自分の描いているマンガが、なんだか急にみすぼらしく無価値なものに思えてきたのだ。本当に、こんなものに熱中していてなんの役に立つというのだろうか？

今描いているマンガは、ありあわせの材料から月まで飛べるロケットと宇宙服を作り、旧時代の人々が残した月面の基地を訪れる女の子の話だった。彼女は基地の最深部で、月基地に取り残された旧時代人の末裔である月の少女と出会う。月の少女は主人公を出迎えて、感謝の言葉を告げる。「ありがとう、地球の少女よ。私はずっと地球の人々が迎えに来てくれる日を心待ちにしていました」

しかし、このマンガを描き上げたからといって、私自身は一メートルたりとも地球の重力を振り切れるわけではない。

誰かの描いたマンガを読んだり、自分でマンガを描くのは、確かに楽しい。だが、マンガそのものに現状を変える力は皆無である。ひとときの夢想と情熱が燃え尽きたあとには、いつでもつらい現実が待っている。ただ「楽しかった」というだけなのだ。

「違うよ、ゆーにゃ。『楽しかった』ってだけで十分なんだよ。わたしたちは『楽しい』のために生きてるんだから」

おそらく、比那子ならそう言うに違いない。

その通り。わたしたちは「楽しい」からこそマンガを描いている。ならば、そこに「楽しい」を見出せなくなったのなら、もうマンガを描く意味などないではないか。

「じゃ、もうゆーにゃはマンガを描くのをやめちゃうの？　そしたら、次はどんな『楽しい』を探すつもりなの？」

心の中の比那子がそう質問した。

別に、マンガをやめるつもりはない――少なくとも、今しばらくは。あれだけ母とやりあったあとなのだし、意地でも続けるつもりだ。習慣のままに筆記具をならべ、肌身離さず持ち歩いているぼろぼろの革カバンから、わたしの担当分の『アイリス』第二十六号を引っ張り出した。

わたしたちが金銭出納簿に描き綴っている同人誌『アイリス』は、執筆の効率化のため、常に四冊分が同時進行で描き進められ、最新の『アイリス』四冊を部員四人でぐるぐる交換しながら回し描きしていくシステムになっている。

母はわたしたちの同人誌を「ただの紙屑」と言っていたが、それは言葉通りの意味だ。以前に、部屋に隠しておいた執筆途中の『アイリス』を母に発見され、ほぼ完成していたわたしの十数ページ分と、その直前に描かれていた茅の力作二十四ページを破り取られ、診療所の窓の補修に使われてしまったことがあった。壮絶な親子喧嘩を経た末に、わたしは外出するときは『アイリス』を入れたカバンを持っていき、家にいるときは片時も手放さないようにしている。

月ロケットを組み立てる主人公が半分まで描かれたページを開いた。それでも、やはりマンガを描く気にはなれなかった。ぐずぐずと描きあぐねていても仕方ないので、気分を変えれば筆も乗るかと思い、紙屑置き場から拾ってきた本を読むことにした。

イリス沢における小説本の地位は、マンガに輪をかけて低かった。

集落の識字率は高くはないが、それほど低くもない。他集落との交易のために最低限の文字を覚えた大人たちと、さらに『アイリス』の熱心な読者である十数人の女の子たちもあわせれば、軽く二十パーセントを越えるだろう。

けれども、〈小説〉なるものを読む人間は皆無である。

スズや茅はマンガのフキダシに書かれた文字を読んだり、自分でフキダシに文字を書き込めるぐらいの教養は持っているのに、活字だけが並んだ書物を前にすると、途端に尻込みする。

比那子も小説本の類にはあまり興味を持たない。ナグモの家は暗黒期にすら読み書きが許されていた特権階級で、比那子にしてもナグモの刀自さま直々に文字の読み方を教わっているし、わたしよりずっと難しい文章を読みこなせるはずなのだが、それでも小説を読もうとはしない。創作物に深い愛着を寄せる漫画同好会の面々でさえ、この体たらくである。ましてやマンガすら時間の無駄としか考えていない大人たちに至っては、なにをか言わんや、である。

イリス沢における小説本は、不規則なインクの汚れが染みついた紙束としての利用価値しかなく、その意味では大いに重宝されていた。遺跡や廃墟から掘り出されてきた書籍や雑誌は、数か所の紙屑置き場にまとめて積み上げられ、人々は日々の生活で紙が必要になると、そこから適当に破り取ってきた。破り取られたページは、壁や窓の修繕に、道具の補修に、あるいは包み紙や焚《た》きつけにと、様々な用途に使われた。厳寒の季節はくしゃくしゃに丸めて衣服の下に詰め込めば、保温材にもなった。誰もその中の文字の並びに価値を見出しはしなかった。わたし以外は、誰も。

わたしには、紙屑置き場から物語の書かれた小説本を探してきては、定期的に持ち帰る習慣があった。いつからこんな習慣を身につけたのか、もう正確な時期は憶えていない。《イリス漫画同好会》の発足よりもずっと以前、わたしが単なる読者の立場に満足していたころ、紙屑置き場にまぎれ込んだマンガの本を漁っていたときに、〈小説〉もまた物語の一形態であり、いわば「絵のないマンガ」であることに気づいたのだ。

わたしは紙屑の山から小説本を拾ってきては、診療所の仕事や家事や〈部活〉のあいまに、それを読んだ。楽しい本もあった。悲しい本もあった。愉快な本もあった。残酷な本もあった。

「言葉を通じて表現される物語」には、マンガとはまた別の魅力があった。あたかも、語り手の思考がそのまま脳内に流れ込んでくるような気がした。百年以上も昔の人の思考を、今この瞬間に、自分が追体験しているような気がした。これはマンガでは得られない感覚だった。

いつからか、わたし自身も小説の文章のように思考する習慣を身につけていた。昔の本で目にした言葉や表現を借りて、自分の行動や周囲の状況を言語化する行為は、やるせない現実を生きるにあたって、一種の諦観を与えてくれた。いうなれば人生もまた一篇の物語に他ならず、わたしはわたしの人生の観察者に過ぎないのだ、という諦観を。

それらの行為や感覚に共感してくれる人間がいなかったのは、先に述べた通りだ。

小説本を診療所の自室に置いておけば、いずれは母が引き裂いて反故紙として使ってしまう。かといって、わたししか読まない小説本で、〈部室〉の限られた本棚を圧迫するのも嫌だった。未練がましく数冊の本を手元に残しておくよりは、いっそ最初から蔵書など持たないことに決めた。

読み終えた本は紙屑置き場に戻しておいた。数日後に見にいくと、大抵その本は消えていた。ときには前回に読んだ本がまだ残っていることもあったが、その場合でも別の本を探した。未練は持ちたくなかった。執着すれば、一層つらくなるのはわかっていたから。

今読んでいるのは、『ベヴィス』という異国の本だ。表紙には、大きな池の水面を棹で突いている二人の男の子と一匹の犬の絵の下に、「R・ジェフリーズ」と作者の名前がある。児童向けの本らしく、難しい言葉は使われていなかったので、わたしでもすらすらと読めた。主人公のベヴィス少年と相棒マークと忠犬パンの数々の冒険ごっこも、あとは最終章を残すのみで、本を紙屑置き場に戻すべき時期が近づきつつあった。

最後のページまで一気に読み進めた。


帰りぎわに、ベヴィスとマークは農園の丘にある楢《なら》の大樹の下でしばらく立ち止まり、うしろをふりむいた。南は満天の星空だった。海鳴りのように楢の木がざわめいていた。空は黒かった。天鵞絨《びろうど》のように黒かった。黒北風《くろぎた》が吹きつけていた。まるでその風にあおられているかのように、星々がきらきらとまたたいた。

大きなシリウスが光った。広大なオリオン座がその剣で天界を支配しつつ、夜空を歩きまわっていた。流星のきらめきが、中天から南の地平線へと落ちていった。黒北風は新芽をちぢこまらせていたが、もうそれらの新芽の中には、東にアークトゥルスがのぼるころに、若葉を吹きださせる力があったのだ。強い北風が楢の枝々をふるわせる音が聞こえた——

「風みたいに、このまま本物の海へ行けたらいいのに」マークが言った。

「ぼくらは本物の海へ行かなきゃならない」ベヴィスは答えた。「いざ、オリオンをめざして！」

風は海へとむかい、星々はいつも海のかなたにあった。


（おわり）

巻末にある三ページばかりのあとがきには、ジェフリーズとは、この本が翻訳された旧時代のさらに百四十年前——つまり今から二百年以上も昔——に生きていた人で、イギリスという土地に住んでいたと記されていた。

それ以上のことは、わたしにはまったくわからない。そのジェフリーズ氏という人が、どんな性格の人で、どんな人生を送って、他にどんな本を書いたのか。おそらく、終生知る機会はないであろう。

この本の舞台であり、ジェフリーズ氏が住んでいたイギリスが、地球の裏側にあるのは知っている。そして、わたしがその土地を訪れる機会は永久にやってこないのも知っている。わたしが月面や《廃京》を、決して訪れられないように。

この『ベヴィス』も、明日には紙屑置き場に戻しておかねばなるまい。ひょっとしたら、この本が地球上に残された最後の『ベヴィス』の一冊なのかもしれないが、それでも壁の修繕や包み紙に使った方が、今のイリス沢にとっては役に立つのだから。

気に病むことはない。この本の内容は、わたしがちゃんと憶えている。

本を置いて上着を脱ぎ、シャツとパジャマを兼ねた肌着一枚になった。弟の安眠を邪魔しないよう気を遣いながら、掛け布団を持ち上げ、そっと隣にすべり込む。布団はイリス沢で不足している品物のひとつである。ほとんどの女の子は、親や兄弟姉妹と一緒の寝床で眠るのだ。

幼い弟の体温をすぐ真横に感じつつ、狭苦しい部屋の四角い天井を見つめ、漫然と考える。とうとう、今日は一ページも描けなかった。少女時代の貴重な一日を、また無意味に過ごしてしまったのだ。

そんなことをくよくよ思い悩むうちに、眠りに落ちていた。海と星々の夢を見た。

8

なんやかんやあって、世界はこうなってしまった。現在わかっているのは、二十一世紀のなかばに突発的な気候の変動が起こったという曖昧《あいまい》な歴史だけだ。言い伝えによれば、その年は三か月にわたって日の光は月の光のようになり、六月に雪が降ったという。それにともなって世界中で起きた大飢饉と、社会と産業の崩壊の中で、人類はみるみるその数を減らしていった。

食料の流通が止まり、ガスと水道と電気が止まると、都市は飢餓と汚染のために居住困難な場所となった。人々は比較的食料の豊富な郊外へと逃げた。あらゆる地域で暴動や略奪が日常化し、当時存在していた旧政府は機能不全に陥った。

臨時総選挙で議会の多数を占めた急進派により、秩序回復のためのヒノモト新体制が打ち立てられた。これが旧時代の終焉であり、暗黒期の開始である。初期のヒノモト体制の提案者たちは、無為無策な旧ニッポン政府を見兼ねて、非常手段に訴えてでも民衆を救おうとした善意の人々であったと口碑は伝えているが、本当にそうだったのかはわからない。のちに新政府自身の命令で、この時期の記録の大半は焼却されてしまったからだ。

いずれにせよ、彼らの善意は長くは続かなかった。新秩序のもとでも治安や物資の不足は一向に改善されなかったし、部分的には悪化しさえした。やがて、ヒノモト急進派の中でもさらなる強硬派の頭目が権力を握った。彼は穏健派を一掃して憲法と議会を停止し、すべての権力を彼個人に集中させ、新体制への反抗者を皆殺しにすることに決めた。信じられないのは、当時の民衆の過半数がこの方針を支持したことである。

都市では過激な反技術主義と反知性主義が横行した。旧文明の施設や機械は片っ端から破壊され、旧時代の書物や記録媒体は見つかり次第焼かれた。大勢の人間が集団リンチで殺された。子供たちは文字を教えられず、農具と武器以外の機械は存在すら許されなかった。旧文明の崩壊の具体的な原因と過程について示唆を与えてくれたかもしれない記録の大部分は、この暗黒時代に失われた。

旧文明のもとでは一介の研修医だったわたしの曾祖母が、親戚を頼って着の身着のままイリス沢へ逃げてきたのは、このころである。イリス沢もまたヒノモト政府の支配下にあったものの、当時のこの地は山奥の限界集落に過ぎず、交通の便の悪さもあいまって、クデタから定期的に監視官が訪れる程度で済んでいた。

代々続く地元の名家であったナグモの当主は、新政府に対して徹底した服従で応じた。本来なら元地主というだけで真っ先に処刑されてもおかしくはなかったのだが、すべての土地を率先して差し出し、さらには不穏分子の摘発や旧施設の破壊や焚書に積極的に協力することで、新秩序に忠実な人物として難を逃れた。この人が比那子の高祖父であった。

　このことから、今もなお比那子の高祖父を臆病な卑劣漢呼ばわりする人もいるが、わたしは違うと思う。彼は新政府の方針に表面的に従う一方で、わたしの曾祖母のような人物を知らぬ存ぜぬでかくまい、田畑を駄目にしてしまう新農法の導入をぐずぐずと遅らせ、結果的にイリス沢の被害を最小限に抑えたのだ。

　そして三十年が過ぎたある日、突然にヒノモト政府は消滅した。

　ある朝、《廃京》の近郊に住んでいた人々は、都心の方角に広がる赤い霧を見た。その奥におぼろげに見える大地や建物は墨のような黒色に変化しており、動くものの影さえ見えなかった。午後になると、赤い霧は周辺の都市へ皮膚病のように飛び火し、それらの土地でも草木が一斉に黒く立ち枯れ、人がばたばたと死んだ。数少ない生存者は山奥の僻地へと逃げのびて、この話を伝えてから死んだ。

　一体《廃京》でなにが起こったのか。真相は誰も知らない。

　迷信深い者は、ヒノモト政府が国中で寺社を破壊した劫罰として、《廃京》の中央に黄泉の国への入り口が開かれたのだと信じている。吸い込んだ者に死をもたらす赤い瘴気は、冥界にたなびく霧がこの世に洩れ出したものである。

　毒性の強い元素を含む彗星が落下したのだと、まことしやかに語る者もいる。旧文明の天文台や観測所はいずれも暴徒の略奪にあって廃墟同然となっていたから、この説にしても実際のところは不明だ。

黄泉の国や彗星よりも合理的で説得力のある説としては、内戦の結果だというものがある。当時、本州は二つの国家に分割され、ヒノモト政府はその分離独立した反乱政府と交戦状態にあった。その国土の支配権をめぐる争いに禁断の兵器が使われ、双方が共倒れになったというのだ。この説を主張する者は、中央政府の消滅と時を同じくして反乱政府も沈黙したのを、その根拠としている。おそらくは反乱政府の主要都市にも、赤い霧に包まれた黒い荒野が広がっているのであろう。

すべての政府が消えたあとには、文字通りの完全な無政府状態が残された。現在では汚染の範囲はふたたび都心部にまで縮こまり、それ以外の場所では青空が広がっている。しかし、土壌は依然として耕作不能なままであるし、そこに住み着いているのは少数の武装した略奪者の集団のみである。

9

暗黒時代が終わると、再建の時代がはじまった。わたしの祖母の時代でもある。

暗黒期のあいだ、曾祖母はイリス沢の山奥にある炭焼小屋に隠れ住んでいた。外の世界ではまともな医療制度はとっくに崩壊しており、イリス沢の人々は治療が必要な病気にかかると、こっそりと曾祖母のもとを訪れる方を選んだ。

イリス沢の病死者数の少なさに不審を抱いた中央政府の捜索の手が及べば、曾祖母はさらに山奥へと逃れ、ほとぼりが冷めるまで何週間も野宿した。そんな生活の中で曾祖母は女の子を産んだ。誰の子だったのかはわからない。祖母自身にしても、とうとう自分の父親の名前は知らずじまいであった。

祖母は十二歳になるまでナグモ屋敷で養女として育てられた。やがて、ナグモの当主を継いでいた比那子の曾祖父にあたる人から、祖母は実の母について知らされた。祖母は曾祖母の助手に志願して医術を学び、曾祖母なきあとには、破壊され廃屋となっていた村の診療所を再建した。これがクリハラ診療所である。

曾祖母は半生にわたる逃亡生活で損なわれた健康をとうとう取り戻せず、祖母が二十になった年、ヒノモト政府消滅の翌年に亡くなった。享年五十五であったという。

ふたりが一緒に暮らした時間は、曾祖母の知る専門化された医学知識を伝えるのにさえ全然足りなかったが、さいわいにも彼女が隠し持っていた病理学や生理学の教科書があった。それらの書籍を熟読して、さらには、八年間の助手生活で学んだ技術と組みあわせることで、祖母は包括的な医学知識の体系を独力で再構築した。これらの初学者向けの教科書がなければ、循環器系・消化器系の知識や、疫学・栄養学の概念などは、とっくに忘れ去られていただろう。

祖母のことはかすかに憶えている。優しい人だった。

曾祖母の形見の櫛で、わたしの髪をすいてくれながら、

「悠凪は人形みたいに綺麗な髪をしてるねえ」

そう言って、いつも褒《ほ》めてくれた。わたしが今でも髪を伸ばしているのは、祖母の言葉の影響かもしれない。

ただ、「人形みたいに綺麗な髪」という言葉の意味が、わたしにはちょっとわからない。わたしの知っている〈人形〉とは、遺跡から発見される煤ぼけた旧文明の遺物か、集落の母親たちが手作りする麻紐の髪を植え込んだボロ布の人形だけで、それらが「人形みたいに綺麗な髪」という比喩につながらないのだ。

きっと、旧時代にはマンガの女の子のように綺麗な髪をした人形もあったのだろう。

「悠凪は賢くて器用だから、きっと誰よりも偉いお医者になれるよ」

祖母はそうも言っていた。

「おばあちゃんや、おかあさんみたいに？」

と、わたしが訊き返すと、

「もちろん、ばあちゃんやかあさんよりも、ずっとずっと立派なお医者になるよ」

祖母は微笑みながら、そう断言した。

そうなれたら嬉しいな、と子供心に思った。医師としての祖母は、わたしの憧れであったからだ。

祖母は生涯にわたり、イリス沢の医師であり続けた。晩年には診療所の運営は母に任せ、自分

はもっぱら過去の治療記録を編纂《へんさん》し整理する日々を送っていたが、母の手に負えない重病人が出ると、祖母みずからが手術刀を執った。七転八倒の苦しみの中にあった病人が、祖母の手術で回復し、何度も「クリハラの大先生」に感謝を述べている様子を見ると、わたしまで誇らしい気持ちになれた。

仕事中の祖母に、「おばあちゃんはなんのお仕事をしてるの？」と、物心ついたばかりのわたしがたずねると、人体の仕組みや、病気の原因や、医者の役目について、子供にもわかる言葉で教えてくれた。わたしの医学教育の第一歩は、祖母の膝の上からはじまったと言ってもよい。

そうそう、祖母は〈アニメ〉についても教えてくれた。異国の言葉で「命を吹き込まれたもの」という意味だそうな。父や母が生まれるよりもずっと前、祖母が当時のわたしくらい小さい子供だった頃には、まだナグモ屋敷に〈アニメ〉を見せるための道具が残っていたらしい。

〈アニメ〉とはどういうものかというと、要するに動く絵である。

それを聞いたときは、「なーんだ」と思った。動く絵ぐらいわたしでも知ってる。つまり、紙人形劇のことだ。紙人形劇なら、レンジャク商人たちと一緒にやってくるナガレ者の天幕芝居で見たことがあった。

「そうじゃなくってねえ」

わたしの返事に、祖母は説明しあぐねたように言った。〈アニメ〉とは、人間がぎこちなく手で動かす紙人形とは違い、絵の中の風景や人物が自由自在に動き回るものだという。

「それって、紙に描かれた絵がそのまま動き出すってこと？」

わたしには信じられなかった。紙の上の絵が動いたなら、それは魔法だ。

わたしは〈アニメ〉を見せてくれと、祖母にせがんだ。祖母は、〈アニメ〉を見るためには複雑な機械が必要で、それはもう世界のどこにも残ってないし、その機械の作り方を知っていた人も死んでしまったのだと、申し訳なさそうに答えた。それを聞いたわたしは、おばあちゃんが意地悪をすると言って泣き出し、祖母をすっかり困らせてしまった。

今のわたしはマンガや小説を通じて得た知識で、〈アニメ〉とはどういうものであったかを知っている。それでも、やはりわたしの想像の中にある〈アニメ〉は、ちょっと複雑な紙人形劇の域を出ない。もっと詳しく祖母から聞いておけばよかったと後悔することもあるが、もう遅い。

祖母は、少女の時期を苛酷な圧制と窮乏の社会で過ごし、成人してからは、飢餓と疫病と暴力が猛威を振るう無政府状態の中で生きてきた。そして、ようやく少しずつ世界がよくなりはじめた矢先に、死んだ。

山奥の炭焼小屋で息を潜めて生活もせず、木の皮や藁を齧《かじ》る飢饉も体験せずに、ふた親のもとでぬくぬくと育ってきた孫娘を、彼女はどんな想いで眺めていたのだろうか。それを考えるたびに、わたしは胸が締めつけられるような気持ちになるのだ。

だから、祖母との誓いは果たさねばならない。わたしはイリス沢の医者となり、祖母の仕事を引き継がねばならない。この世界を、もっともっとよい場所にしていくために。

10

翌日は穏やかな秋晴れであった。今日も昨日に引き続いて非番の日だったが、それでも〈部活〉に行くと知られたら、また文句を言われるのはわかっていた。鶏小屋の世話と診療所や母屋の掃除を済ませると、母が目を離した隙を見はからって、こっそりと診療所を抜け出した。一応、野良仕事に出ていた父には断っておいた。父は煙管をふかしながら、無言でうなずいただけだった。

旧時代に植樹されたトネリコの梢を、気の早い北風が颯々《さつさつ》と吹き抜けている。昨日は長袖のブラウス一枚でしのげたが、今日はブレザーをはおっていても肌寒い。そろそろ冬支度を考えておいた方がいいかもしれない。

イリス沢集落の生活必需品、特に衣類は、もっぱら遺跡からの発掘物に依存している。旧時代の製品は驚くほど高品質で、保存状態さえよければ今でも使用に耐えた。わたしが普段着にしているブレザーとスカートも、クデタの放棄された衣類倉庫から回収されたものだ。デザインを見るに百年前は〈学校〉の制服として使われていたものらしく、マンガで似たような格好をしている女の子を、何度も見たことがあった。

しかし、三年間にわたり一張羅《いっちょうら》として着潰されてきた今は、もう見る影もない。上着の袖口や肩や肘は生地がすり切れて、補強のための刺し子や当て布が入っている。スカートのプリーツは潰れ、もうギャザースカートとの見分けもつかない。

総じて、新しい衣服はどんどん手に入りづらくなっている。衣類だけではない。農業に欠かせない機械の部品や、刃物などの金属類や、ガラス製品や、書籍という名の古紙も同様である。今はこれまでに入手した旧時代の品物の再利用で、なんとかやりくりしている状況だ。

旧文明の生産物に寄生する生活がいつまでも続けられないのは、誰もが自覚していた。いずれはわたしたち自身で、布を織り、刃物を鍛え、紙を漉《す》かねばなるまい。だけど本当に切羽詰まらないうちは、その種の自給自足の試みは起こらないだろう。わたしたちにしても、比那子が言い出すまでは自分でマンガを描こうなどとは思わなかったではないか。

イリス沢の未来を案じながら雑木の森を通り抜けた。クヌギとコナラの林に囲まれて、ひときわ大きなケヤキの樹が生えている。その幹に抱え込まれるようにして、《イリス漫画同好会》の部室はあった。建てつけの悪い戸をがたごとと押し開け、部室に入った。誰もいなかった。

昨日の一件でひがみっぽくなっていたこともあり、もしや、みんなでわたしを置き去りにして《廃京》へ出発してしまったのでは……と、疑心暗鬼に駆られた。だから、スズがいつものように「ちーっす」と顔を出したときは、内心ほっとした。

「あ、そうだ――」

スズはベンチに座るなり、年季の入ったナップサックからスケッチ帳を取り出してきた。

「――また何枚かイラスト描いてきたんですけど、先輩、見てくれます?」

サイズも紙質もまちまちな紙を綴じあわせた、手製のスケッチ帳だった。共通点は、どの紙もおよそ画材向きではないことで、削った竹炭で引いた線の上から、長持ちさせるためにギリギリまで薄めた旧時代製の水彩絵の具を塗ると、表面がでこぼこと浮き上がった。それだけの悪条件ですら、スズの画力の前ではハンディキャップにもならなかった。

例の少女マンガ雑誌の再読に取りかかったスズの真向かいで、わたしは丁寧に彩色されたイラストに目を通していった。一枚目は、旧時代の喫茶店で西日の差し込むボックス席に座るセーラー服姿の少女。二枚目は、小雪のちらつく繁華街を歩くファーコートの女性。今はもうどこにも存在しない光景を、スズは過去に旅先で見た廃墟の記憶と想像力だけで、活き活きと描き起こしていた。

もちろん、これらの絵は旧時代の情景そのままではないだろう。わたしも現物を見たわけではないが、おそらく当時の喫茶店では、道路から侵入した街路樹の枝がガラス窓を破ったりはしていなかったと思う。繁華街にしても、こんな風に野ウサギや野ジカが当たり前のように徘徊していたとは思えない。

けれども、それがなんだというのだ。これらはスズが実際に自分の足で歩いてきた都市の廃墟の風景であり、そこから想像した旧時代の少女たちの生活そのものなのだ。それらのイラストは、その簡素な描線と淡い色彩のゆえに、美しかった。

「わたしも旅をすれば、こういう絵が描けるようになるのかしらね」

ふっと洩らした感想に、スズが首を振った。

「たかが絵のために、あんな苦労する価値ないです——そもそも先輩こそ、宇宙に行ったこともないし、未来の世界を見たわけでもないのに、ちゃんと宇宙や未来のマンガを描けてるじゃないですか」

スズはそう言ってくれたが、結局のところわたしのマンガは、生まれた土地を一度も離れたことのない世間知らずの小娘が頭の中だけでこしらえた、ただの絵空事という気がしてならないのだ。

部室の窓から差し込む陽光の中で、パラパラとマンガ雑誌をめくっているスズの横顔もまた美しかった。くっきりとした彫りの深い目鼻立ちに、後頭部でまとめた癖の強い髪。そして彼女の描く少女たちと同様に、彼女もまた檜皮《ひわだ》のように黒く深い肌の色をしていた。

スズの肌は誰よりも黒かった。他の者の日焼けとは違い、冬になっても彼女の肌の色が褪めることはなかった。おそらくは文明の時代にこの土地を訪れた、遠い海の向こうの異人の血が混じっているのではないだろうか。

スズの父親には何度か会ったことがあるが、彼は異人ではない。ふたりは実の父と娘なのか、そうでないのか。もし血のつながりがないのなら、そのふたりが親子として一緒に旅をしていたのは、一体どういう事情があったのか。気にはなるが、スズは自分から詳しい身の上を語ろうとはしなかったし、わたしたちもあえて聞き出そうとはしなかった。今はそれでいいのだと思う。

「——スズはこんなに絵うまいんだから、マンガも描けばいいのに」

スケッチ帳から目を上げたわたしが勧めると、彼女はふたたび首を振った。

「うちはマンガは無理。イラストとマンガは別物ですから」

「そう？　そこまで違うもんじゃないと思うけど？　コマ割りが思いつかないんだったら、自分の好きなマンガの真似してみるとか……」

「じゃ」スズが雑誌を閉じて、ぐいっと顔を寄せた。「ゆーにゃ先輩が、原作やってくれます？　先輩がネームまでやってくれるんなら、うち、マンガ描いてみてもいいですよ？」

「え？」

「うち、ゆーにゃ先輩のファンなんですよ。いっぺん、先輩と共同作業してみたかったんです」

　自分以外のためにストーリーを考えるのは初めての経験だ。スズは「どんな話でもいい」と言ってくれたが、ここは、やはりスズの絵柄が引き立つような作品にしたい。いくつか構想が浮かんだところで、部室のドアをぎいぎいと押し開ける音がした。茅だった。

「はよー、カヤ」スズがふり向いて挨拶する。「あのね、今、ゆーにゃ先輩の原作で、うちが描くマンガの計画立ててたとこ」

　茅が目を丸くした。

「スズ先輩が、マンガ描くんですか？――でも、スズ先輩って女の人の絵ばっかり描いてるじゃないですか。ゆーにゃ先輩のマンガって、普通に男の人とか出てきますよね？　スズ先輩、男の人描けるんですか？」

「そりゃま、男ぐらい描けるよ。うちは可愛い女の子が好きだから、そういう絵描いてるだけだし」

「スズは、男の人嫌いなの？」

わたしの質問に、スズは肩をすくめた。

「男の相手なんて、うちのオヤジ一人でたくさんですよ――あ、ご心配なく。マンガとリアルは別ですから。ゆーにゃ先輩の原作とあらば、男キャラもばっちり描かせていただきます」

そのあとは共同制作の話題で話が弾んだ。スズも茅も、〈コミケ〉の件には一切触れようとしなかった。後輩に気を遣わせているのがわかって、ちくちくと心が痛んだ。

「スズ先輩がどんな男キャラ描くのか、わたしは実に興味ありますねー」

「そう言うカヤだって、女の子が主人公のマンガばっか描いてるじゃん。うちと変わんないよ」

「違いますよう。わたしは女の子が好きなんじゃなくて、女の子たちの物語を描くのが好きなんです。だって、物語を作るのって素敵じゃないですか――

――現実の〝楽しい時間〟には、いつだって終わりがありますよね？　どんなに素晴らしい出来事の最中でも、『ああ、これもいつかは終わってしまうんだな』って現実を、心の片隅でずっと意識してなきゃいけない。わたしは、それがとてもいやなんです。でも、物語の中なら、わざわざ〝楽しい時間〟を終わらせる必要はありません。たとえ最後のページを描き終えても、『これは、わたしがこの続きを描いてないだけで、この子たちの物語はいつまでもいつまでも続いてるんだ』と考えることができますから。それに――」

しばらくは、茅による創作論に花が咲いた。マンガの話となると、この子は実によく喋る。

「旅の途中こそが目的であって、目的地なんか必要ない」という結論が出て一段落ついたところで、スズが窓の外の日差しに目をやった。

「それにしても部長さん、なにやってんですかね。一番ヒマなのに」

「部長」とは、〝部活ごっこ〟における比那子の呼び名である。

もっとも、わたしは比那子を皮肉るときにしか「部長」という呼び名を使わないし、スズも大体はそうだ。しかし、茅が比那子を「部長！」と呼ぶときのキラキラした瞳には、比那子本人ですら若干たじろぐくらいの憧れがこもっていた。

そこへ、噂をすれば……というやつで、比那子が威勢よく飛び込んできた。

11

「ごめん！　寝過ごした！」

比那子は息を切らしてテーブルに駆け寄ると、そそくさとカバンから藁紙の束を取り出した。

じゅーやく出勤、じゅーやく出勤、とスズが囃《はや》し立てる。わたしも、「寝過ごした」という時間じゃないだろうと思ったが、口には出さなかった。

「いやー、いろいろ準備しててさ、とうとう徹夜仕事になっちゃって。朝がたに寝落ちして、目が覚めたら昼過ぎで――それで、〈コミケ〉行きの話なんだけど」

後輩たちが身を強張らせて、ちらりとわたしの方を見た。凍りついた部室の空気も意に介さず、比那子はカバンから藁紙の束を引っぱり出すと、いそいそとテーブルに並べはじめた。

「あたしとしては、明日にでも出発したいんだけど、旅の支度もしなくちゃいけないし、みんなにも都合があるだろうし、とりあえず、四日後の出発ってことで計画立ててきた」

比那子は早口にそう喋りながら、茅に数枚の藁紙を押しつけた。

「カヤは旅先での炊事とお茶担当ね。悪いけど、出発の前に部室に寄って、携帯コンロとか運んできて。あ、当面の食料はあたしが用意するから、心配しなくていいよ。必要な台所用具だけ持ってきて」

「あの、でも……」茅は途方に暮れて、わたしと比那子の顔を交互に見比べた。

「カヤは、〈コミケ〉行かないの？」比那子が不審そうに訊いた。

その言葉を聞いた瞬間、茅は反射的に背筋を伸ばし、ひしと計画表を抱き締めた。

「行きたい、です――いえ、行きます！　絶対行きます！」

「スズは道案内だから責任重大だよ。この地図に、わかる範囲で道順や目印になるもの書き込んどいて。クデタから先も、スズの森歩きの経験には頼らなきゃならないだろうし。あと、銃も持ってきてね」

「えーと、うちは……」スズは気まずそうに頰を指先で掻いて、計画表と地図を受け取った。

「……ま、しゃーないですね。うちが行かなきゃ、どうしようもないし」

わたしは、つとめて感情を表に出すまいとしていた。やっぱり、行くつもりなんだ。わたしを置き去りにして、三人だけで行くつもりなんだ。

「……はい、これがゆーにゃの分。ぼーっとしてないで、ちゃんと聞いて！」

「え？」

比那子がわたしの前にも藁紙の計画表を置いた。わたしの前に置かれた紙が一番多かった。

「ゆーにゃは、会計と保健係ね。あたし、病気のこととか全然わかんないから、必要な薬の準備はゆーにゃの判断に任せるよ。あと、みんなが持ってきた品物の目録も作ってね。旅先で、物々交換に使えるかもしれないし」

わたしはテーブルの上の計画表に目を落とした。

■コミケ遠征のしおり

●準備する荷物

・食料。一人あたり三日分を用意するが、基本は現地調達して食べ延ばす

・衣類。はき慣れた頑丈な靴を用意。雨具と毛布を忘れない

・武器。スズの猟銃は必要。全員がなんらかの武器を用意する

・医薬品。ゆーにゃが診療所から持ち出してくる

・交易品。旅先で食料や衣類と交換できそうな金目のもの。部長が屋敷から持ち出してくる

・同人誌。最重要品。『アイリス』の最新八号分を持っていく

◆クデタから《廃京》まで

→基本は旧時代の道路を地図通りにたどれば《廃京》へ到達するはず
いずれにせよクデタより南はほぼ平野である。何キロも山道を越える必要はない
◆関東平野の危険地帯の突破
→これが第一の難関。ノブセリや野犬に見つからないようにそっと抜けていきたい
できれば、《廃京》の近辺まで案内してくれる協力者を探したい
それが無理ならば、なるべく夜間に行軍する。昼間は廃墟に隠れてやり過ごす
いいいいいいいいいいいいいいいいい、
最悪の事態に備えて、全員が武器を携行すること！
◆いよいよ《廃京》の中心部
→これが第二の難関。しかし伝聞によれば、今も赤い霧が広がっているのは《廃京》の中央部
のみらしい
つまり、〈コミケ〉のある海岸部は汚染が晴れている可能性が高い！
→霧のない場所を迂回して海岸づたいに北や南から回り込む？
→場合によっては塩水の海から舟で接近するのもあり？

この他にも無数のたわごとが、比那子のイラストを添えてびっしりと手書きしてあった。

「それじゃ、四日後の夜明けにアメミヤのお社跡に集合だから、みんな、それまでに支度を済ませておいてね！　そして、これが全体の日程表――」

「ちょっと待って」わたしは比那子をさえぎった。「どうして、いきなり〈コミケ〉へ行くって

話になってるの？」

「ほら、昨日決まったじゃん。どうせ行くのなら、早いに越したことはないって」

「わたしは、《廃京》に行くのは反対って言ったでしょ？」

「あの、ヒナコ先輩」茅がおそるおそる手を挙げた。「確かにゆーにゃ先輩は、最後まで反対してたような気がします」

「うちも、そうだと思ってました」スズがうなずいた。

「そうなんだ。でも、ゆーにゃも行くよね？」

比那子が真顔で確認してきた。もう、笑うしかない。

「行かないわよ」

言わねば伝わらないと思い、きっぱりと答えた。

「なんで？　ゆーにゃは〈コミケ〉嫌いなの？」

「嫌いよ。〈コミケ〉も嫌いだし、自分勝手な計画で〈部活〉を引っかき回すヒナコもね」

「だけど、集団行動なんだから、ゆーにゃも少しは我慢してくれなきゃ。なんなら、あたしたちが〈コミケ〉を探索してるあいだ、ゆーにゃは《廃京》観光でもして、時間潰しててていいからさ」

「なにが〝集団行動〟よ。ヒナコがひとりで言い出して、ひとりで全部決めてきただけでしょ。そんなに〈コミケ〉に行きたきゃ、ヒナコひとりで行けばいいのよ」

「だって、あたしはゆーにゃやみんなと一緒に行きたいんだし」

「そう。でも、わたしは行きたくないの」

「じゃ、勝負しよう」

　また昨日の繰り返しかと思われたところで、突然、比那子がわけのわからないことを言い出した。

「は？」

「これから三日以内に、ゆーにゃは必ず『わたしもコミケへ行きたい』って言うよ。それを言ったらゆーにゃの負けね。観念して、みんなと一緒に〈コミケ〉へ行くんだよ」

「言うわけないじゃない」

「うん、ゆーにゃならそう答えるよね。でもね、言っちゃうんだよ。あたしが言わせてみせる」

「じゃあ、もしわたしが三日経っても、『コミケへ行きたい』って言わなかったら――あ、ちょっと待って！　今の『コミケへ行きたい』はノーカウントだからね！」

「そんな卑怯な真似はしないよ。言葉尻をとらえたり、無理やりにじゃなくて、ゆーにゃが自分の意思で、自発的に、『コミケへ行きたい』って言うんじゃなきゃ、意味ないもん」

「そう、それじゃ、わたしが三日経っても――その、例の言葉を言わなかったら、ヒナコはどうしてくれるの？」

「もちろん、〈コミケ〉行きはあきらめるよ。二度と言い出さない」

　比那子は至極あっさりと答えた。

　わたしは安心した。比那子はいい加減でずぼらで軽率で適当な女ではあるが、彼女がひとつだけ絶対にやらないことがある。約束を破ることだ。そして、わたしが「コミケに行きたい」と言い出すことはあり得ない。つまり、これで《廃京》行きは確実に食い止められた。

しかし、用心せねばなるまい。比那子は約束は守るが、相手にも約束は守らせる。あと三日のあいだ、「コミケへ行く」とは、冗談でも口にしてはならないのだ。

「……わかったわ。その勝負、受けた！」

「これで、四日後の〈コミケ〉行きは決まったようなもんだね」

比那子がほくそ笑んだ。一体、なにを企んでいるのやら。

「それじゃ、急で悪いんだけどさ、今からみんなであたしのうちに来てよ」

「〝うち〟って……まさか、ナグモ屋敷のこと？」

突然の爆弾発言に、わたしは呆気に取られて訊き返した。

「そうだよ。そこに、ゆーにゃに『コミケへ行きたい』って言わせられるものが置いてあるから」

「〝みんな〟って、うちらも行くんですか？」スズが訝しげに質問した。

「うん、実は最初からそのつもりだったんだ。〈コミケ〉へ出発する前に、スズとカヤにも見てもらいたくて」

「それで、なにを見せるつもりなの？」

「ナ・イ・ショ。先に話しちゃうと、感動が薄れるからね。それは、うちに着いてからのお楽しみ」

「あ、あの……」茅がおろおろと言った。「わ、わたし、着ていく服がなくて……」

12

茅がどうしても普段着のままでは行きたくないと言い張ったので、三人で診療所に寄り道して、昔わたしが着ていたセーラー服を持ち出してきた。肝心の比那子は、「ちょっと準備がある」と言い残し、ひと足先にさっさと屋敷へ行ってしまった。

このセーラー服はかつての愛用の品だ。着丈や肩巾に足し布をしてなんとか使い続けてきたが、さすがにもうサイズが窮屈で、特に胸がぱっつんぱっつんになって着られなくなった。将来女の子が生まれたときのためにと取っておいたのが、思わぬところで役に立った。

茅はしきりに「すみません、すみません」と頭をさげていた。「そのままでも誰も気にしないのに」と比那子は言っていたが、正直に言うと、こういう比那子の鈍感さがたまらなく嫌になることがある。比那子や他の誰かが気にするかどうかが問題ではなく、茅本人が痛いほど気にしているのが問題だというのに。

こう言ってはなんだが、比那子はみすぼらしい衣装で人前に出るのに気後れしたり、ましてや自分が着る服に苦労した経験などないだろう。彼女は終始わたしと同じデザインのブレザーで過ごすのを好み、その生地もわたし同様にくたびれてはいたが、その気になれば、いつでも別の服を、それこそ新品同様の服を着られるという、大きな違いがあった。

小柄な茅に、お下がりのセーラー服はあつらえたようにぴったりだった。着替えのついでに髪をほどいてブラシを入れ、わたしが片おさげに編み直してやると、一応はよそ行きといっても通用する外見になれた。少なくとも、茅が自尊心を保てる程度には。

集落の中央にあるナグモ屋敷までの道を、三人でぞろぞろと連れ立って歩く。わたしは例の一張羅のブレザー。スズの方はいつものジャージ姿のままだ。彼女は年中この格好で通している。真夏のあいだはトレパンを脱いで、下に着ているハーパンの裾から濃褐色の太腿を見せた悩ましい格好で暑さをしのぐ。寒さが厳しくなれば、上に迷彩柄のジャケットをはおる。

稲架掛けを終えたばかりの水田は閑散として、つい半月前まで数台の結束機が作男や作女の群れに曳かれて、ざくざくと稲穂の束を吐き出していたのが嘘のようだ。

けれども、農家の仕事はまだまだ残っている。脱穀や籾《もみ》の選別はこれからが本番だし、そのあとは来年の代掻きに備えて、藁や籾殻を田にすき込んでおかねばならない。これらの作業は修繕した旧文明の機械を用いてはいても、その動力は水力か家畜か人間である。茅の家は、その人力の部分を借地農家に提供することで生活している。この時期に一か月も家を空けるような余裕は、どこにもないはずだ。

山猟師のスズにしても、森の見晴らしがよくなる晩秋から冬にかけてが稼ぎ時だろう。うちの場合、そもそも診療所の仕事に農閑期など関係ない。年中暇なのは比那子だけである。

農繁期ともなれば、わたしはもちろん、母でさえ手の空いているときは移植や除草を手伝うのだが、比那子はなにもやらない。比那子が土に触れるのは、田植祭や収穫祭でナグモ屋敷の名代として、儀礼的に苗や鎌を田に入れるときだけである。それ以外の時期はなにもしない。集落の主であるナグモの刀自さまの付き添い役として、ずっとかしこまっているだけだ。

スズが首をひねった。

「一体、なんなんですかね？　うちらに見せたいものがあるなら、わざわざ屋敷まで呼びつけなくても、部室に持ってくりゃいいのに」

「たぶん、持ち運べないようなものじゃないかしら」

わたしがそう答えると、スズは顎に手を当てた。

「こりゃー、あれですね。きっと、ナグモ屋敷にはマンガに出てくるような催眠装置が置いてあるんですよ。ナグモ屋敷はそれを使って、先祖代々、ひそかにイリス沢の民を支配してきたんです」

「まさか」

「用心してください。屋敷に着いたら部長が謎の機械を持ち出してきて、『ね、ゆーにゃ。ちょっとこの中を覗いてみなよ』とか言い出しますよ。そしたら、なんか機械の中で不気味な光がぐるぐるしてるのを見せられて、ゆーにゃ先輩はもう部長の操り人形ってわけです」

普段はクールで他人に無関心なスズが、こういう他愛のない軽口を連発するあたり、やはり彼女もそれなりに緊張しているらしい。ましてや茅の方は、傍から見ていて哀れなくらい、すくみあがっていた。茅のような者に〝ナグモ屋敷〟という権威が与える影響力を、比那子はまるでわかっていないのだ。

ふと、思い出したくない記憶が脳裏によみがえる。あれは、茅が〈部活〉に加わって半年ほど経った時期の出来事だった。

わたしたちの〈部活〉は、マンガだけがその全部ではない。気の置けない同年代の四人が集まれば、当然マンガと無関係な雑談にふけることもあったし、夏の盛りには野外活動と称して、近場の沢に泳ぎに行くこともあった。

そのころ、部内では「くじびきポーカー」なるゲームが流行っていた。マンガで読んだ「ポーカー」と「麻雀」をヒントに比那子が考案したもので、めいめいが色と数字の描かれた木串を八本ずつ握ってテーブルを囲み、竹筒に差された場札の串を引いたり、相手の捨て札を拾いながら、誰よりも早く役を揃えるゲームである。こう書くと単純そうに聞こえるし、実際単純だったが、遊んでみると意外とハマった。二人より三人で、三人より四人で遊ぶ方が断然面白く、一時期は部室に集まるとこればかりやっていた。

このゲームで一番の好敵手はスズだった。異様に勝負強く、捨て札の迷彩に長《た》けていて、降りるときはあっさり降りるものの、少しでも楽観的な予測をしていると、たちまち足をすくわれた。比那子は大したことはなかった。ひたすら派手な役を作るのにこだわり、二十勝負に一回ぐらいは場をかっさらうこともあったが、基本的にはこちらが役を作るためのいいカモで、トータルで見れば沈みっぱなしだった。

問題は茅である。筋は悪くないのに、妙なところで手が鈍る傾向があった——といっても、振り込みを恐れて捨てるべき手札を捨てられないのではない。むしろ逆だった。

茅は頻繁に振り込んだ。そして、わたしが彼女の手札を読んだ限りでは、そんな危険札を切る価値のある手札だとはどうしても思えないことが多かった。なんだか媚びを売られているようで、嫌な気分がしたものだ。

その日も、わたしたちはくじびきポーカーに興じていた。わたしの最初の手札はバラバラだったが、五巡もするととんでもない手に化けた。不要なのは青の4だけで、これを切って赤の2を引ければ、スペクトル・ストレートだった。

「スペクトル・ストレート」とは、赤・橙・黄・緑・青・藍・紫・黒の八色と、八つの数字の連番を同時に揃える最高の役であり、ポーカーならさしずめロイヤル・ストレート・フラッシュにあたる。大袈裟なことの好きな比那子が適当に考えた役のひとつで、おそらくは彼女自身、実戦でこんな役が作れるとは思っていなかっただろう。

赤の2はまだ捨て札には出てないし、山札の中に残っている可能性は十分にあった。そう思うと、にわかに興奮してきた。ひょっとすると、わたしは今日のゲームで伝説を作るのではあるまいか。

比那子の手は簡単に読めた。緑以外の串には目もくれておらず、また大役狙いなのであろう。スズの手札はちょっと難しいが、まだ聴牌にはほど遠いようだ。茅はこれまたわかりやすい。わたしの記憶と分析が伝えるところでは、彼女も2を引ければアガリなのは確実である。ただ、わたしは赤の2でなければならないが、茅は2の札ならなんでもいい。その点では茅の方が圧倒的に有利だった。

やきもきしているうちに、比那子が黒の2を捨てた。終わった、と思った。わたしのスペクトル・ストレートは、幻のまま消えてしまった。

ところが、あにはからんや。茅はその札を拾ってアガリを宣言しなかったのだ。わたしは混乱した。どういうことだろう？　わたしが読んだ茅の手に間違いはない。ならば、あえて黒の2を見逃さねばならない理由があったのだろうか？

いくら考えても、そんな理由は思いつかなかった。

それでは、つまり——

茅が次の串を引き、いかにも深く考えているようなふりをしてから、待望の赤の2を捨てた。急にすべてが馬鹿馬鹿しくなり、わたしは自分が握っていた木串を、乱暴に机の上にぶちまけた。そして、呆気に取られている比那子とスズの前で、茅に今すぐ彼女の手札を公開するよう迫った。

案の定だった。茅は直前に比那子が捨てた黒の2でとっくにアガれていた。そればかりか、自分の手番では聴牌だった手札を無意味に崩して、赤の2を捨てていた。こんなむちゃくちゃな切り方をする理由なんて、ひとつしか考えられない。

対戦相手のわたしに、わざと振り込んでアガらせるため以外には。

きっと、茅にはわたしが赤の2を待っていることまでお見通しだったのであろう。わざわざ、わたしのために赤の2を捨ててくれたというわけだ。わたしが真剣勝負だと信じていたものは、茅にとってはご機嫌うかがいの茶番でしかなかったのである。さっきまでの興奮を小馬鹿にされたようで、腹が立って仕方がなかった。この子の将来のためにも、こういう卑屈な性根は正しておかねばならないと感じた。

だから、勝利とは困難の中で達成するからこそ意味があるので、不正な手段で成し遂げてもなんの意味もないことを教えた。そもそも、ゲームといえども全力を尽くすのが対戦相手への礼儀であり、手を抜いて勝ちを譲るような行為は失礼であることを教えた。それなのに、なぜそんな勝負の興をそぐような真似をするのかと問い質した。

最初のうち、茅はうつむきながら、わたしの叱責を黙って聞いていたが、突然に、ぽろぽろと涙をこぼしはじめた。

声をあげるわけでもない。しゃくりあげるわけでもない。ただただ、真顔で伏せた両目から、表情ひとつ変えないままに、大粒の涙があふれ出た。膝の上で重ねられた彼女の両手の上に、次から次へと滴り落ちた。まるで、自分の心の中から噴き出すなにかを、自分でも抑えられないように。

まさか泣かれるとは思っていなかったので、あわてて説教を中断した。場の雰囲気にいたたまれなくなり、その日は逃げるように部室から立ち去った。

なるべく感情を抑えて理性的に注意したつもりだったのだが、傍からは相当な剣幕に見えたらしい。後日スズにどう見えたか質問したら、「むっちゃキレてましたよ?」と返された。比那子に至っては、「せっかくスペストを作らせてもらったのに、なんであんなに怒り出したのかわからない」とまで言っていた。わたしは自分が大きな役を作りたかったのではなく、ただ、みんなでゲームを楽しみたかっただけなのに。

もしや、茅はもう二度と部室にやってこないのではないだろうか——それが不安で、その晩はろくに眠れなかった。

それは杞憂に終わった。茅は翌日も部室にやってきた。ぎこちなく接するわたしに、茅は「先輩に気を遣ってつまらないことをやってしまいました」と謝罪した。わたしは、自分もきつい言い方をし過ぎたと認めた。それでこの一件は解決した。しばらくすると、すべてが元通りになった。

しかしながら、くじびきポーカーの木串と竹筒だけは、部室の隅にある道具箱の奥深くへしまい込まれたまま、それ以降二度と持ち出されなかった。

「——あの、あれじゃないですか？」

茅が田畑を区切る木立ちの先を指差した。

唐突に、追憶から現在に引き戻された。

木立ちの向こうに、白い石塀が見えた。漆喰と石で頑強に固められたその壁は、空堀と逆茂木《さかもぎ》に取り巻かれ、堀の深さもあわせると四メートル近い高さがあった。塀の要所要所には、今は無人となった物見櫓《やぐら》が建っている。かつてイリス沢が定期的に野盗集団の襲撃を受けており、ナグモ屋敷が要塞として使われていた時代の名残りである。

わたしは嫌な思い出を振り払った。いつまでも過ぎた出来事を悔やんでいても仕方がないし、あのとき茅を叱りつけたわたしの動機そのものは、決して間違ってはいなかったのだから。

「じゃ、行こうか」

「はいっ！」

茅はそう答えて、何度も自分のセーラー服の裾を直したり、襟の形を確かめた。

堂々たる構えの冠木門《かぶき》の前に出た。門扉は作業のため開けっ放しになっており、奥に見える広い敷地には筵《むしろ》が敷かれ、大勢の作男たちがのんのんのんのんと稲を足踏み脱穀機にかけている。籾《もみ》摺《す》りを終えた米は、これまた作男たちの手で俵に詰められ、次々とモルタル塗りの土蔵の中に担ぎ込まれていく。あたり一面にもうもうと籾殻の煙が立ち込め、見ているだけでくしゃみが出そうになってきた。

門の近くに顔見知りのタカナさんがいたので、わたしは声をかけた。

「おお、おお、悠凪ちゃんかえ！　お盆の集会以来だのお。クリハラの先生は、元気にやっとるかえ？」

わたしは、おかげさまで一家揃って元気ですと答えた。タカナさんは五十過ぎのおばあさんで、わたしや比那子が生まれる前から、ナグモ屋敷のおさんどんや、その他の雑用一切を取り仕切っている。旧時代のマンガで言えば、ナグモ屋敷のメイド長といった役職だ。

タカナさんは、わたしたちが来るのを知っていたようである。わたしが手招きすると、スズと茅がおっかなびっくりで門の中に入ってきた。自分の孫でも眺めるように、タカナさんは笑い皺を浮かべてふたりを見た。この人はいい人で、子供を持たなかった女性がしばしば持つ気さくさで、誰にでも親切に接してくれる。

「――この子らが、おひいさまのおっしゃってたブカツの子らだね？　おひいさまからお話はうかがっとるけえ、さっさと上がりなさい。差配どんに見つこうたら、うるさいけえね」

タカナさんに案内されて、わたしたちは敷地の奥にある母屋へと向かった。

おひいさま。それは、《イリス漫画同好会》における「部長」と同じように、イリス沢集落地全体における比那子の呼び名である。

ナグモの刀自さまの孫娘にして、ただひとりの直系の親族。ナグモ屋敷の次期当主であり、すなわち、イリス沢のすべての土地の相続人――わたしが借地農兼診療所の娘であり、スズがナガレ者の猟師の娘であり、茅がバラック長屋に住む作男の娘であるように、それが比那子の身分であった。

「ほんに、あんたらも毎日大変だろうねえ。あの通り、おひいさまは気まぐれなお方だけえ」

作業場と屋敷の前庭を区切る竹垣を通り抜けながら、タカナさんが申し訳なさそうに言った。母屋へと続く踏み石の両脇には、北風を防ぐシラカシが植えられ、ちょっとした屋敷森を作っている。

「まあ、これもお役目だと思うて、辛抱して付き合うてやっとくれ」

お姫さまの取り巻き。それが、わたしたちの〈部活〉に与えられた世間からの認識であった。

幅一間ほどもある磨《す》りガラス（本物の一枚ガラスだ）の格子戸をがらがらと引いて、大きな玄関に通された。タカナさんが戸を閉めて籾摺りの監督に戻っていくと、しんとした静寂があたりに満ちた。防風林にさえぎられて、このあたりまでは作業場の喧騒も届いてこない。

見上げるほどに高い天井。モルタル洗い出しの豆砂利が敷き詰められた広々とした土間。連子《れんじ》窓から差し込む薄暗い日光の中で、白壁が織りなす陰翳。年季を経て黒光りする化粧柱に、奥行きのある取次に置かれた一枚板の衝立《ついたて》。微かにただよう虫除けのクスノキの香り。いつ来ても、ここは別世界の趣がある。

後輩ふたりは、テーマパークに来た旧時代の女子高生さながらに、きょときょとと周囲を見回していた。そこへ、どたどたどた……と、この古寂びた屋敷にはおよそ場違いな足音が、奥の廊下から響いてきた。

「みんな、もう来たの？　早すぎるって！　ごめん、まだ準備中なんだ。奥でお茶でも飲んで待ってて！」

比那子は上がり框《かまち》の上から、土間にいるわたしをせっかちに引っ張り上げた。

「さ、あがってあがって！」

わたしにとって、比那子は腹心の友である。それは間違いない。それでも、その友の姿を見るたびに、わたしは冷ややかな皮肉を込めて、内心でこう思わずにはいられないのだ。

――ああ、お姫さまは今日も鷹揚でいらっしゃる――と。

13

八畳敷の仏間で座卓を前にして、柔らかすぎる座布団に居心地の悪い思いをしながら、わたしたちは比那子を待ち続けた。元旦の集会と宴会が開かれる大座敷ではなく、こちらの部屋に通されるのは、わたしも初めてだ。

床の間には台が築かれ、飾り気のない木箱のような厨子《ずし》の中に、金色の阿弥陀像が安置してある。この小ぶりな仏像は、暗黒期の破壊行為を生き延びて現代にまで伝えられた本物の美術品で、ナグモ屋敷の家宝だった。

もっとも、茅は古代の仏像よりも、襖や縁側の障子の方に目を見張っていた。白紙は貴重品であり、ナグモ屋敷以外の場所での壁や窓の補修には、それ以外に使い道のない反故紙を使う。それなのに、ここでは茅がマンガを描くために喉から手が出るほど欲しがっているまっさらな紙が、当たり前のように襖紙や障子紙として使用されていた。黄金と宝石だけで造られた宮殿を訪れても、これほどの感動は抱けなかっただろう。

ただ、よくよく見れば襖の表面はひどく黄ばんでおり、障子にはぽつぽつと針で突いたような虫食い跡があった。昨今のご時世では、天下のナグモ屋敷といえども新品の和紙を入手するのは困難と見える。

スズは、鴨居に並べられた比那子の先祖たちの写真を、興味深げに観察していた。

「ね、ゆーにゃ先輩。あの写真のどっちかって、ひょっとして、ヒナコ先輩のお父さんですか？」

右端に飾られた二人の青年の写真を指差して、スズが質問してきた。老人ばかりの遺影の中で、その二枚はひときわ目を引いた。

残念ながら、比那子の両親の世代には写真撮影の技術はとうに失われ、彼らの写真は一枚も残ってない。比那子も、自分が幼児の頃に死んだ父と母の顔など憶えてないと言っていた。集落の木工職人に刻ませた粗末な位牌が、ただ厨子の奥に眠るばかりである。

「あれは、ヒナコのひいおじいさんの息子さんで、ナグモの刀自さまのお兄さんだった人たち——

——つまり、ヒナコの大伯父さんたちってわけね」

わたしは目を細め、遺影の下の文字を読んだ。

「左側が長男の那雲安日彦《なぐもあびひこ》さんで、右が次男の那雲月輔《つきすけ》さん」

「ナグモアビヒコにナグモツキスケ？　長い名前ですねえ。それに、兄弟そろって似たような名前をつけるなんて、まぎらわしいじゃないですか」

「そうじゃなくて、『ナグモ』って部分は家の名前なのよ。ナグモ屋敷のナグモ。マンガのキャラみたいに、昔は人の名前には家の名前もくっつけて呼んでたの。だから二人の名前を今風に呼ぶなら、アビヒコさんにツキスケさんね」

「じゃ、昔風だとヒナコ先輩はナグモヒナコになるんですか？　なんか変ですよね、先輩じゃないみたいで」

那雲比那子。ナグモ・ヒナコ。集落内では「ナグモ屋敷のおひいさま」で通っているし、別に続けてこう呼んでもおかしくはないのだが、確かに不自然な感じがする。しかし、それはわたしたちが〈姓〉を使う習慣に慣れていないからだろう。今ではその習慣は、すっかり廃《すた》れてしまったけれど。

わたしにしても、「クリハラ・ユウナギ」が正式な本名なのだろうが、「クリハラ」を自分の名前の一部として感じたことはない。むしろ、「イリス沢」という名前の方にずっと帰属感を覚える。スズや茅などは、自分の一族の〈姓〉すら知らないようだった。

「……あのですね、スズ先輩。アビヒコさんって、イリス沢では結構有名な人なんですよ。おばあちゃんたちなら、みんな知ってます」

茅が、わたしたちの会話に割り込んできた。

「なんか悪いことやらかしたの？　イケメンっぽいし、連続結婚詐欺とか？」

「とんでもないですよ。アビヒコさんは立派で、そして、気の毒な人なんです」

ふたりの会話を聞き流しながら、わたしはもう一度、鴨居の上のふたつの遺影を眺めた。ヒノモト政権末期の劣悪な写真技術を反映した、粒子の粗い、ぼやけた写真だった。

写真の撮影当時、那雲安日彦氏は二十代の半ばだったという。当時を記憶している年寄りたちの話によれば、氏は人間付き合いが嫌いで、ひとりきりでの森歩きを好み、そこでご禁制の書物を隠れ読んでいるという噂があったらしい。

もっとも、そんな伝聞に頼らなくても、この肖像写真だけで氏の繊細な人柄は十分にうかがえた。神経質に撫でつけた髪や、翳《かげ》のある端正な顔立ちや、憂いを帯びた瞳を見ていると、なぜ、よりにもよって農家の長男にこんなひ弱そうな人物を送り込んだのかと、人間の出生をつかさどる神様に文句を言いたくなってくる。氏は暗黒期には珍しく、すらりと背の高い人物だったそうだが、結局はその長身も、彼の生まれつきの柔弱さを強調する役にしか立たなかっただろう。

四十年以上も昔に死んだ、会ったこともない人物なのに、なぜか懐かしく感じられた。

その隣の写真が、安日彦氏の弟の月輔氏である。こちらは、遺影に写る上半身の胸板も厚く、表情の端々から自信が満ちあふれている。その凜々《りり》しく男らしい容姿は、むしろ中性的な兄よりも年長に見えた。こういう顔の男性は、自分で鍬《くわ》を握らせても、作男たちの監督をやらせても、万事そつなくこなすタイプだ。まさに男の中の男であり、豪農の家を継ぐために生まれてきたような青年である。当時のイリス沢で、彼が呼ばいに来たならば、喜んで受け入れない娘はいなかったに違いない。

かくも対照的なふたりであったが、非常に仲の良い兄弟だったそうだ。ナグモの刀自さまもこの兄たちを慕っており（刀自さまに「兄を慕う妹」時代があったなどとは、わたしには想像もできないが）、いずれは安日彦氏が、よしんば病弱な彼が早逝しても、月輔氏が家督を継ぐことで、ナグモの屋台骨は盤石であると思われていた。

だが、ヒノモトの中央政府が分離政府と泥沼の交戦状態に入ったのが、この頃だった。安日彦氏は村の代表者の長男として徴兵をまぬかれたものの、それ以外の十代から三十代までのイリス沢の男性のほとんどは、戦場へと召集されていった。

もちろん、その中には月輔氏もいた。ヒノモト海軍士官の軍服と軍帽から察するに、この月輔氏の写真も出征前に撮影されたものだろう。

安日彦氏とナグモの刀自さまは何通も何十通も手紙を書き送ったが、月輔氏からの返信は一向にこなかった。手紙が先方に届いたかどうかさえも疑わしかった。

一年以上経って、月輔氏の戦死がナグモ屋敷に伝えられた。遺骨はなかったという。

弟が死んでから、安日彦氏はより一層人間嫌いになった。妹とさえ口をきかず、何日も自室に引き籠って誰にも会わなかったかと思うと、逆に何日も誰もいない森の奥をさまよい歩いた。

そして、ある日ふらっと最後の森歩きに出て、そのまま二度と戻らなかった。おそらくは、山奥で人知れず足を踏み外して滑落死したか、見知らぬ道に迷い込んで遭難死したものと思われた。比那子の曾祖父にしてみれば、次男と惣領息子を立て続けに失ったわけだから、八方手を尽くして安日彦氏の行方を探させたらしい。けれども、その直後にヒノモト政権の消滅と《廃京》の汚染が起こり、そんなことをやっている場合ではなくなった。安日彦氏の消息は杳として知れず、すべては何もわからないままになった。

ところが、それからしばらくすると、イリス沢には一種の聖王帰還信仰が広まった。実は安日彦氏は死んではおらず、今もほうぼうの地域を旅して文明のかけらを集めており、いずれはその旅の成果をたずさえて、イリス沢に帰ってくるというのだ。

ある日、イリス沢の住人は東の方角から響いてくる鉄槌の響きを聞くであろう。

なにごとかと集まってきた人々は、見知らぬ作業員たちが東から続く街道を突き固め、砂利を打ち、枕木を並べ、鋼鉄のレールを敷いているのを見る。

やがて、できたてほやほやの軌道の上を、真新しい鉄《くろがね》の蒸気機関車が、勇ましく煙を噴き上げ、こちらへと驀進してくる。その先頭の客車の窓から顔を出しているのは、他でもない、安日彦氏である。彼はもう昔のひ弱な青年ではない。今やイリス沢の主にふさわしい威厳と貫禄を身につけている。

蒸気機関車が停止し、安日彦氏が颯爽と故郷の地を踏む。彼は車両に乗り込んでいた作業員たちに命じて、貨車に満載された荷物を運び下ろさせる。その荷物とは、電灯・洗濯機・冷蔵庫・トラクター・天気予報・テレビ・コンバイン・インターネット・AIなどの、今はもう名前しか残されていない旧文明の利器だ。安日彦氏はサンタクロースよろしく、それらの品物を手ずからイリス沢のすべての家々に配ってまわる。

こうして、イリス沢は昔日の文明を取り戻すのである。

もっとも、現在ではこの信仰はすっかり下火になっている。まあ、さもありなん。よしんば安日彦氏が存命だったとしても、今では七十歳近い老人のはずだ。とても、颯爽と蒸気機関車から降り立つわけにはいくまい。

イリス沢の新宗教はともかく、そうこうしているうちに比那子の曾祖父も没した。ナグモの刀自さまは遠縁の分家から婿を取り、二十一歳でナグモ屋敷を継いだ。その縁組から比那子の母が生まれ、比那子が生まれ、今日に至る。

比那子の母は、比那子の妹を産んだあとに産褥熱で亡くなった。その妹は、母親よりも二週間だけ長生きした。比那子の祖父と父親は、野盗の襲撃からイリス沢を守るための防衛戦で命を落とした。今もナグモ屋敷の本家筋で生き残っているのは、高齢のナグモの刀自さまと、一集落地の責任者としては安日彦氏以上に不向きな性格をした、比那子のみである。

「――お待たせ」

鴨居の下の襖がすっと引かれ、当の比那子が入ってきた。彼女の顔を見た瞬間に、わたしは安日彦氏の遺影から受けた懐かしさの理由に気づいた。

「……ん？　なに？　顔になんかついてる？」

しげしげと彼女を凝視するわたしに、比那子が不思議そうな表情で問い返してきた。

性別や年齢こそ違っているが、比那子にはどことなく安日彦氏の面影があるのだ。これが隔世遺伝というやつなのか。

14

比那子のお茶を淹れるついでに、茅が常滑焼《とこなめやき》の急須から、みんなの湯呑みにも新しい柿の葉茶を注いでまわる。どんな場所であろうが、どんな種類のお茶であろうが、《イリス漫画同好会》のお茶を淹れるのは彼女の特権であった。わたしがお礼を言って口をつけようとすると、比那子が「ちょっと待った！」と制止した。

「今日は、とっておきのお茶受けがあるんだ」

比那子はもったいぶった仕草で、透き通った小瓶を座卓に置いた。掌に載るほどの瓶の中には、ガラス細工のようなカラフルな星型が詰まっている。障子からの光を反射して、きらきらと美しい。

「これ、なんだかわかる？」

ぐるりと一同を見回し、比那子は思わせぶりに問いかけた。

「ビーズ玉ですか？」茅が首をひねる。

「まさか、ダイヤモンドとか？」スズが身を乗り出した。

「もしかして、金平糖じゃない？」最後にわたしが答えた。

「ゆーにゃ、正解！」

比那子はガラス瓶の栓を抜き、中身をざらざらと卓上にこぼし、めいめいに四粒ずつ取り分けた。合計十六粒。小瓶の中の金平糖は、それで全部だった。

金平糖。本で読んだことはあるが、現物を見るのははじめてだ。でこぼことした表面は雲母のようにざらついていて、それでいて透明感がある。間近で観察すると、その形状はやんわりと丸みを帯びていて、恒星よりも、むしろ星の王子さままでも住んでいそうな小惑星を思わせた。

「食べ物なんですか？」茅が不審そうに訊いた。

わたしは桃色の一粒をつまみあげ、そっと口に運んだ。それを見て勇気づけられたのか、スズと茅もそれにならう。比那子も白色の金平糖を口にふくんだ。

甘い。麦飴や干柿よりもずっと甘い。別次元の甘さである。

ああ、女の子はなんでできてる？　女の子はなんでできてる？　お砂糖と香料と、素敵なものすべてでできている。女の子となるための原材料を目一杯に詰め込んだ星型が、舌の上でゆるやかに溶けていく。砂糖をたっぷりと溶かし込んだ唾液が、圧倒的なまでに口の中を蹂躙《じゅうりん》する。いっそ、このまましゃりしゃりと噛み砕いてしまいたい。この陶酔をもっと濃密に、もっと強烈に味わいたい。でも、その誘惑に屈すれば、この楽しい時間は一瞬で終わってしまう。それではいけない。今はその誘惑にあらがって、この幸福な時間を一秒でも長く堪能しなければ。

わたしたちはひたすらに、舌先でころころと、徐々に小さくなっていく塊を転がす作業に没頭した。ほぼ同時に金平糖をしゃぶり終わり、ほうっと四人分の甘い吐息が座敷に満ちた。

「……こういう快楽もあったんですねえ」

すべてが終わったあとで、スズがしみじみと言った。

「あ、あ、あの、ヒナコ先輩」

茅がうわずった声で叫んだ。

「この食べ物……金平糖、でしたっけ？　これ、残りの分は家に持って帰っちゃ駄目でしょうか？」

「家でゆっくり食べたいの？　別に、かまわないけど」

「いえ、その、実は……」

比那子の質問に、茅は消え入りそうな態度でうつむいた。

「弟と妹にも、これを食べさせてあげたいんです。わたしだけがこんないい思いするなんて、なんだか、申し訳なくて……」

わたしは、自分の手元に残った三粒を見下ろした。さっきの甘味を思い出すだけで、口の中に唾液が湧いてくる。その唾をごくっと飲み込むと、わたしは自分の金平糖をそっと茅の方に押しやり、にっこりと微笑んだ。

「それなら、これも持っていってあげるといいわ——確か、カヤの家は五人家族よね？　三つじゃ足りないけど、六つあれば、カヤやお父さんが食べる分も残るじゃない」

わたしの行為を、比那子はなぜか残念そうに見ていた。しかし、すぐにほがらかに笑うと、彼女も金平糖を茅に差し出した。

「そうだね——じゃ、あたしのもあげるよ」

そうなると行きがかり上、スズの持つ三粒にも目が向いた。わたしと比那子の視線に気づいたスズは、じろりと睨み返して自分の金平糖を抱え込んだ。

「なんですか？　いくらじろじろ見たって、うちのはあげませんからね——うちだって、甘味には飢えてるんですから」

「あ、いえ！　いいです、いいです！」茅が狼狽して叫んだ。「突然、変なこと言い出してすみません。せっかく、ヒナコ先輩がお茶受けに用意してくれたお菓子なんですから、ここで食べさせていただきます。どうぞ先輩がたも、お気にせずに、ご自分で召し上がってください」

15

そう言って、あわただしく金平糖を口にほうり込んだ。

しらけた雰囲気がただよった。わたしたちも義務的に金平糖を口にしたものの、残りの三粒からは、最初の一粒ほどの感動は得られなかった。

柿の葉茶で金平糖の余韻を喉の奥に洗い流すと、わたしはあらためて比那子に質問した。

「それにしても、どこでこんなもの手に入れたのよ?」

「まあ、うちはいろいろとコネがあるからね」

「まさかとは思うけど、金平糖を食べさせるためだけに、わたしたちをナグモ屋敷に呼んだわけ?」

「そんなわけないじゃん。これは前座だよ。真打ちは隣の部屋に準備してあるって」

「……なんじゃ、また友達を連れ込んどるのかい」

唐突に、縁側から聞き慣れない声が響いた。

はっとして、全員が声のした方を向く。茅がひっと息を呑んだ。

ナグモの刀自さまが廊下に立っておられた。

ナグモ屋敷では元旦に新年会が催され、襖を取り払ってつなげた三十畳の大座敷には、イリス沢の豪農の顔がずらりと揃う。その上座に端然と座るのは、深紫の御召しを着込んだナグモの刀自さまである。すぐ隣には、比那子が薄紅色の振袖姿で控えている。

わたしの席は座敷の反対側で、ほぼ末席に近い。うちも借地農とはいえ、家内用の消費分を作るだけでかつかつで、本来ならこんな席に呼ばれるほどの家ではないのだが、イリス沢唯一の医療機関として特別に招待を受けている。父は宴席が大の苦手だったし、母は正月といえども診療所を離れたがらないため、ここ数年はわたしが代理として顔を出す習慣になっていた。

新年会は、それほど形式ばったものではない。最初に刀自さまが豪農たちの総代から新年の祝辞を受け、次に刀自さま本人がイリス沢の繁栄を寿《ことほ》ぐ挨拶を述べる。それが終われば、席を立って親しい者同士で歓談しようが、用意された正月料理をご馳走になろうが、自由である。

もっとも、わたしと同年代の人間はほとんどいないし、比那子はひっきりなしに刀自さまに挨拶にくる大人たちへの応対で忙しく、わたしの相手をしている暇がない。だから、わたしもクリハラ診療所を代表してひと言ふた言の挨拶を刀自さまに述べると、あとは顔見知りの大人たちと社交辞令的な会話を交わしつつ、適当に料理をつまむ。

宴席に並ぶ料理は実に豪勢なものだ。鶏肉と椎茸の入ったお雑煮に、豆腐とこんにゃくの味噌田楽、栗きんとんなどの、普段なら到底口にできないようなご馳走が振る舞われる。調理の手間も相当なものだが、豆腐を作るためのにがりや、お雑煮の出汁を取るための煮干しは、塩水の海でしか手に入らないので、わざわざこの日のためにレンジャク商人から仕入れねばならない。特に、ちょっぴりだけ食べられた塩昆布というものは、白米飯と混ぜて食べると呆れるほどに美味だった。この海草はずっと北の土地でしか採れず、いくつもの山を越えて運ばれてくるため、さして大きくもない一片が米一俵で取り引きされるという。

わたし自身もこの種の宴会は好きではないけれど、それでもあえて両親の代理を引き受けているのは、この正月料理のためといってよい。食べきれない分は経木に包んでもらって、早々に雪景色の中をわが家へと帰る。

わたしがナグモの刀自さまと直接に顔をあわせられるのは、この新年会の席上のみであった。刀自さまが表を出歩くのは田植祭や収穫祭などの特別な行事のときに限られていたし、それすらも近年では比那子が名代を務める場合が多かった。

その刀自さまが、今日はたった一人で、わたしから二メートルと離れていない位置に立っていた。普段着らしき紬《つむぎ》の袷《あわせ》で、孫娘の友達を見回しながら。

イリス沢では人間は早く老け込んでしまう。毎日のきつい農作業と、蛋白質とビタミンに乏しい食生活が、若さを保つことを許さないのだ。誰もが五十を過ぎる頃には腰が曲がり、顔は皺だらけになる。それなのに今年で還暦の刀自さまは、髪こそ半白であるが、背もしっかりと伸びて肌の色つやも良く、それこそ旧時代の六十歳もかくやというぐらい老いを感じさせなかった。

わたしは急いで座布団の上で正座し、お辞儀をした。茅が弾かれたように座布団から飛び降り、畳の上に深々と両手を突いた。スズまでが反射的に居住まいを正した。

「ごめん、ばあちゃん。あたしがうちに来てくれって頼んだんだよ。うるさかった?」

比那子は両足を投げ出したまま、祖母に顔を向けた。

「わしは別にかまわんよ。だけど、差配には見つかるんじゃないよ。あの男、またぐちぐちと文句を垂れおるからな」

「差配さん、お屋敷にいるの？」

「いんや、下の沢の方を回っとるよ。今日は遅うなるまで帰ってこんのじゃないかね」

次に、刀自さまはわたしに目をやった。

「ところで、あんたの顔に見覚えはあるんじゃが、ちょっと名前を度忘れしてしもうたわ」

「クリハラ診療所の悠凪です」わたしはもう一度頭を下げた。「先日は診療所への援助米、ありがとうございました。ナグモのお屋敷には、重ね重ねお世話になっております」

「ああ、クリハラの。お母さんのお体の具合はどうだい？」

「え、はい。元気です」

「まあ、あんたもさんざん苦労してきたじゃろうが、あんたのお母さんは、あんた以上に苦労しとるからね。せいぜい、いたわっておやりよ。親孝行できるのも、今のうちだけじゃからな」

「はい、肝に銘じます」

「で、そっちの子らは誰だっけね？」

「あ、えーと、スズです」スズが恐縮しながら頭を掻いた。「一応、猟師やらせてもらってます」

「その、わたくしは、茅と申します。その……」バラック長屋、という部分を小声で早口に言った。「……の者です。比那子様には、大変お世話になっております」

震えながらひれ伏している茅を、刀自さまは怪訝そうに眺めた。

「要するに、比那子の友達なんじゃろ？　今日はうるさいのも出かけとるし、なんなら、一緒に夕飯でも食べていきなさい——というても、大したもんは出せんがね」

わたしたちにそう告げると、刀自さまは比那子に向かって首を振った。

「ところで、仏壇の前はそろそろ空けておいておくれ。暗くなる前にお勤めを済ませておきたいからの」

各々の荷物と座布団を抱えて、わたしたちはあたふたと隣の座敷に移動した。しばらくすると、リンを鳴らす音に続いて、刀自さまの読経の声が襖越しに聞こえてきた。

「……心臓止まるかと思ったわ」わたしは小声で呟きながら、そっと胸を撫で下ろした。

「あの、わたし、粗相はなかったでしょうか？」茅がおろおろと比那子に訊ねていた。「わたしみたいなのが上がり込んで、気分を害されたりはしてないでしょうか？」

「ばあちゃんは気に入らないことがあればはっきり言うタイプだから、大丈夫だよ」

そこへ、スズが思い出したように口をはさんだ。

「そういや、先輩のおばあさんが、『また友達を連れ込んで』とか言ってましたけど、ゆーにゃ先輩って、そんなにしょっちゅうナグモ屋敷に来てるんですか？」

わたしも、その言葉が気になっていた。

クリハラ診療所の名代としてならともかく、わたし個人は〝比那子の友達〟としてナグモ屋敷の中に入った経験はない。そしてわたしの知る限り、漫画同好会のメンバーを除けば、比那子に同年代の友人はいないはずだ。それとも、比那子にはわたしの知らない私生活があるのだろうか。

スズの質問に、比那子がかぶりを振った。

「〝しょっちゅう〟ってほどじゃないよ――だけど、ゆーにゃは前にもさっきの部屋に来たことがあるからね」

「あったっけ?」覚えがない。わたしは首をひねった。

「あ、やっぱり忘れてるんだ」

比那子がにんまりと笑った。

「あの部屋で、ゆーにゃがあたしを押し倒して、無理やりにファーストキスを奪ったんじゃない」

後輩ふたりがエーッと叫んで飛び上がり、座布団の上で身を寄せあった。

比那子の言葉を聞いた瞬間、すべてを思い出した。顔が自分でもわかるほど熱くなる。くじびきポーカーの一件のように、忘れたくても自戒のために憶えておかねばならない記憶と違い、こちらは全身全霊で忘れておきたかった記憶であった。

スズがわたしたちの顔を交互に見比べた。

「ヒナコ先輩とゆーにゃ先輩って、やっぱ、そーゆー関係だったんですか?」

「あのね、全然そういう関係じゃないから! キスって言っても、七歳のときの話だから!」

「つまり、本当にしたってことですよね?」

「口と口で……ですか？」茅も興味しんしんで会話に参加してきた。

「だから、子供同士のおふざけの話なんだってば！　あなたたちだって、そういう経験あるでしょ？」

「いやー、うちはないですね」

「わたしも、その、唇同士ではないです」

わたしたちも人並みに女の子である。ましてや女三人プラス一である。知らず知らずのうちに、お喋りの声が高くなっていたらしい。隣の仏間から咳払いの声がした。

わたしたちはあわてて座敷の中央で顔を寄せ、ひそひそ声で話を再開した。

「……それで、キスだけで終わったんですか？　それとも、その次までいっちゃったんですか？」

「七歳のときの話だって言ってるでしょ！　その話はもういいから！――大体、ヒナコが『見せたいものがある』なんて言い出したから、わざわざお屋敷まで来たんじゃない。これでくだらないものだったら、承知しないわよ」

「そうそう。これだけは絶対に見てもらわなくちゃ――これはすごいよ。本物だよ。これを見たら、きっとゆーにゃも『今すぐにコミケへ行こう』って言い出すよ」

「それじゃ、第二問。これなーんだ?」

比那子が芝居っ気たっぷりに、縁側に置かれた謎の荷物から黒布を取り払った。そして覆いを取り払われてみると、やっぱり謎だった。

本体は高さ三十センチ足らずの、小鳥の巣箱を思わせる木製の箱である。正面に円形の穴が空いているところまで、巣箱とそっくりだ。側板や天板には雑多な部品がまとまりなくついていて、とりわけ目を引くのは、穴のある面と垂直に取りつけられた井戸つるべのような二枚の巨大な滑車と、脇から突き出した手回し式クランクである。なにかの機械仕掛けであるのは察しがつくが、一体なんのための道具かは、さっぱりわからない。

「唐箕《とうみ》に似てますよね。でも、サイズが小さすぎますし……」茅が小首をかしげた。

「手回し式滑車つき鳥の巣箱」なにも思いつかなかったらしく、スズが適当に答えた。

「ミシン、かしら?」わたしは自分の知識を総動員して、この装置に一番近そうな形状をした旧時代の道具の名前を挙げた。

「今度は、ゆーにゃにもわからないか」

比那子は満足気に、木箱の端に空けられた丸い穴を覗き込んだ。

「……この時刻に、この部屋のこの縁側からじゃないと、太陽がいい方向に来てくれないんだよね」

ぶつぶつと独りごとを言いながら、木箱の位置と角度をあれこれ調整すると、最後に顔をあげ、さっきまで自分が覗いていた穴を指差した。

「ね、ゆーにゃ。ちょっと、この箱の中を覗いてくれない？」

嘘から出た真というか、ここに来る途中でスズたちと交わした冗談を思い出し、ぎょっとしたのは事実である。ちらりと横目で窺うと、スズも不安そうな表情を浮かべていた。比那子に促されるままに木箱の方へ立ち上がると、茅が手を伸ばして、「先輩、いけません」とわたしの袖を引いた。

「大丈夫だから」

わたしは茅の手を軽く叩いて安心させた。いずれにせよ、比那子ごときの催眠術に屈するわたしではない。当の比那子は、そのやり取りをきょとんとした様子で見守っていた。

覗き穴には小さな虫眼鏡が取りつけられ、箱の内側はつや消しの黒で塗ってあった。その暗闇の奥に、障子紙を貼った小窓のような、ほの明るい四角形が浮かんでいた。

一体なにを見せられるのかと警戒していると、虫眼鏡で拡大された四角の向こうから、パタパタパタパタ……とせわしない音が響いてきた。比那子が箱についたクランクを回しているようだ。その音にあわせて、白い四角形が激しくちらついた。続いて、なにやら一連の数字や模様、そして異国の文字が映し出された。

突然に、四角の中に絵が浮かび上がった。金髪と黒髪の二人の少年と、一匹の犬が、大きな池の岸辺にかがみ込んでいる情景である。絵の中の金髪の少年が、すい、と水棹で水面を突いて、画面の外側にもやってあった、手作りの帆を垂らしたボートを引き寄せた。絵が動いたのである。けれども、その動きに紙人形劇のようなぎこちなさは微塵もなかった。絵の中で池の水が波立っていた。垂れた帆がぱたぱたとマストを打っていた。少年たちと犬が協力してボートに乗り込んだ。ボートがぐらりと沈み込み、水面に波紋が広がった。金髪の少年が水底に棹を差し、小舟を岸から離した。黒髪の少年が帆を起こした。このふたりの少年こそ、あの『ベヴィス』の主人公であるベヴィス少年とマーク少年に他ならないのに、わたしは気づいた。ならば、お供の犬はパンで、あのボートはピンタ号に違いあるまい。

　このとき比那子に見せられたフィルムが、本当に『ベヴィス』の物語の断片だったのかはわからない。あるいは、単にたまたま『ベヴィス』と似ているだけの、全然無関係な作品だったのかもしれない。しかし、その瞬間のわたしにとって、それはまぎれもなく『ベヴィス』の一場面であった。箱の中の動く絵にあわせて、あの本の中でベヴィス少年とマーク少年が交わしていた会話が、脳裏によみがえった。

　もやい綱を結ぶための木や根っこが手近になかったので、ふたりは錨を陸地に運び、爪の一本を地面にねじ込んだ。もともとボートは漂流の心配がないくらい浅瀬に乗り上げていたのだが、係留もせずに船を離れるのは正しいやり方ではなかった。マークが洞窟を掘るための予定地を見にいきたがったので、ふたりは藪のあいだを抜けて歩いた。そのときマークはふと、彼らが首尾よく航海をやりおおせたばかりの船に、まだ名前がないのを思い出した。

「船には名前が必要だよ」マークが言った。

「青いボートじゃ間抜けだし」

「無論そうしなくちゃ」ベヴィスは答えた。

「どうして、それを先に思いつかなかったんだろう？　たとえばアリシューザ号とか、アガメムノン号とか、サンダスキー号とか、オリエント号とか――」

「スワロー号とか、ヴァイキング号とか、セントジョージ号とか――でも、待てよ」マークは言った。「これはどれも今の船だし、いくつかは蒸気船じゃないか。もっと昔の船じゃなきゃ――」

「アルゴ号はどうだ？」ベヴィスは言った。「オデュッセウスの船はなんて名前だっけ――」

「そうだ」マークが言った。「ピンタ号にしよう――ほら、コロンブスの船の一隻だよ。コロンブスははじめて大西洋を越えた人で、ぼくらは〝新大洋〟を最初に越えるんだから」

「正にぼくらはそうするんだ。ピンタ号にすべきだ。船にペンキで名前を描いて、それから、この島にも名前をつけないと」

「当然さ。タヒチ島なんてどうだろう？」マークが提案した。

「リューキュー島は？」

「セレベス島とか？」

「カリブ島は？」

「キクラデス島もあるな。だけど、どれもたくさんの島の集まりだな」

「フォルモサ島がいい」ベヴィスが言った。「いかにも、それらしい名前だ。だけど、ぼくはフォルモサ島の場所を知らないんだ――どこかにはある島なんだけど」

「かまやしないさ――この島はニューフォルモサ島と呼ぼう」

「素晴らしい」ベヴィスは答えた。「ぴったりの名前だ。ニュージーランドやニューギニアという島だってあるんだから。よし。この島はニューフォルモサ島だ」


――ああ、あのふたりの行く先には、ふたりの冒険の舞台となる新大洋があり、新フォルモサ島があるのだ――

二百数えるほどの時間にも満たない動画だったが、われを忘れて見入っていたようである。

「先輩、ホントにダイジョブですか？」と画面外から響くスズの声で、正気に返った。同時に映像がふっつりと途切れて、カラカラと鳴る空回りの音と、真っ白な四角があとに残った。

「これは――〈アニメ〉ね」

「さすがゆーにゃ。よく知ってるじゃん」

「……あのう、一体なにが見えてたんですか？」

催眠装置ではないとわかると、まずスズが、次に、あんなに不安がっていた茅までもが寄ってきた。

「ちょっと、次はうちに見せてくれませんか、うちに」

「ずるいですよ、先輩。順番はじゃんけんで決めましょう。じゃんけんで」

「いやいや、こういうのは昔から年功序列だって決まってるから」

まだ放心したまま映写箱を抱えているわたしの両脇から、ふたりがぐいぐいと頬をすり寄せてくる。

「待って、フィルムを巻き直さなきゃ」

比那子がふたりを制して、アニメのフィルムが巻かれた滑車――ではなく、リール（そうだ、あれはリールと呼ぶのだ）を取り外した。手作業でくるくると慎重にフィルムを巻き取っていく比那子に、わたしは質問した。

「この機械、ヒナコが作ったの？」

「まさか。昔から家にあったのを、なんとか使えるようにしただけだよ」

その返事を聞いて、ふと思った。祖母がナグモ屋敷で見たという「アニメのための機械」とは、この映写箱のことだったのではないだろうか。

「じゃあ、ヒナコが修理したの？」

「ああ、うん。そんなとこ」比那子が言葉を濁した。

わたしは映写箱をもう一度観察して、これは比那子だけの仕事ではないな、と確信した。

覗き窓の奥で複雑に絡みあった部品や、そしてフィルムそのものは、金属やプラスチックらしき素材で作られており、明らかに旧時代の工業製品だ。しかし、それらの内部機構を収めている木箱や、フィルムを巻きつけてあるリールは、鑿《のみ》や鋸《のこぎり》のあとから見るに、おそらくは暗黒期以降に手作りされたものだろう。ただし手作りとはいっても、不細工なところは少しもない。外箱の表面は滑らかに鉋《かんな》がけされた上に、板同士が組みあう部分はほぞが刻まれ、綺麗に継ぎあうようになっている。リールの軸受けとなる穴も、寸分の狂いもなく穿ってある。はっきり言って、比那子にこんな細かい作業をやり通す根気はない。

もっとも、すべてが第三者の仕事というわけでもなかった。たとえば、覗き穴に据えつけられた虫眼鏡と、その反対側から日光を取り込むための鏡の破片。これらの部品は針金を本体にぐるぐると巻きつけて固定してあった。この適当で大雑把なやり方は、間違いなく比那子の仕事だ。誰か、比那子との共同作業でこの機械を修理した者がいるのだ。

だけど、そんなことのできる者がイリス沢にいるだろうか？　作男のバラック長屋には、指物師や修理工の技術を持った職人も住んでいる。そういった職人なら、この木箱ぐらいは作れるかもしれない。けれども、その内部に精密機械の部品を正確に配置できるような、そこまでの知識のある人間はいまい。比那子本人が指示したという可能性もあるが、十年来の友人であるわたしの意見を言わせてもらえれば、彼女にしてもそんな知識があるとは思えなかった。

思えば、さっきもナグモの刀自さまとの会話から、比那子に〈部活〉外の友人がいるという疑惑が持ち上がっていたのに、キスの話でうやむやにされてしまった。やはり、比那子はなにか秘密を抱えているのではないだろうか？　のみならず、彼女はその秘密を隠したがっている。

考え込んでいるうちに、フィルムの巻き戻し作業が終わっていた。

木箱の中では、二回目のアニメの上映会がはじまった。今度の観客は茅である。じゃんけんに負けたスズは、せめて後輩の後頭部を透かしてアニメが見えないかと考えているように、妹分の背後で膝をゆすっていたが、ふとクランクを回す比那子の手に目をやった。

「その機械、どうやって動かすんですか？」

「ああ、これ？　このハンドル持って回すだけだよ。でも気をつけて。あんまり早く回すと、この丸いのが軸から外れちゃうから」

どうやら、スズは装置そのものの仕組みにも興味を持ったらしい。クランクの操作役から解放された比那子が、目を輝かせて畳の上をにじり寄ってきた。

「どう？　どう？　すごいと思わない？　ぐうの音も出ないんじゃない？　言っとくけど、これだけが〈アニメ〉の全部だと思っちゃ駄目だよ。本当の〈アニメ〉は、小さな箱の中を虫眼鏡で覗き込むんじゃなくて、壁一面ぐらいある絵を動かすものなんだから――この機械も、昔はそうやって一度に大勢で〈アニメ〉を見られたんだけど、壊れてて大きな絵が映せなくなってたのを、あたしがここまで直したんだ」

「今では、そういうのは無理なわけ？」

「工夫はしてみたよ。でも、駄目だった。昼間はまわりが明るすぎて、日陰に映してもほとんど見えないし。かといって、夜じゃ太陽の光が使えないし――そもそも襖や壁に映そうとしても、絵が全然ぼやけちゃうんだ――でも、昔はちゃんと映せたんだよ」

「ヒナコは、どうしてそんなこと知ってるの？」

わたしがそう訊くと、比那子は胸を張った。

「この機械と一緒に蔵の中に埋もれてた、旧文明の記録のおかげだよ。まだ解読中だから内容は秘密だけど、全部解読できたら、ゆーにゃには一番に読ませてあげるからね——すごいんだよ。その記録によれば、旧時代には絵だけじゃなくて音が出る〈アニメ〉や、何時間も続く〈アニメ〉もあったんだって。それどころか、自分で物語の筋書きを決められる〈アニメ〉や、自分が絵の中に入り込める〈アニメ〉まであったんだから——

〈コミケ〉に行けば、マンガだけじゃなくて、きっと、そういう〈アニメ〉を映せる機械だって見つかるよ。ゆーにゃは、そういうの好きでしょ？」

「それで、〈アニメ〉の中で食事をすれば、外にいる自分のお腹もふくらむの？　〈アニメ〉の中で病気を治したら、現実の病気も治るの？　〈アニメ〉の中で戦争を終わらせれば、外の世界も平和になるの？」

「えーっと、それは無理だと思う……だけど、それは〈アニメ〉の役目じゃないから」

「ふーん」

わたしの素っ気ない反応に、比那子は戸惑っていたようだ。

実を言えば、わたしは比那子に失望していた。〈アニメ〉が見たいと泣きながら祖母にせがんだ幼児時代ならいざ知らず、今のわたしの心がこんな子供だましの玩具で動かせるなどと、彼女は本気で考えていたのだろうか。わたしという人間を、比那子はもう少し理解してくれていると思っていたのだが、どうやら、それは買いかぶりだったようだ。

一方、映写箱の操作法とフィルムの巻き取り方を教わったスズと茅は、観客役と技師役を交代しつつ、しばらくはきゃいきゃい言って互いにアニメを見せあっていた。今はなにをやっているのかと思えば、無音で再生される動画にあわせて、アドリブで声を当てているらしい。スズの男の子のように元気な声と、茅の愛らしく澄んだ声は、こういうのによく似合う。なんのことはない。旧文明の技術を使うまでもなく、ふたりはすでに「筋書きを決められるアニメ」も「絵の中に入り込めるアニメ」も実現しているのだった。

17

その日の夕食は、部員揃ってナグモ屋敷でいただいた。わたしは昨日の母との一件もあったし、今日こそは日のあるうちに帰りたかったのだけど、もう使用人を診療所へ伝言に出してしまったからと、比那子に強引に引き留められた。

また母とやりあわねばならないのかと思うと気が滅入ったが、比那子の家で夕食をお呼ばれするのははじめての経験だった。なにせ、金平糖にアニメの映写箱のあとである。どんなご馳走が出るのかという期待がなかったと言えば嘘になる。

結論から言えば、その期待は裏切られた。食器こそ美濃焼の茶碗に塗り箸と、旧時代製の高級品が使われていたものの、その上に盛られた食事は、主食の玄米粥に、副食が焼き茄子・沢庵煮・納豆汁と、わが家の献立より貧相なくらいだった。

沢庵煮は昨年の古沢庵の残りをくたくたと煮込んだもので、新しい沢庵を漬ける時期が近づくと、イリス沢の中農の家では毎食これが食卓に並ぶ。茄子は旬の食材である。この時期の焼き茄子は汁気があってうまい。納豆汁は叩き納豆をお湯で溶いた汁物だ。塩分以外の出汁は、具の野草や野菜から取る。麴で熟成させる赤味噌は贅沢品で、味噌汁を飲めるのは一部の豪農に限られていた。

茄子はわたしの好物だし、メニューに不満があったわけではないが、新年会の宴席に並べられる料理と比べれば、あまりにも質素であった。その失望をできる限り遠回しに口にすると、比那子は箸と茶碗を持ったままけらけらと笑った。

「あんな大ご馳走毎日食べてたら破算しちゃうって。お正月だから、ばあちゃんが見栄張ってるだけだよ」

そのナグモの刀自さまはといえば、普段は比那子と一緒に奥座敷で向かい合って食べるのだが、今日は箱膳を自室に運ばせて、ひとりで食事を済ませているという話だった。どうやら、孫娘の友達に気を遣ってくれたらしい。その気配りがありがたかった。もしもこの食卓にナグモの刀自さまがいたら、緊張でせっかくの料理も喉を通らなかったところだ。

実際、茅などは必要以上に遠慮していて、彼女に二杯目のおかわりをさせるために、他の三人は三杯目まで食べなければならなかった。それでも食事が終わってお腹がくちくなり、座敷が薄暗くなるころには、みんながほどよくリラックスしていた。考えてみれば、これまで数えきれないくらい部室に集まってきたにもかかわらず、こうやって四人一緒に食事をしたことはなかった。

ナグモ屋敷に住み込んでいる仲働きのミエリさんが、菜種ランプに火を入れにきた。この人はメイド長のタカナさんよりはずっと若く、年齢もわたしたちとそんなに変わらない。茅は彼女にまで座布団を降りて、丁寧にお辞儀を返していた。

そこへ比那子が「あ、そうだ。この子が『アヤジョ』の作者だよ」と、茅を紹介した。その言葉を聞いた途端、ミエリさんは手燭を取り落としそうになった。

「カヤ先生……？　あなたが、カヤ先生なんですか？」

あたかも歴史上の偉人と遭遇したかのように、彼女はセーラー服姿の少女を畏敬の目で見た。そのままぺたんと腰を落として膝を揃え、困惑している茅よりも深々と頭をさげた。

ミエリさんもまた、わたしたちの〈同人誌〉の読者のひとりであったのだ。さらには、茅が連載している『アヤメ学園の少女』の熱烈なファンであった。

『アヤジョ』の第一話で、現代のイリス沢で暮らす貧農の少女アゼナは、落雷のショックによって百年前のイリス沢にタイムリープしてしまう。彼女は過去の文明生活をエンジョイしながら、旧時代の〈学校〉である〝アヤメ学園〟に通うことになる。やがて、彼女は風変わりな先輩ぞろいの〈部活〉に入部する羽目になり、行く先々で様々なトラブルに巻き込まれつつ、機知と人間的魅力と友情パワーでそれらのピンチを切り抜けていく。

ミエリさんは『アヤジョ』の感想を意気込んで語り、その設定について熱心に質問した。いわく、アゼナが過去の世界で下宿しているホタルイの家は、やはりアゼナの先祖なのだろうか。〈部活〉を妨害する謎めいた少女コナギもまた、アゼナと同じ未来人なのではないか。エトセトラ。エトセトラ。どうも『アヤジョ』の内容については、ミエリさんの方が茅以上に詳しいようだった。

そして茅が返答しようとするたびに、彼女は悲鳴をあげて耳をふさいだ。

「ああっ、やっぱり言わないでください！　続きを読む楽しみがなくなりますから！」

とにかく、彼女はひたすらに喋った。茅以外のわたしたち三人など眼中になかった。わたしの近作の感想についてもそれとなく訊ねてみたところ、実に微妙な反応が返ってきたので、別においいさまの友達だからといってお世辞を使っているわけでもないようだった。あとで聞いた話によれば、普段のミエリさんは年齢のわりに生真面目な人で、彼女にあんな一面があるとは比那子も知らなかったそうだ。

とうとう炊事場の方からタカナさんがやってきて、まだ片づけも済んでないのに、なにをお客さま相手に油を売っているのかと、ミエリさんを叱りつけた。さすがに彼女も叱られた直後はしゅんとしていたが、一度仕事場の方に顔を出してから、またすぐに戻ってきた。今度は一枚の紙と小さな布包みを持っていた。

「あの、今日の記念に、これにアゼナとコナギの絵を描いていただけないでしょうか？」

彼女はそう言って、紙と布包みを差し出した。紙は使用済みの上等な便箋で、裏はまっさらな白紙だった。布包みには真珠をあしらった銀のヘアバレッタが入っていた。

「わたし、お礼として出せそうなものって、これしか持ってないんです」

ナグモ屋敷に住み込んでいる使用人には、最低限の衣食住が保証されている。それとは別に、毎年の収穫祭ではご祝儀として一勺《いっしゃく》分の粗塩が配られる。相場としては、上質なハンカチなり化粧水なりと交換できるくらいの分量である。あるいは、祭事を当て込んで集まってくる行商人の屋台で、思いきり散財してしまってもいい。

ミエリさんは後者のタイプで、昨年の収穫祭でも人形芝居や麦飴の屋台を楽しみにしつつ、ナガレ者の行商人たちが売を打っているアメミヤのお社跡を訪れた。その人混みのすぐ入り口で、小間物売りの露店に置かれていたのが、このバレッタであった。

ひと目見て、ミエリさんはその髪飾りに魅かれてしまった。休みの日にそれをつけてしゃなりしゃなりと表を歩けたら、どんなに素敵だろうと思った。ミエリさんが持っている塩の量を見て、行商人はその値段では採算が取れないと渋っていたが、とうとう彼女の熱意に根負けして、売ってくれたのだという。

結局、その年の収穫祭ではそれ以外はなにも買えず、菓子や細工物が並べられた屋台の店先や、手品や人形芝居がおこなわれている天幕の外側を、指をくわえて見ているしかなかった。それでも祭事が終わって使用人部屋に戻り、自分の持ち物となった真珠のバレッタを見返していると、自分は宝物を手に入れたのだという満足感が、ふつふつとこみあげてきた。

明らかに、ミエリさんはその髪留めを高級品だと信じていたので、わたしは黙っていたが、よく見れば台座は銀メッキが剝がれかけているし、真珠もガラス玉に塗装した模造品だった。この程度の安物なら、クデタの遺跡を一日探索すれば半ダースは発掘できる。おそらくは抜け目のない行商人が、お人好しの小娘に二束三文の品を高値で売りつけたのだと思われた。

わざわざ受け取るだけの値打ちのある品物ではなかった。いずれにせよ、茅の性格からして報酬は固辞し、無償で絵を描くのだろうと、わたしは予想した。しかし違った。

「わかりました。少しお時間をください」

茅がそう言って紙と布包みを受け取ると、ミエリさんは安心して仕事に戻っていった。彼女が廊下の奥に姿を消してすぐに、スズが茅に声をかけた。

「あのさ、カヤ。その髪飾りって……」

「わかってます。だから、言わないでください——すみません、ヒナコ先輩。ペンとインクをお借りできますか？」

比那子が立ち上がって、奥座敷の書斎から愛用の葦ペンとインク瓶を持ってくると、茅は食器が下げられた座卓に向かい、ペンを動かしはじめた。

普段は電光そこのけの早さで絵を描いている茅が、三倍近い時間をかけて、じっくりと絵を描いた。折良くも最後の仕上げが終わる頃に、気もそぞろといった様子のミエリさんがやってきた。茅は一礼して、インクが乾いたばかりの便箋を差し出した。

怒濤のような賛辞と感謝の言葉を予期して、わたしたちは身構えた。ところが便箋に目を落としたミエリさんは、二、三度ばかり茅の描き上げたイラストを見返すと、石のように固まり、なにも言わなくなった。

気まずい静寂が五秒、十秒と長引くにつれて、茅の表情に不安の色がきざしていった。自分の作品が読者に受け入れられなかったのではないかという、往々にして創作者が抱きがちな不安である。

そもそも『アヤジョ』の主人公であるアゼナとコナギは、作中では（もっぱら後者の側から）反目しあっており、本来なら一枚絵に仲良く収まるような間柄ではない。けれども、茅は先ほどの質問でインスピレーションを受けたのか、ふたりが視線を交わしながら指先でハートを作っている絵を描いていた。アゼナの方には心からの笑顔を、コナギの方にはやや困ったような表情を浮かべさせて。

沈黙に耐えかねた茅が、とうとう口を開いた。

「あの、もし気に入らなかったのなら、描き直しますけど」

唐突に、ミエリさんが激しく息をつきはじめた。わたしは、てっきり彼女が過呼吸の発作を起こしたのだと思い込み、家業の義務を果たすべく前に出ようとした。

「……ごめん、なさい。最初に、お礼を、言わなきゃ、ならないのは、わかってるん、ですけど、嬉しすぎて、言葉が、出なくって」

ミエリさんはしゃくりあげながら、とぎれとぎれに答えた。涙がイラストを濡らしそうになり、あわてて便箋を安全な場所に遠ざけると、両袖で思う存分に涙をぬぐった。

「描き直さないでください！　描き直しなんか、絶対にしないでください！　これこそが、わたしが本当に見たかった絵なんです！　だから、この絵を嘘になんかしないでください！　そんなことをしたら、わたしはカヤ先生でも絶対に許しません！」

茅のイラストを後生大事に捧げ持ちながら、このお屋敷に奉公していてよかった、つらい仕事に耐えていて本当によかったと、うわごとのように呟き続けているミエリさんを送り出したあと、しばらくはわたしたち四人ともが呆気に取られていた。

「……うちって、そこまでミエリさんを虐待してたかなあ？」

比那子がぼそっと言った。

「でもさ、責任重大ですよね。これで、もし最終回でアゼナとコナギを別れさせたり、どっちかを死なせたりしたら、あの人、カヤを包丁で刺しに来るかもしれませんよ？」

スズが物騒なことを言い出した。

「わたしはそんなことしません」茅がつんとすまして答えた。「――いえ、お話の続きがどうなるかは、わたしにもわからないですけど、たとえ悲しい終わり方や、つらい終わり方になったとしても、読んだ人が『ああ、このマンガを読んでよかった』と言って〈同人誌〉を閉じられるような、そんな終わり方にするつもりです」

「カヤは真面目だね」比那子がにやっと笑った。

「そうね。それに、カヤはヒナコと違って、お話を途中で投げ出したりしないものね」

わたしはこの機会を逃さず、比那子に皮肉の矢を放った。その皮肉に気づいてか気づかなくてか、比那子は別の話題を持ち出してきた。「別の」とはいっても、やはり茅のマンガについての話題であったが。

「ところでさ、『アヤジョ』に出てくる部長のシロザさんって、これ、あたしだよね？」

「あ、わかっちゃいました？」カヤが照れ臭そうに頭を掻いた。

「そりゃわかるよ、そのまんまだもん。行動力があってしっかり者のシロザ部長。優等生だけど頭の固い副部長のキランに、クールで男の子っぽい二年生のノゼリ、そして、引っ込み思案な一年生のアゼナ」

「シロザがしっかり者ってことはないんじゃない?」わたしは比那子の感想に異議を唱えた。「どっちかって言うと、トラブルメーカーで、いっつも暴走して面倒事ばっかり起こして、副部長のキランが尻拭いさせられてるってイメージだけど」

「じゃ、ノゼリってうちがモデルだったの?」スズがやや不満げに言った。「うちはあんなに無愛想じゃないし、ケンカばっかしてるわけじゃないんだけどなあ」

「あ、いえ、別にそのままってわけじゃないですよ」茅がうろたえながら訂正した。「本当は、人数だけうちの〈部活〉をモデルにして、キャラづけはオリジナルの予定だったんです。でも、〈部活〉を中心にしたお話の展開をあれこれ考えてると、どうしても先輩方の顔が浮かんできちゃって、それで」

「あたしは嬉しかったよ。自分がカヤのマンガの中に入れたみたいで」

比那子がうなずいた。

「もしさ、カヤのマンガみたいに、あたしたちが旧時代の女子高生だったとしたら、みんなは何をやってたと思う?」

18

「うちはなんたってギャルですね、ギャル」

最初に話に乗ったのはスズだった。

「ばっちりメイク決めて、お洒落して、人が大勢いた頃のシブヤを肩で風切って歩きます。だけど、クスリとかエンコーとかはしませんよ。うちは、正義のギャルを目指しますから。それか――いっそ、魔法少女なんかもいいですね。うん！　ギャル系魔法少女なんて斬新だと思いませんか？　女の子を食い物にするような連中がいたら、うちが魔法でキラキラキラッと変身して、片っ端からこらしめてやります。そして、名前も告げずに去っていくんです。だから、普段はクラスの窓際でアンニュイにしてるうちが、実は正義の魔法少女で、毎日悪者と戦ってるってことには、誰ひとり気づかないんですよ」

わたしは苦笑した。「だから、魔法少女なんていないんだってば。昔の人が想像力で、ああいうお話を考え出しただけなの」

「別にいーじゃないですか。想像するだけならタダなんですし」

話の腰を折られたスズがふくれっ面をする。

しばしば旧時代のマンガでは、人間が精神の力だけで物体を動かしたり、空を自由に飛び回ったり、衝撃波を放ったりする現象が描写されていた。わたしは、ああいうのはお伽話に出てくる喋る動物と一緒で、まったくの作りごとと思っている。あるマンガでは日常的に魔法が使用されているのに、別のマンガではそれらの能力について存在すら語られないのが、なによりの証拠だ。

しかし、よしんば旧時代の人々の全員が魔法を使えたわけではなくても、その種の能力を使える人間も少数ながらいたのではないかというのが、スズの意見だった。そうでなければ、あれだけ多種多様な雰囲気も設定も異なるマンガの中で、「魔法」や「超能力」と呼び名は違えど、似たような能力が描写されている理由の説明がつかないではないか。きっと、旧時代には大勢の魔法使いたちが世界のあちこちでひっそりと暮らしていたのだろう。それらの技術もまた、過去の文明と共に失われてしまったのである。スズはそう主張していた。

「じゃ、現実的なゆーにゃ先輩が旧時代に生まれてたら、どんな女の子になってたんですか？」

「わたし？　そうね、わたしだったら、いっぱい本を読んで、いっぱい旅をして──エジプトのピラミッドや中国の万里の長城を訪れたり、イギリスに行って、白亜の崖とサンザシの生け垣も見てみたいし──」

「生け垣くらい、イリス沢にもあるじゃないですか」

「イギリスの生け垣は、イリス沢の生け垣とは違うのよ」あたかもイギリスの生け垣を見たことがあるかのように答えて、わたしは先を続けた。「──知らなかったことをたくさん知って、見たことがないものをたくさん見て、それから、それから──」

「それから？」

「それから──そう、世界で最初に月の上を歩いた女の子になりたいわね」

茅がぽかんとして訊ねた。

「月って……夜に出てるあの月ですか？　あんなところ歩いたら、落ちちゃうんじゃありませんか？」

スズもさっきの仕返しとばかりに、両手で大きなバッテンを作って駄目を出した。

「ゆーにゃ先輩、それアウト。今やってんのは、そーいうなんでもありのファンタジーの話じゃなくて、『うちらがリアルに昔に生きてたら』って設定の話ですから」

「違うの、ファンタジーじゃないの！　アポロ計画ってのがあって、人間が本当に月へ行ったの！」

むきになって反論するわたしに、比那子が訳知り顔で言った。

「ゆーにゃなら行けると思うよ、月ぐらい」

「ヒナコまでわたしのこと馬鹿にしてる……」

「してないよ。あたしがゆーにゃの夢を馬鹿にするわけないじゃん。

——その、なんだっけ？　アポロさんとかいう人だって、きっと、最初は月に行くなんて絶対無理だって考えてたと思うよ。でも、最後まで諦めなかったからこそ、本当に月へ行けたんだよね？　もしアポロさんが、『月なんか行ったたって一文の得にもならないし、どうせ途中で落ちて死ぬだけさ。人間は地に足を着けて暮らすのが一番だ』みたいに考えてたら、いくら文明の発達した昔だって、人間が月へ行くのは不可能だったはずだよ」

比那子がわたしの方にぐいっと身を乗り出した。

「別に昔に生まれてなくったってさ、今の時代でも、これから一生懸命に頑張れば、きっとまた行けるよ——月にだって、星にだって——あたしは、本気でそう信じてる」

比那子の言葉はわたしの心に響いた。後輩たちも神妙に聞き入っていた。

思わず口からこぼれかけた「ありがとう」という感謝の言葉を、わたしは寸前で呑みこんだ。危ない危ない。こうやってわたしの心を開いておいて、「だから無理だなんて諦めずに〈コミケ〉へ行こうよ」という方向に誘導する手かもしれない。比那子ならそれぐらいはやりかねないのだ。

「なら、言い出しっぺのヒナコはどうかしら？　そこまで自信たっぷりに人の夢に太鼓判を押せるんだから、さぞかし大きな夢を聞かせてくれるんでしょうね」

「あたし？　あたしは……そうだね、あたしが旧時代に生まれてたら、もちろん」

もちろん、もちろん、と何度も繰り返してから、比那子は言いよどんだ。

「もちろん、なによ？」

「もちろん……その、なんだろ？　どうしよう、本当に思いつかないや。あたしはパス」

「ま、そりゃそうでしょうよ」

わたしは肩をすくめた。イリス沢で一番なにかを望む必要がない女の子がいるとしたら、それは比那子に違いない。なにせ、その気になればなんでも手に入るのだから。

「——で、肝心のカヤはどうなの？」

わたしから話を振られて、茅が少し考え込んで答えた。

「わたしは……そうですね、わたしなら、マンガを描きたいですね」

「それじゃ、今と変わんないじゃん」

スズの突っ込みに全員が笑い転げた。茅も照れながら、けれども、別に気後れした様子もなく話を続けた。

「だけど、旧時代に生まれてても、わたしたちはきっと先輩と後輩で、同じ〈学校〉に通いながら、同じ〈部活〉で〈同人誌〉を描いてるんだと思います——そして、その世界でも、やっぱりわたしはみんなの話を描きます」

茅の発言の意味をつかみかねて、わたしは質問した。

「つまり、『アヤメ学園』みたいな話を描くの？　旧時代もの……って言うか、当時の言葉で言うなら、〈学園もの〉とか〈日常もの〉とかを？」

「いいえ。わたしたち四人が文明が崩壊したあとの世界で暮らしていて、森の奥の廃屋を〈部室〉に見立てて、〈部活〉をやっている話です。そして、その話の中ではヒナコ先輩が〈コミケ〉へ行こうと言い出して、ゆーにゃ先輩が反対して、いろいろな事件が起きるんです」

茅がにっこりと微笑んだ。

「マンガのコマは、別の世界同士をつなぐ〈窓〉なんですよ。その〈窓〉を通せば、いつでも好きなだけ別の世界を眺められますし、ほんの少しのあいだなら、向こう側の世界に踏み込むことさえできます。その世界は決してただの絵空事なんかじゃなくて、人間が持つ〝ものを考える能力〟でつながった、お互いに独立した世界なんです。この〈窓〉を通じてのみ、わたしは向こう側のわたし自身や先輩たちと会えますし、向こう側のわたしも、こちら側のわたしや先輩方に会えるんです。

——だから、わたしはマンガを描くのが好きなんです」

19

ランタンを手にした茅を先頭にして、次にスズ、最後にわたしの順でナグモ屋敷の敷地を出た。表はもう真っ暗である。昼過ぎにくぐった冠木門はすでに閉ざされていて、脇にある通用門を使った。見送りに出た比那子と少しばかり立ち話をしたので、ますます遅くなった。

「勝負は、まだ三日間も残ってるんだからねっ」

比那子は未練がましくそう言っていた。残り三日あるとはいっても、明日からは一日中診療所の仕事が入っているため、わたしは四日先まで部室に顔を出せない。茅やスズも同じである。つまり、事実上もう勝負は終わったようなものなのだ。

比那子も心の底では敗北を察しているのか、こちらへ向けて振った手にも元気がなかった。柄にもなくしおらしい姿には哀れをもよおしたが、やはり人間は地に足を着けて生きていかねばならないのだ。

十歩ばかり行きかけたところで、向こうから近づいてくるもうひとつの明かりが目に入った。今日一日の巡回を終えて、屋敷に戻ってきた差配人のカンテラだった。いつも不機嫌そうにしかめた顔が、光の輪の中にぼうっと浮かび上がった。

イリス沢の土地は、すべてナグモ屋敷の所有物と考えられていた。他の農家は豪農にせよ中農にせよ、形式的には借地農であり、収穫の三割から五割をナグモ屋敷に借地料として納めている。ゆえに、比那子やナグモの刀自さまは自分で野良仕事をする必要がないのだった。

その借地料を査定し徴収するのが差配人の仕事である。彼はナグモ屋敷の遠縁にあたる男やもめで、前妻に死に別れて以降は、屋敷の作業場の隅に建てられた仮小屋で、ずっと一人暮らしを続けている。まだ三十過ぎなのに、気苦労のせいか若白髪が目立った。古今東西、民衆から物を取り立てていく人間が好かれたためしはないのだが、イリス沢の差配人もこの例に洩れなかった。正直、わたしもこの人は苦手だったし、スズなどは彼に対する敵意を隠そうともしない。

その差配人とすれ違う間際に、「人がこんな時間まで仕事してるってのに、気楽に遊び惚けやがって……」と呟くのが聞こえた。スズが物凄い目をして彼を睨んだのが見えたので、おそらくは彼女にも聞こえていたのだろう。

最後に木立ちの手前でもう一度振り返ると、門の前で比那子と差配人が会話しているのが見えた。話の内容を聞き取るには、もう距離がありすぎた。

バラック長屋への分かれ道で、またしばらく立ち話をした。茅はくどくどとセーラー服についての礼を述べてから、洗濯して二、三日のうちに返しますと言った。わたしは、別にあの服は当分使う予定もないし、なんなら茅のよそ行きとして取っておくといいと答えた。茅は、そういうわけにはいきませんと告げて、わたしにランタンを手渡すと、長屋に続く坂道をちょこちょこと降りていった。その小さな背中からは、『アヤジョ』の作者の覇気は感じられなかった。

スズが父親と一緒にキャンプを張っている集落外の野営地へは、診療所の前を通るとかなり遠回りになる。それなのに、「ちょっと歩きたい気分ですから」と言って、彼女はわたしと一緒についてきた。帰り道のなかばまで来たところで、スズが大きな溜息をついた。

「あの子は、生まれてくる時代を間違えましたね」

口に出さなくても、誰のことを言っているのかはわかった。

「でもね、文明の中心地から遠く離れた場所に、凄い才能を持った女の子がいたとして、その子が十分に才能を認められて、世界中の人々がその子の作った話を読む。そんな時代は暗黒期の前にだって、百年ぐらいしか存在しなかったそうよ」

「じゃ、それ以前はどうだったんですか？」

「それ以前のほとんどの人たちは、せいぜい身近な数人に自分の空想を語って聞かせるか、あるいはこっそりと頭の中で楽しむだけで、自分の人生に満足して死んでいったの。そうじゃない百年間を生きられた人たちこそ、むしろ特別に幸運だったのね」

「先輩は、またそんな百年間が来ると思いますか？」

「ええ、もちろん。歴史は繰り返すものだから」

「うちらが生きてるあいだにですか？」

「たぶんね」

たぶん。それは嘘つきのための言葉である。

道路に芽吹いた雑草を踏みながら、しばらくは無言で歩いた。日が沈んでから出た薄雲が空を覆い、月が暈《かさ》をかぶっていた。空気は夜露を含んで冷たかった。明日は雨になるのかもしれない。

スズが会話を再開した。

「ゆーにゃ先輩は、今の〈部活〉に満足してるんですか？」

「どういう意味？」

「だって、うちらこのまま終わっちゃうんですよ？　うちらの〈同人誌〉なんて、せいぜい集落の何人かが読んでくれるだけで、そのうちに忘れられて終わりじゃないですか」

「それで十分じゃない。自分のマンガで何人かの心を豊かにできて、自分も、その人も、生きるのが少しでも楽しくなれば、それ以上になにを望むの？」

「そんなの、ただの強がりですよ。だいたい、少しでも多くの人に見せたいからこそ、うちらは手間暇かけて自分の空想を形にしてるんじゃないですか。読んでくれる人は十人よりは百人の方がいいし、百人よりは千人の方がいいに決まってます」

「スズは、〈コミケ〉に行きたいのね？」

おそらくは肯定されると覚悟していたのだが、スズの返事は意外なものだった。

「いいえ、別に」スズは首を振った。「うちは、世界のどこにも楽園なんてないって知ってますからね。ゆーにゃ先輩だって言ってたじゃないですか。あんなの、部長が頭の中でこしらえた作り話です――でもですねえ」

　おぼろな月を仰いで、スズが長々と嘆息した。

「うちが、本当に魔法を使えたらよかったんですけどねえ。そしたら、魔法のステッキをくるりと振って、みんなを〈コミケ〉でもどこでも連れていけたのに。それで、万事解決だったのに。なのに、どこにも見つからないんですよ。魔法のステッキが」

　月に向かってそう語るスズの姿は、さながら魔法の王国を追放された王女のようにも見えた。あるいはスズの言う通り、本当に魔法の時代は存在したのかもしれない。

「あのさ、ちょっと思いついたんだけど」

　そんなスズを見ていると、不謹慎ながら創作者としての血が騒いだ。

「昼間に部室で、わたしの原作でスズがマンガを描くって話をしたじゃない。さっきスズが言ってたみたいな、旧時代のシブヤを舞台にした魔法少女ものなんかどう？　ギャルで魔法少女なんて、確かになかなか奇抜だもの」

「ああ、いいですね」悪くない反応が返ってきた。「でも、うちをモデルにするんなら、ハッピーエンドじゃなきゃイヤですよ」

　そのあとはシブヤ系魔法少女の話で盛り上がった。気がつけば、診療所の前まで来ていた。ランタンをスズに渡そうとしたが、彼女は受け取らなかった。

「これだけ月が明るけりゃダイジョブです。先輩方とは鍛え方が違いますから」

　そう言い残し、スズは道路を無視して藪の中へ消えていった。

ひとりになると、やるせない孤独感が襲ってきた。家の戸をくぐれば、また索漠たる日常が待っている。

夜の向こうからは、この世に物語が生まれて以来、誰に語られることもなく、誰に記録されることもなく、すべての存在の終着点である忘却の闇へと消えていった、百億の物語たちの歌が聞こえた。自分たちがとうの昔に失われたことも知らぬまま、いまだに世に戻ることを諦めきれずにいる、まことに鬼哭啾啾《きこくしゅうしゅう》たる哀歌であった。

20

母屋に戻る前に、診療所で器具の点検をしている母に声をかけたが、なにも言われなかった。もう、諦められているのかもしれない。それならばいっそ気が楽だ。父と弟はとっくに床に就いていた。

わたしも疲れ果てていたが、今日こそは月面の少女の原稿を描き進めておきたかった。面倒くさいスクラップの山の作画を終えて、ようやく筆が乗り出したところで、表の窓を叩く音が聞こえた。

なにごとかと思って窓を開けると、赤い常夜灯に照らされた夜道に、二十歳前の青年が立っていた。

その顔には見覚えがあった。彼は近所に住んでいる中農家の息子で、今年の春の代掻き作業中に、横転した人力耕運機の下敷きとなり、鎖骨を折って診療所に担ぎ込まれたのだ。さいわい周囲の組織に大きな損傷はなく、骨折部を整復して固定治療をほどこすと、二か月後にはほとんど元通りに骨がつながった。

彼の回復の程度を診断し、リハビリを指導するのはわたしの仕事だった。もしや、今頃になって後遺症があらわれたのではないかと、一瞬不安に駆られた。しかし、それならば母屋ではなく、診療所の玄関にまわるはずである。この時点で訪問の理由は察しがついたが、それでも形式的に訊ねてみた。

彼は、しばらく気まずそうにしていた。それからおもむろに口を開き、治療中に何度も裸の上半身を素手で触られ、固定帯を交換してもらううちに、若先生のことが気になってしょうがなくなった、そのうちに悶々として夜も眠れなくなり、今日は思い余ってここに押しかけてきたのだと、そういう意味のことを、何度もつっかえながら訥々と喋った。

特に驚きはなかった。この種の状況は予想外なわけではなかったし、これが最初の経験でもなかった。

二世代ほど前から、イリス沢では婿取婚の制度が復活していた。その制度のもとでは、適齢期に達して通過儀礼を済ませた男性は、近所に住む女性を見初めたら、〝呼ばい〟をかける権利があった。女性の方も不服がなければ、これを受け入れる義務があった。

やがて子供ができると、女性は呼ばってきた男性たちの中から父親を指名する。男性は身に覚えがあるならば、素直にその指名を受け入れ、女性の家に婿入りして子供の父親となる。入り婿となった男性が他家に呼ばいをかけたり、婿を取った女性に呼ばいをかけるのは御法度《ごはっと》である。御法度ではあるのだが、禁則を破る既婚者は定期的にあらわれて、しばしば家庭争議の種となっていた。

半分だけ開いた窓ごしに、わたしは青年を値踏みした。容姿は十人並だが、体つきは屈強で、健康状態は申し分ないようだ。近所の噂ではそれなりの働き者のようだし、この相手なら将来の婿候補者リストに加えても問題はあるまい。

「弟が寝てますから、裏の納屋で待っててくれますか?」

わたしがそう告げると、青年はうなずいて母屋の裏にまわっていった。

実を言えば、過去に診た患者が呼ばってきたのはこれで四人目だ。その四人全員が、治療行為を通じてわたしに恋心を抱いたと言っていた。はじめて呼ばう相手を口説くための常套句なのか、それとも、患者というものは常に医療従事者に恋愛感情を抱きがちなものなのか。

そう言えば父と母の馴れ初めも、父が野盗集団との防衛戦争で左肩に受けた刀傷を、母が治療したことがきっかけだったと聞いた。母は万全を尽くしたが、今でも父の左腕は少し不自由である。

裏の野菜畑の脇に建てられた納屋は、父がいつも丁寧に片づけているので、納屋という字面から想像するほど汚くはない。シャツの上から綿の抜けた丹前をはおったわたしが入っていくと、青年は納屋の隅にあった藁と叺《かます》を使って、間に合わせの褥《しとね》をこしらえていた。ある程度の気配りもできるようだ。わたしは彼のリスト順位を二段階ほど上げた。

青年と背中を向けあって、シャツを脱いだ。この夜気の中では屋内にいても冷える。できれば早々にこの作業を済ませたいところである。

互いに裸になったついでに、鎖骨の様子を診させてもらった。軽く押してみる。腫れている様子はないし、動揺する気配もない。

「もう心配はないと思いますけど、もし痛みや違和感があったら、すぐに診療所に来てくださいね」

「はい。ありがとうございます」

行為の最中に、スズや茅もこんな風に集落の男たちの相手をしているのだろうか、と考える。おそらくしているのであろう。ナガレ者の少女たちは定住者に比べてずっと早熟だ。茅はちょっと幼すぎるような気もするが、あの子の容姿ならバラック長屋の若者たちが放っておくまい。先輩の欲目を抜きにしても、二人ともイリス沢では屈指の美少女なのである。

女性側には男性の選択権はあっても、この制度自体への拒否権はなかった。人間には好き嫌いがあるものだし、特定の男性を頑として拒絶するのは大目に見られていたが、複数の男性から呼ばいをかけられても断り続けていると、「あの家の娘はお高くとまっている」と陰口を叩かれ、共同体の中で有形無形の圧力をかけられた。

われらが《イリス漫画同好会》で確実に処女なのは、部長の比那子だけである。あの空堀と逆茂木と漆喰の塀を乗り越えて、奥座敷に敷かれた布団ですやすや眠っている比那子のそばまで忍んでいけるような、そんな石川五右衛門のような豪傑はイリス沢にはいなかった。なによりも、お姫さまの相手はそれにふさわしい王子様でなければならない。彼女に子供を産ませる者は、いずれはイリス沢の支配者の父親となるべき者であり、その辺の有象無象が手を出していい相手ではないのだ。

どちらにせよ、比那子に子供を作らないという選択肢など許されない。いずれは比那子の意志とは無関係に、ナグモの刀自さまが、イリス沢の豪農の息子たちの中から孫娘の婿を選ぶことになるのであろう。

そう、いずれは。

21

わたしが比那子なる存在を意識するようになったのは、一体いつからだったのか。

最初の記憶は七歳のころにさかのぼる。それ以前にも〝ナグモ屋敷のおひいさま〟と顔をあわせる機会はあったはずなのだが、そちらはまったく憶えてない。

その当時、イリス沢は定期的に野盗の襲撃を受けていた。

野盗集団は別名ノブセリとも呼ばれており、その本拠地はクデタより南の不毛地帯にあった。ある集団は僻地に駐留していたヒノモト政府軍の成れの果てであり、ある集団は略奪者へと商売替えをしたナガレ者の一党であったが、どちらもやることは大差なかった。

彼らは獰猛で残忍な襲撃者ではあったが、集落地を完全に滅ぼしてしまうことはせず、食糧や必需品を必要なだけ奪い取ると、あとは風のように去っていった。そして、集落地がその被害からどうにか立ち直り、ふたたび食糧を備蓄しだしたころに、また収穫にやってくるのだった。

結局のところ、個々の彼らは二十人から三十人の小集団であり、長期戦となれば集落側に数の力で圧倒されてしまうのを、彼ら自身がよく理解していた。だから、電撃的な奇襲をかけたあとは数時間のうちに仕事を終えて、集落側が反撃の態勢を整えたときには、すでに雲を霞と逃げ去っているのが常であった。

一方、深い山々に囲まれたイリス沢の地は天然の要害で、要所要所に防柵を設ければ、ノブセリたちもおいそれとは攻め込めなかった。せいぜい、集落地の隅にある作男のバラック長屋に火を放ったり、その混乱の隙に忍び込んだ十数人の別動隊が、手近な農家を荒らすのが関の山だった。集落の中心にあるナグモ屋敷の土蔵には、どこよりも豊富な米と木炭と塩が蓄えられているのを知りながら、彼らは歯噛みして見ていることしかできなかった。

しかし、その年の春は違った。

相次ぐ襲撃の失敗と厳冬によって、備蓄を使い果たしたノブセリたちはやぶれかぶれになり、複数の集団が結託して、イリス沢の本営を落とそうと、百人以上の大人数で襲撃を仕掛けてきたのだ。

イリス沢の記録に残る、最後にして最大の防衛戦争であった。

まだ、集落のあちこちには雪が残っていた。最初の襲撃がおこなわれたのは夕暮れで、まず鉞《まさかり》と短刀で武装したノブセリの一隊が東側の防柵を壊し、丸木の柵や物見櫓に火をつけた。黄昏の空にあがる炎と煙を見た集落の男たちは、慌てて手に手に槍や刀を持ち、東の防柵へと集まった。

だが、それは陽動であった。これによって集落内の警備が手薄になったと見るや、南西の山裾に潜んでいた野盗連合軍が、一斉に集落内へとなだれ込んできたのである。今までに、誰も見たことがないほどの人数の野盗がいた。

野盗たちの連合軍は統制が取れているとは言い難く、その半数は民家に押し入ると、てんでばらばらに略奪を開始したが、残り半数は事前の手筈通りに、一路ナグモ屋敷をめざした。彼らは前もって忍ばせた間者により、ナグモ屋敷の正確な位置をつかんでいたようである。

集落の東側にいた民兵たちが戻ってくる頃には、すでに野盗の大群が屋敷の目と鼻の先に迫っていた。双方の兵力は互角であったが、防衛戦という地の利にもかかわらず、状況は集落側に不利であった。新月の時期であり、ノブセリたちは誰よりも夜目が利いた。

ナグモ屋敷の石塀の上に並べられた無数の篝火《かがりび》に照らされながら、一進一退の攻防が続いた。

東の空が白みだすころに、野盗たちは山の中へと引き上げていった。

けれども、彼らは決して諦めたわけではなかった。昨晩の戦闘での被害は明らかに集落側の方が大きく、彼らはもうひと押しでイリス沢は落ちると踏んだのである。いずれにしても、彼らは帰路のための食糧さえ持ってきていなかった。徹底的に蹂躙して奪い取る以外に、生き残る道はなかった。

山に潜んだ野盗たちは、日中もあらゆる方角から散発的な襲撃を仕掛けてきた。防衛側の民兵が押っ取り刀で駆けつけると、彼らは素早く退却した。そして、息つく暇もなく、集落の反対側で別の襲撃が始まるのだった。その様子からは、集落地全体が完全に包囲されているとしか思えなかった。

ふたたび日が沈む頃には、民兵の大半が疲弊しきっていた。このまま、また昨晩のような戦いを繰り返さねばならないのかと考えると、イリス沢とナグモ屋敷の運命は風前の灯のように思われた。

22

さて、当時七歳だったわたしは、そんなイリス沢の危機も知らず、ナグモ屋敷の畳の上で、他の子供たちと一緒におはじき遊びの真っ最中だった。

父は長槍を持って、他の民兵たちと共に前線の警護にあたっていた。母はナグモ屋敷の中庭で、ひっきりなしに運び込まれてくる重傷者の救命にかかっていた。祖母はすでに亡く、わたしと、まだ三歳だった弟の滋波は、他の借地農の子供たちと一緒に、避難民用に開放されたナグモ屋敷の大座敷に預けられていたのである。

自分たちの親が命懸けで戦っているときに、おはじき遊びなどとは不真面目にもほどがあると怒り出す人がいるかもしれない。しかし、一応わたしたちも子供なりに気を遣っていたことは主張しておきたい。

たとえ、それが共同体の存亡に関わる大事件だと理解はできなくとも、わたしたちの平和な日常が脅かされており、今は幼児の相手どころではないという状況は、子供心にも周囲の空気から察していた。だからといって、わたしたちが戦闘やら兵站の手伝いをしようとしても、大人の足を引っ張ることしかできなかっただろう。ならば、お父さんお母さんに会いたい、お家へ帰りたいなどとぐずついたりせず、自分たち自身で自分たちの面倒を見て、楽しみを見つけ、なるべく大人の手を煩わせないようにしておくのが、わたしたちにできる精一杯の戦争協力だったのである。

最初のうちは、まだ皺も白髪も少なかったころのタカナさんと、二人の使用人が、四十人以上いる幼児たちの子守り役をしていた。けれども、わたしたち年長の子供が思ったよりも手がかからず、それればかりか、まだ物心つかない弟妹たちの世話までできているのを知ると、中庭の方が忙しくなったこともあり、子守り役の使用人は一人減り、二人減り、最後はタカナさんがたまに覗きにくる程度で、大人たちは誰もいなくなった。

やがて日が暮れた。

母からは白湯を詰めた水筒と、空腹になったら食べるようにと、ふところ餅を一本受け取っていた。胸元に入れて柔らかくしたふところ餅を、冷めきった白湯と一緒に少し食べた。滋波にも細かくちぎって食べさせた。残りの三分の一は、いざというときのために、また胸元にしまい込んだ。

宵闇の中でランプを持ってくる人もいなかったので、わたしたちは協力して部屋の隅に畳んであった夜具を敷くと、その中にもぐりこんで雑魚寝した。わたしは眠れなかった。戦争の行方と父母の身を案じていたため——ではなく、はじめての体験に興奮しきっていたのだ。

同年代の子供たちと集団で外泊するのははじめてだったし、ナグモ屋敷のような文明の香りがする施設を訪れたのもはじめてだった。実を言えば、戦争の恐ろしさよりも、その楽しさの方が勝っていた。このまま非常事態が終わらないのは困るが、もう二、三日ぐらいなら長引いてもいいぐらいに思っていた。

結局のところ、わたしは戦争の本質など理解していなかったのである。

まわりの子供たちはもう寝息を立てていた。この非日常をもう少し堪能しておきたくて、わたしはそっと夜具の山から這い出し、大座敷を出た。黒光りする檜《ひのき》の廊下が、素足の足裏にひんやりと冷たい。数間おきに燭台が灯されていたので、明かりには不自由しなかった。

ナグモ屋敷は敷地こそ広大だが、母屋は百坪に八間ばかりの平屋建てである。今のわたしなら決して迷うような広さではない。しかし、七歳のときのわたしには、無限に続く廻廊と戸障子によって織りなされる、果てしのない迷路のように感じられた。

屋敷の住人は中庭の方に出払っているらしく、どの部屋もひっそりと静まり返っていた。襖が半開きになっている部屋があったので、勇気を出して覗き込んでみたが、おぼろに照らされた畳の向こうに、底知れぬ暗闇が広がっているだけだった。

なおも先へ進むと、開けっ放しの引き戸から煌々とランプの光が洩れている部屋が見えた。そこは炊事場だった。足音を忍ばせて近寄ると、男女の会話する声が聞こえた。

「……バラック長屋が火矢を射かけられて火の海だとよ。ノブセリども、あのボロ長屋ならいくら燃やしても米を焼く心配がねえもんだから、遠慮しやしねえ。こっちも消火にまわしてる人手はねえし、燃え尽きるまでほっとくしかねえな」

「だけど、他の集落には応援を頼んであるんだろう？　刀自さまがそうおっしゃってたよ」

「ああ、朝の暗いうちに、ヌノセとサルガミヤに伝令を走らせたってさ。けど、いまだにウンともスンとも言ってこねえ。どっちみち、夜の山越えは無理な話だし、もう一晩は援軍なしで踏ん張るしかねえわ」

「それで、持ちこたえられそうなのかい？」

「そりゃ、持ちこたえるしかねえんだが、難しいな。ノブセリどもは鉄砲持ってるみてえだ。下の沢のアカジがバラ弾で蜂の巣にされて、それでも中庭に運ばれたときは息があったけど、ついさっき、いけなくなった」

「アカジんとこの子なら、大座敷で寝とるよ……可哀想に。お屋敷を守れても、あの子らが孤児になっちまうんじゃねえ」

あまり愉快な話ではなさそうだったので、わたしは炊事場を離れた。裸足のままぺたぺたと来た道を戻り、今度は奥座敷の方を探検することにした。

弟たちが眠っている大座敷の前を通り過ぎ、廊下の角をふたつまがった。その先には燭台が立てられていなかった。

冷え冷えとした薄闇の中、屋敷を貫く内廊下のずっと先に、唐紙の隙間からこぼれる橙色の明かりが見えた。わたしはその明かりを目指した。近づくにつれて、なにやら甘く心地よい香りが漂ってきた。

「おん、しゅちり、きゃらろは、うんけん、そわか。おん、しゅちり、きゃらろは、うんけん、そわか……」

閉ざされた襖の向こうでは、かすれた声で、その文句だけが繰り返されていた。それは途切れることなく続いた。少女の声だった。襖の隙間に目を押しつけても、蠟燭に照らされた反対側の障子しか見えなかった。

好奇心を抑えきれず、襖を少しだけ開いた。

白檀《びゃくだん》の香を焚き込めた八畳の仏間には、今の白木の厨子とは比べ物にならない、豪華絢爛たる祭壇が築かれていた。両脇には榊《さかき》の代用とおぼしき椿の葉が活けられ、中央には金色の小さな阿弥陀像が安置してあった。

その仏像と向きあって、白拍子のような水干《すいかん》と袴《はかま》を着込み、頭に冠を戴いた幼女が、凜として正座していた。

「おん、しゅちり、きゃらろは、うんけん、そわか」

ゆらめく燈明の光の中で、幼女は呪文を唱えながら、右手に持った鈴をしゃんしゃんと鳴らした。そのひたむきに祈りを捧げる姿には、この荒廃した世界に、まだこんな清らかで純粋なものが残っていたのかと、感動せずにはいられないものがあった。

見えざる運命の手に誘い込まれるように、わたしは襖を押し開け、ほの明るい仏間に足を踏み入れた。

敷居のこすれる音を聞いて、阿弥陀像に祈り続けていた幼女が、ゆっくりとわたしに目を向けた。

こうして、わたしと比那子は出会ったのだ。

23

「戦争は、終わったの？」

七歳の比那子は、わたしにそう質問した。

わたしが首を振ると、比那子はひどく落胆した様子を見せ、「そう」と呟き、また阿弥陀像に向き直って鈴を振りながら、「おん、しゅちり」を再開した。

そんな比那子の隣にしゃがみ込み、わたしは興味しんしんに問いかけた。

「ねえねえ、あなた、なにやってるの？　それって、楽しいの？」

「ごめん、おん」

「おん？」

「邪魔しないで、しゅちり、あたしはお祈りしてなきゃいけないから、きゃらろは、うんけん、そわか」

比那子は祭壇を凝視しながら、しゃらん、と鈴を鳴らした。

「尊師さまのお言いつけなの。あたしがお祈りしてないと、みんな死んじゃうから」

わたしはなんとなく事情を察した。比那子とは初対面でも、〝ナグモ屋敷のおひいさま〟の物忌みの話は聞き知っていた。

ここで少しばかり話は脇道にそれる。その男がイリス沢にあらわれたのは、昨年の春だった。修行の末に神通力を会得した祈禱師という触れ込みで、窮山幽谷《きゅうざんゆうこく》なる、いかにもインチキ臭い名を名乗っていた。しかしながら、〈姓〉を持つのは身分ある者の証であったし、確かに彼は難解な神道や仏教の教義に通じていたので――もっとも、その知識が正しいかどうかを判断できる人間などいなかったが――、純朴なイリス沢の民は祈禱師を受け入れた。

好都合なことに、イリス沢には暗黒時代に破壊され、神主も途絶えた神社の跡地があった。普段はアメミヤのお社跡と呼ばれ、もっぱら祭事のための広場や、子供の遊び場として使われていた。祈禱師は、倒れたまま放置されていた鳥居の石材を建て直し、広場の奥にあった一間四方の拝殿を修復すると、ここからイリス沢の正しい宗教が再出発するのだと宣言した。さっそくその宗教に入信した信心深い住民たちが、建設作業を手伝った。

不安と迷信の時代であった。誰もが心の支えとなる信仰の対象を欲していた。

祈禱師の教えによれば、作物の不作も、野盗の襲撃も、不意の悪疫も、すべての不幸と災厄は「ケガレ」から生じるのであった。「ケガレ」の正体とはなにか。それは、《廃京》を滅ぼした赤い瘴気に他ならない。かつて《廃京》を中心に築かれていた不浄の文明は、ただひたすらに、目に見えぬケガレを地の底へと溜め込み続けてきた。こうして数百年にわたり蓄積されたケガレが、ついに限界を迎え、地上に噴き出してきたのである。

そもそも、本来ケガレとは形あるものではない。われらもまた、日々の生活の中でケガレを溜め込み続けているのである。このケガレは、先に述べたようにさまざまな禍事《まがごと》に形を変えて襲いかかってくるし、いずれは《廃京》で起きたように、われらの生活そのものを滅ぼすであろう。すでに身についたケガレは、祈禱師の指示するハラエの儀式を通じてのみ取り除くことができる。さらには神仏の教えに従って、ケガレの源である世間智《せけんち》と文明を遠ざけ、上古のままのカンナガラの生活を営むことが、幸福へと至る唯一の道なのである。云々。

現在のわたしの目から見ると、神道のケガレと仏教の業《ごう》とキリスト教の原罪をごたまぜにした、口から出まかせとしか思えないが、《廃京》の赤い霧という例証の存在もあって、当時のイリス沢の住民は真剣に聞き入っていた。教えに感銘を受けた一部の借地農などは、人力式に改造された旧時代の耕運機や収穫機はもちろんのこと、足踏み脱穀機や唐箕さえも捨ててしまった。おかげでその年は大変な苦労をしたそうである。

祈禱師は招魂の術にも長けていた。信者の身内である死者の霊をその身に呼びおろし、故人しか知らないような秘密を語って聞かせるのだという。イリス沢では最近に身内を失った家には事欠かなかったし、このパフォーマンスはさらなる大勢の信者を獲得した。

うちの母も祖母を亡くしたばかりであり、信者となった近所の婦人に強く勧められ、祈禱師に依頼して祖母の霊を呼び出してもらったことがあった。

もう一度祖母と話せるのなら、次はわたしも一緒に連れていってほしいと思ったが、その希望がかなえられることはなかった。帰宅した母はなぜかひどく腹を立てており、祖母があんなことを言うわけがない、あんなペテン師の名前は口にするのも汚らわしいと罵り、それ以来彼の話題は禁じられた。

しかし、母のような偏屈者は例外だった。多くの善男善女は、黄泉から還ってきた肉親や配偶者に優しい言葉をかけてもらって随喜の涙を流し、ますます祈禱師を盲信した。実際、あの男は依頼者が故人からどんな言葉をかけてもらいたがっているかを見抜く、天性の能力を持っていたようである。

ついには、夫と娘に相次いで先立たれたばかりのナグモの刀自さまをうまうまと丸め込み、いつの間にか刀自さまの相談役のような立場におさまっていた。

ナグモ屋敷という強力な後援者を得て、祈禱師は大いに増長した。

やがて、祈禱師が信者たちにほどこすハラエの儀式は、次第に苛酷なものとなっていった。あるときは病魔の元であるケガレを除くためだと称して、その家の父親や母親に命じ、病気の子供の体に焼け火箸を押し当てさせた。それで病気が治らなければ、何度でも押し当てさせた。わたしと同年代の子には、このときの火傷がまだ残っている者が何人かいる。

このおぞましい行為を知った母は、祈禱師を嫌悪ではなく、ほとんど憎悪した。母にとって集落地の住人の健康を害する者は、それが誰であれ、不倶戴天の敵であった。

今にして思えば、大きな犠牲を払えば払うほどあとに引けなくなるという、賭博と宗教にのめり込む人間の心理を、あの詐欺師はよく心得ていた。もし今更になって信仰をやめてしまえば、それは自分が息子や娘に負わせた傷害が、まったくの無意味であったということになってしまうのだ。

祈禱師はそれでも飽き足らず、次は刀自さまの孫娘に目をつけた。この小娘を自分に逆らえないよう念入りに教育しておけば、遠くない未来に彼女がイリス沢を継いだ暁には、すこぶる自分の教団に利するであろう、というわけである。さすがに、ナグモの刀自さまは比那子に焼け火箸を押し当てるほどには正気を失っていなかった。そこで彼は搦《から》め手に出た。

ある日、深刻な表情を浮かべた祈禱師がナグモ屋敷を訪れた。彼は刀自さまに面会し、近年になって野盗襲撃の被害が激増したのは（そんな事実はなかったのだが）、イリス沢を守護する諸天善神の功徳が薄れつつあるためだと述べた。この功徳の不足を補うためには、無垢《むく》なる少女に精進潔斎で身を清めさせ、戦勝祈願の加持祈禱をおこなわせるに如くはなく、そうすれば民兵の士気もうんとあがるだろうし、その大役にはナグモ屋敷の嫡女たる比那子が適任であると、まことしやかに吹き込んだ。

もともとナグモの刀自さまは、祈禱師の教義の霊的な部分はあまり信用していなかった。けれども、常に死と隣あわせで戦っているイリス沢の志願兵たちに、幼きヒメガミの加護という安心感を与えるアイデアには、賛成した。

こうして、野盗が夜襲をかけてくるたびに、比那子は深夜に叩き起こされ、眠い目をこすりながら正装し、戦闘が続いているあいだは、阿弥陀像の前で大威徳明王の真言を唱えさせられる羽目になった。

なぜこんなことをやらされるのか、彼女自身はよく理解できていなかったし、いかんせん七歳の子供のことである。まだ祈禱に慣れていない時期に、どうしても眠気に耐えきれず、うたた寝をしてしまったことがあった。

そのときの襲撃で比那子の父が命を落とした。祈禱師が待ち望んだ絶好の機会がやってきた。

「おん、しゅちり、お父さんが死んだのは、きゃらろは、あたしのせいだって、うんけん、尊師さまがおっしゃってた、そわか」

祈禱師は刀自さまが不在の隙に、さんざんに比那子を詰《なじ》った。もし次にこのような失態を繰り返せば、野盗たちはイリス沢を縦横無尽に荒らしまわり、彼女の祖母は言うまでもなく、彼女の知るあらゆる人間が皆殺しになるのだぞと、そう言って脅した。

それ以来、比那子は心を入れ替えた。誠心誠意で祈禱に臨むようになった。祈禱師の思惑通りに。

「おん、しゅちり、だから、邪魔しないで、きゃらろは、あたしがこうやってお祈りを続けてる限り、うんけん、イリス沢はずっと無事だったから、そわか」

ただ、これまでの防衛戦では、せいぜい深夜の数時間ばかり祈禱を続ければ、それで済んでいた。そろそろ喉の渇きと空腹と眠気がつらくなってきた頃には、使用人が一杯の白湯と粥を盆に載せて、野盗の撤退を伝えにきてくれた。

しかし、今回の襲撃は違った。昨晩に奇襲の一報が入ってすぐに、比那子は水干を着込んで仏間に入った。それ以降、丸一昼夜が過ぎても、防衛戦の終了を報告する者はやってこなかった。

――ひょっとして、自分は忘れられているのではないか。戦争は、もうとっくに終わっているのではないか――

そうも思ったが、祈禱を中断するだけの勇気は持てなかった。

事実、彼女は忘れられていたのである。ナグモの刀自さまは中庭で守備隊の采配を取るのに忙殺され、刀自さま自身が一睡もしないまま、次々と戦況報告に来る民兵への対応に追われていた。

ときおり仏間にいる孫娘の姿が頭をよぎりはしたが、まさかぶっ続けで祈禱をさせられているとは思わず、使用人たちが適度に休憩を取らせているのだろうと思い込んでいた。

しかしながら、使用人は神聖な儀式の場を侵そうとするたびに、祈禱師に追い払われた。使用人たちにしても比那子の霊力の加護をなかば信じており、祈禱を中断させることで、ナグモ屋敷の防衛が破られるのを懸念していた。

「おん、しゅちり、きゃらろは、うんけん、そわか……」

比那子の心はほとんど折れかけていた。水一滴飲まずに真言を唱え続けたために、口の中はからからに乾いていた。空腹はそれよりも酷かった。気が遠くなって、もう自分が何者なのかもわからず、眠り込まずに単調な文句を繰り返すためには、一瞬といえども精神の緊張をゆるめるわけにはいかなかった。

それでも、彼女は折れなかった。

その小さな背中に一集落地の運命を担わされながら、それでも毅然として背筋を伸ばし、いじらしくも彼女の民の無事を祈り続けていた。集落のヒメとして、ミコとして、現人神《あらひとがみ》として。

24

「おん、しゅちり、きゃらろは、うんけん、そわか。おん、しゅちり、きゃらろは、うんけん、そわか……」

比那子が何万回目かの真言を唱えて、鈴をしゃんしゃんと振った。

未来の親友の悲惨な境遇を目の当たりにしたわたしは、あまりにも非人道的な蛮習に憤慨した

——と言いたいところだが、標準的な七歳児は、他の七歳児への同情心などはめったに抱かない

ものである。

それよりも、この自分と同い年の少女の祈りには、本当にイリス沢を勝利に導く超自然的な力があるのだろうかと、素朴な疑問を抱いた。

さて、わたしは七歳にして、いっぱしの合理主義者であった。その精神は、おそらくは祖母と母の薫陶の賜物であったのだろう。そして、わたしの合理的精神が告げるところによれば、一人の幼児が食事も睡眠もとらずに単調な呪文を繰り返し続けていることと、イリス沢の防衛戦争の帰趨に、なんの因果関係も見出せなかった。

「あたしがこうやっている限り、いつもイリス沢は無事だった」のは当たり前だ。一度でもイリス沢が野盗に蹂躙されていたなら、こんな無意味な習慣が続けられることはなかっただろうし、それは単なる生存者バイアスでしかない。

とはいえ、ただちにこの怪しげな祈禱をインチキだと決めつけるのもためらわれた。ひょっとしたら、世の中にはまだわたしの知らない因果の法則があって、実はこの少女の祈禱とイリス沢の勝利は、どこかでつながっている可能性もある。

祖母はよく言っていた。ある仮説を立てたなら、その説を実証する実験と同時に、反証する実験も試みてみなさい、と。ある種の仮説の検証には、そちらの方がずっと早道な場合もあるのだ。たとえば、「すべてのカラスは黒い」という命題を実証するには、世界中のカラスの色を調べなければならないが、同じ命題を反証するには、一羽の白いカラスを見つけ出せば事足りる。

同様に、この祈禱の実効性を反証するだけなら、なにもイリス沢の敗北を待つ必要はない。今からこの少女に潔斎を破らせて、それでもイリス沢が滅びなければ、少なくとも祈禱が野盗撃退の必要条件ではないことが証明される。

当時は、ここまで難しいことを考えていたわけではなかったが、この子が潔斎を破ったらなにが起きるかを確認したいという気持ちが、むらむらと湧いてきたのは事実だ。タブーを破るのは子供の本能であった。

わたしはやにわに立ち上がると、真言の文句の途中にさしかかっていた比那子を押し倒し、力ずくで床に抑え込んだ。比那子は驚いて身もだえしたが、その抵抗は弱々しかった。昔も今も、わたしと比那子の体格はほぼ同じくらいなのだが、彼女は絶食と祈禱で衰弱しきっていた。

その体勢のまま小脇に抱えていた水筒の蓋を開き、比那子に湯冷ましを飲ませようとした。比那子は顔をそむけて拒んだ。面倒になったわたしは、自分の口に水をふくみ、相手の鼻をつまんだ。空気を求めて開かれた唇を、わたしは自分の唇でふさぎ、口移しで水を流し込んだ。

水を吐き出そうとしても、彼女の口を覆ったわたしの口がそれを許さない。息をするには水を飲むしかなかった。彼女の喉が反射的に動き、口内の水を飲み込んだのを確認すると、わたしは唇を離した。

「のんじゃったね」

畳に仰向けになったまま呆然自失している比那子に、わたしはそう告げた。

そばに転がっていた水筒を振ってみると、まだちゃぷちゃぷと音がした。のろのろと起き上がった比那子に、わたしは水筒を差し出した。

「ほら、まだ残ってるよ?」

比那子は水筒を抱えたまま、今からでも祈禱を再開すべきだろうか、失敗した儀式でも、中断した儀式よりはましなのだろうか——と、あれこれ考えているようだった。悩んでいるうちに、もうなにもかもがどうでもよくなったらしく、やけくそのように湯冷ましをごくごくと飲み干した。

「これ、食べる?」

わたしは胸元からふところ餅を取り出し、それも渡した。

わたしの体温が残っているふところ餅の端を、比那子は少しかじった。ひと口食べると空腹感が一気によみがえってきたのか、そのまま瞬く間に食べ尽くしてしまった。

わたしはその様子を満足気に見守った。あとは、この潔斎破りがどのような形で戦争に影響するのかを、観察する作業が残っているだけだ。

唐突に、背後の襖ががらりと開け放たれた。

目の前で比那子が恐怖に凍りついた。ふり向くと、髪を蓬髪にして浄衣《じょうえ》を着込んだ大人の男が、鬼の形相を浮かべて立っていた。燈明の炎に下から照らされたその姿は、地獄の悪魔さながらであった。

「この雌餓鬼が!」

祈禱師はそう怒鳴って、わたしを顔がゆがむほどの勢いで殴り倒した。はね飛んだわたしの体が祭壇をひっくり返し、家宝の阿弥陀像が畳に転がった。祈禱師はわたしの襟元をつかんで引きずり起こすと、二発、三発と続けざまに、目から火花が散るほどの平手打ちを喰らわせた。

比那子は一瞬怯えたまま座り込んでいたが、突然にぱっと身を起こし、なおもわたしに平手打ちを喰らわせ続けている祈禱師の腕に、がりっと嚙みついた。

祈禱師が憤怒と苦痛に咆哮して手を止めた。

騒動を聞きつけて仏間に飛び込んできたタカナさんと数名の使用人たちが、頰を腫らして泣きじゃくっているわたしと、祈禱師の前腕に歯を食い込ませている比那子を発見した。さすがの祈禱師もナグモ屋敷のおひいさまに手を上げるわけにはいかず、比那子の口をもぎ離そうと四苦八苦しながら、わたしを指差して、「この雌餓鬼を殺せ」と絶叫し続けていた。

驚いたタカナさんがナグモの刀自さまを呼びにいった。しばし戦局の指示を側近に委ねた刀自さまがやってくると、ようやく比那子の歯から解放された祈禱師は、怒りのままにわめき散らした。

いわく、たった今神聖なるヒメガミを誘惑し堕落させたこの雌餓鬼こそが、イリス沢を蝕むケガレの化身にして、すべての禍事の元凶である。今すぐにこの雌餓鬼を庭先に引き出して殴り殺し、ケガレの根源を絶たねば、イリス沢が賊敵に征服されるのはもちろんのこと、明日にも赤い霧の形を取ったケガレが当地を襲いかねない――と。

この要求を、ナグモの刀自さまは頑として拒否した。

そもそも、イリス沢の人々が武器を取り、血を流しながら野盗と戦っているのは、ひとえに自分たちの生命と自由と財産を守るためである。それなのに、イリス沢を守るためにイリス沢の住民を殺すというのは、手段のために目的を見失った行為であり、まるっきり理屈にあわぬ――というのが、刀自さまの言い分であった。

それに加えて、この押し問答の最中も、震えながらうずくまっているわたしの体には、比那子が必死に覆いかぶさり続けていて、到底引きはがせそうになかった。

刀自さまの反対に遭って、祈禱師はより一層いきり立った。今ならまだ間に合う、今すぐにこの雌餓鬼を殺せばイリス沢は救われる、しかし、ぐずぐずしていたらノブセリが攻め込んでくる、ここにいる全員が皆殺しになる、そうなってからでは手遅れなのだぞ、それでもいいのか、と吠え続けた。

居あわせた使用人の何人かは祈禱師の信者で、明らかに教祖の言葉に動揺していた。

そこへ、刀自さまが采配を任せていた側近が駆け込んできた。イリス沢を取り巻いていたノブセリの群れが総崩れになり、敗走をはじめたとの報告であった。

そのあとのことは、あまり記憶にない。

のちに戦場から帰ってきた父に聞いた話によれば、詳しい状況は以下の通りである。

昨晩の膠着状態に業を煮やしていた野盗側は、今晩こそは確実に短期決戦で勝負を決めるべく、昼間のうちにひそかに本隊を集落の北側に回り込ませておいた。そして、夕闇がおりて視界が悪くなると、一気に総攻撃を仕掛けてきた。基本的にノブセリが襲撃をかけてくるのは南からだったため、集落地の北側は防柵も監視も手薄だった。

けれども、ナグモの刀自さまもこの程度の計略は予想していた。北側には、父を含めた守備兵の主力部隊が配備されており、たちまち激戦がはじまった。ノブセリたちは短期決戦の当てが外れたわけだが、今更引き返すわけにはいかなかった。いずれにせよ、北側の防柵は南側よりずっと低く、身の軽いノブセリなら難なく乗り越えられた。

そうこうしているうちに、ノブセリの群れは一気に集落内へと侵入してきた。今夜の襲撃隊は昨晩とは違った。その場にいた首領の指図に忠実に従い、全員の統率が取れていた。勝手な略奪行為に走る者などいなかった。今は集落側が数の力の前に押されていた。

守備側の防衛線は崩壊した。その背後には無防備なナグモ屋敷があった。もはや何物も、ノブセリたちの進軍を止められそうになかった。

後方にいたノブセリの首領が勝利を確信し、鬨《とき》の声をあげた。

そのとき、奇跡が起きた。ちょうど、屋敷内ではわたしが比那子の口を塞いでいたころである。集落側の弓兵が目標も見定めぬままに放ち、ふらふらと飛んでいた迷い矢が、野盗の群れの頭上を飛び越えて、ぷっつりと首領の喉笛を射抜いた。首領はそのまま物も言えずに引っ繰り返り、死んだ。

首領を失ったことでノブセリたちは浮足立ったが、それでも進軍を続けた。だが、その襲撃は先ほどのように秩序立ったものではなく、足並みも揃わなかった。ある場所では先走りし過ぎた野盗が槍で囲まれて串刺しにされ、別の場所では密集し過ぎたために、ろくにその人数を活かせなかった。所詮、彼らは烏合の衆であった。

さらに後方からも大混乱が伝わってきた。もう、ノブセリたちはナグモ屋敷を目指してはいなかった。誰もが目の前の戦闘を放棄し、ただただ安全な場所を求めて逃げまどっていた。集落の北側では、野盗を上回る数の軍勢が灯火を掲げていた。その明かりが、暗闇を奪われたノブセリたちの姿を照らし出した。

その軍勢は、ヌノセとサルガミヤの集落からの援軍であったのだ。野盗たちは彼らにとっても長年にわたる怨敵であり、刀自さまが送り出した伝令によってイリス沢の危機を知った二集落は、朝を待たずに、松明《たいまつ》を片手に真っ暗な山道を駆け通してくれたのである。

援軍はノブセリたちを挟み撃ちにした。逃げ道は二方向しかなく、イリス沢の内側に逃げた少数の愚か者は、士気を取り戻した集落内の守備兵に討ち取られた。賢明な多数派は森の奥へと逃げたが、イリス沢の民兵と援軍はそのまま彼らを追撃し、最終的に逃げ延びた者は、最初の野盗連合軍の半分にも満たなかった。

他の集落の力を借りたとはいえ、イリス沢の歴史に残る圧倒的勝利であった。

この出来事以降、例の祈禱師の面目は丸潰れになった。

なによりも、ナグモの刀自さまが彼をすっかり見限ってしまった。権力者の後ろ盾がなくなったカルトの教祖など、哀れなものだ。

祈禱師はそのあとも、次は今回以上の野盗の大襲撃が起きる、大飢饉が起きる、今起きるすぐ起きると叫び続けたが、もう誰も相手にする者はいなかった。その年は例年にない豊作だったし、野盗の襲撃もぱったりとやんだ。気がつけば、あの祈禱師の姿はイリス沢から消えていた。アメミヤのお社跡は、また祭事や子供の遊びの場となった。

ノブセリたちのあいだでは、イリス沢は手強い相手であるとの認識が広まったようだ。そして、ハイリスク・ハイリターンでそのような難敵に挑むよりは、今まで通りに防備のおろそかな集落から定期的に略奪し、旅人やレンジャク商人から追い剝ぎするという、堅実な生き方に舞い戻った。

わたしとしては、襲撃がなくなってもっけの幸いだった。なんでも野盗撃退後の祝勝会では、「今後またイリス沢が窮地に陥ることがあれば、そのときはおひいさまとクリハラの娘を、互いに接吻させあう儀式を執りおこなおう」

そう、大真面目な顔で提案した馬鹿者がいたという話である。

25

翌日は、昨日とはうって変わって暖かった。そのかわりに、朝からからぽつぽつと秋雨が降り続いていた。

今日は往診の日である。母は朝早くから雨合羽をはおり、往診鞄をさげて出かけていった。この合羽は、母が遺跡の廃物拾いの神経痛を緩和したときに謝礼として受け取ったもので、廃物拾いは「当節ではまず手に入らない品です」と請け合っていた。

母が集落内の在宅患者を診て回っているあいだは、わたしが白い上っ張りに木製の聴診器を首からさげて、診察室で代診を務める。診察や検査や処置だけでなく、薬の調製もわたしの仕事だ。母に引き継ぐためのカルテも書かねばならない。

来院者は、農作業や山仕事中の事故での怪我人が多かった。現代人は我慢強いため、ちょっとした発熱や腹痛程度では診療所に来ないのだ。そのため、忙しいときは目が回るほど忙しいが、暇なときは結構暇である。今日も、脱穀機の櫛でざっくりと手を切った作男の傷の消毒と縫合を終えると、そのあとは閑古鳥が鳴いた。

こういう時間を利用してマンガを描けたらと思うが、母は待機中の原稿作業を許さなかった。あまりに退屈だったので、比那子の顔が見たくなったほどだ。もっとも、「仕事中は遊びにくるな」ときつく言ってあるので、彼女が診療所に来ることはない。よしんば比那子が鬼の霍乱《かくらん》でぶっ倒れたとしても、やってくるのは使いの使用人であろう。

イリス沢の豪農は、自分で足を運ぶよりも、人を呼びつける方が好きだ。診療所の待合室は、豪農の家の使用人か、うちのような中農か、さもなくばバラック長屋の作男たちのためのものだった。

豪農たちは収穫期のたびに大量の米や塩を支払ってくれたし、中農たちも相応の謝礼を持ってきた。診療所の器具や医薬品の材料は、それらの品々を用いた交易で入手されていた。その医薬品の余りは、自分で謝礼を支払う余裕のない作男たちの治療にも使えた。ある意味では、作男たちの分の負担を、労働力を必要とする借地農が肩代わりしているようなもので、双方にとってウィンウィンな制度といえたが、個人的には釈然としないものがあった。

昼過ぎには雨はざあざあと本降りになり、裏で大豆畑の世話をしていた父と滋波も引き揚げてきた。

母は出かける前に、「こういう日は気を抜くんじゃないよ。雨は事故や体調不良の元だからね」と言っていた。雨の日のたびに何十回となく聞かされたセリフであるし、そのときは気にも留めなかったが、果たして母の予言は的中した。

午後も大分遅くなって、雨足もようやく弱まってきたころに、十歳ぐらいのずぶ濡れの少年が診療所を訪れた。この雨だというのに蓑や笠すら着ていなかったし、靴も履いていなかった。ひと目でわかるバラック長屋の住人である。

わたしはその少年を知っていた。以前に〈部室〉へ遊びに来たことのある、茅の一番上の弟だった。

「シバくん……だったよね？　どうしたの、茅になにかあったの？」

「姉ちゃんじゃないです」全身から雨粒を滴らせて、シバくんは首を振った。「父ちゃんが昼飯のあとからひどい下痢で、近所の人が、こりゃチブスじゃないかって言い出して、長屋の外に伝染《うつ》すといけないから、診療所には来れないんです。だけど姉ちゃんがすごく心配して、先生を呼んでこいって」

「チブス」のひと言を聞いて、わたしは戦慄した。

わたしが生まれる少し前に、腸チフスがバラック長屋内で猖獗《しょうけつ》を極めたことがあった。長屋を封鎖することで他の場所への感染は食い止められたものの、流行がおさまるまでに、作男やその家族に三十人近い死人が出たという。

「熱とか、肌に赤い湿疹は出たりしたの？」

シバくんは、よくわからないけど湿疹はなかったと思う、と曖昧な返事をした。いずれにせよ、本人を診察しなければ話にならない。

母の帰りを待とうかとも思ったが、本当に腸チフスなら一刻も早く手を打つ必要がある。黒板に母への伝言を書き残すと、アヘン末やビスマス塩、木クレオソート剤、経口補水液用の精製塩、それに消毒用のクレゾールの瓶を棚から取り出し、予備の往診鞄に詰め込んだ。その他の鋏や採血針といった器具は、あらかじめ鞄に入れてある。

わたし用の穴だらけの雨合羽をはおるついでに、シバくんにも滋波の蓑と笠を貸してやろうとした。しかし、シバくんはこのままでいいと言った。時間を無駄にしている余裕はないので、その意志を尊重することにした。

状況がわかり次第連絡をよこすからと、父にも母への言づてを頼んだ。父はうなずいて、「ナグモ屋敷から借りてたランタンがあったろう――バラック長屋へ行くなら、あれを持っていきなさい」と言った。

はっと気がついて父に感謝する。バラック長屋には蠟燭はもちろんのこと、ランプのある家すらほとんどない。診察が夜にまで及べば、ランタンは絶対に必要になるだろう。

最後に診療所のドアの前に「休診中」の札を出した。シバくんに続いて、灰色の雨の中を走り出す。

26

バラック長屋はイリス沢集落地の南東の隅にあり、面積は集落地全体の三十分の一にも満たないが、集落人口の半分近くを占める作男・作女たちとその家族がそこに住んでいる。長屋が作られる以前は、低地にあるため陽当たりが悪くて水害に遭いやすく、水田や畑には向かない、かといって居住地にも全然適さない、使い道のない土地だった。

そんな土地にバラック長屋が建てられたのは、《廃京》の誕生後しばらく経ってからのことである。

関東平野にまったく人が住めなくなると、生き残った都市生活者たちは命からがら山奥へと逃げてきた。ある者たちは暴力による土地の強奪を試みて、撃退されて不毛地帯まで退却し、ノブセリの先祖となった。別の者たちは自分の土地を持つのを早々に諦めて、定住者と交易しながら放浪の生活を送ることにした。これがナガレ者である。第三の者たちはどうしても一か所に定住したかったが、元の住人を追い出してまでその目的を達成する気はなかった。そこで、彼らは集落内での居場所と交換に、自分たちは労働力を提供しようと申し出た。

機械や肥料を入手できなくなったイリス沢では、元々の住人だけでは農業の継続が困難になっていたので、臨時の指導者であるナグモ屋敷の当主（比那子の曾祖父）は、この提案をこころよく受け入れた。つまり、本来作男と農家は相互の同意による、平等な契約で結ばれた関係にあったのだ。

最初の数年間、都市からの避難民は農家の家族たちと同じ屋根の下で寝起きしていた。彼らは朝起きるとおはようの挨拶を交わしあい、一緒に並んで鍬や鎌を取った。

しかし、ある事件が起きた。

言い伝えによれば、その避難民は快活で人好きのする青年で、近所での評判もすこぶる良かった。彼を雇っていた豪農の主も、いずれは彼を娘の婿に迎えてもいいと考えていたそうである。

その青年が、一体なにを考えてそんなことをやったのかはわからない。

実は青年には豪農一家に深い怨念を抱く理由があったのかもしれない。旧時代のマンガに出てくるサイコパスというやつだったのかもしれない。単に、毎日泥まみれで働いた末に、農家を継ぐだけの生活に嫌気がさしたのかもしれない。

ある晩、彼は豪農の一家全員を惨殺し、金目のものを持ち出して出奔した。

この事件以降、イリス沢の農家は避難民を警戒し、納屋や牛小屋で寝泊まりさせるようになった。しかし、それでは不十分だった。納屋や牛小屋は母屋のすぐそばにあり、その気になればいつでも忍び込めるのだから。

とはいうものの、今更避難民の労働力を手放すわけにはいかなかった。そこで、農民たちは折衷案を取ることにした。避難民たちを一か所にまとめて住まわせ、相互監視させるのだ。避難民たちの新しい住居には、田畑にも家屋にも使われていなかった土地が選ばれた。

その頃には建築の技術はとうに失われ、使える道具は鋸や金槌ぐらいしかなかった。それらの道具では豪農たちの快適な住居とは似ても似つかない、掘っ立て小屋を建てるのが精一杯だった。敷地内に水場はひとつしかなく、生活の利便のためにも密集して住まざるを得なかったので、居住環境はますます悪化した。

次の世代になると、生まれつきこういう場所に住んでいる彼らは大したものではないと考えられ、そこの住民は作男・作女と呼ばれるようになった。彼らは他人の土地の農作業を手伝うために生まれてきたのだから、実に適切な名前であった。土地を借りられない作男のために労働の機会を提供してやっている自分は、なんと慈愛深く博愛精神に満ちた存在なのだろうと、イリス沢の借地農家は自己満足に浸った。

わたしはバラック長屋の敷地に入ったことがない。

母は定期的にバラック長屋を巡回し、衛生状態について注意したり、診療所を訪問できない病人を診て回っていた。しかし、わたしはその類の活動をやった経験はなかった。そうなると、借地農の娘がわざわざバラック長屋を訪れる理由はない。

特に、茅が部活に加わってからはますます足が遠のいた。あの創造力豊かなマンガの天才が、貧民に混じって散文的な生活を営んでいる現実を見たくなかった。そんなものを目にしたら、カボチャを金の馬車に変え、ネズミを駿馬に変える、彼女のマンガの魔法が解けてしまうのではないかという、ひそかな懸念があった。

けれども今は非常事態だった。本当に腸チフスだったなら、どうすればいいのだろう？

腸チフスは死亡率が二割を上回る危険な病気だ。抗生物質は祖母の代に使い尽くされていて、バラック長屋のような不衛生な場所で感染爆発をおこせば、打つ手がなかった。とりあえずは前回のように長屋を封鎖して、水場や共同便所の殺菌処置をおこない、流行がおさまるのを待つしかない。

そのときになってわたしは、昨日ナグモ屋敷で茅の淹れたお茶を飲み、部員揃って食事をしたのを思い出し、愕然とした。あのときの茅の手は、実はチフス菌患者の糞便で汚れていたのではないだろうか？　もしもナグモ屋敷がチフス菌で汚染されたなら、大変なことになる。

混乱した頭でそんなことを考えながら、茅の弟と一緒に水溜まりをはね散らかし、バラック長屋へとおりる坂道を急いだ。

旧時代のアスファルト道路から外れると、足元の道はぬかるんで泥沼同然だった。場所によってはくるぶしまでが泥に埋まる。十メートルと進まないうちにわたしの革靴の中は泥だらけになり、シバくんが裸足だった理由が理解できた。

糸のような雨が降り注ぐ坂の下には、ごちゃごちゃした数十軒の掘っ立て小屋の集合体が見えた。それを家屋と呼んでいいのなら、ほとんどの家屋の屋根や壁はトタンや合板でできている。あれでは夏場は暑く、冬場は寒くてたまらないだろう。いくつかの家は柱が歪んで傾きかけ、側面にかった突っかい棒でかろうじて持ち堪えているありさまだ。それらのあばらやと比べれば、まだわたしたちの〈部室〉の方が人間の住居らしく見える。

長屋とはいってもバラックは一直線に並んでいるわけではなく、新参者が居つくたびに建て増しされた小屋が、なんの秩序もなくひしめきあっている。

軒を接してごみごみと立ち並んだ、それらのバラックの隙間の路地を、シバくんに案内されて駆け抜けた。長屋の家屋の入り口には、敷居の上で引き戸を滑らせたり、蝶番《ちょうつがい》で扉を開くような、そんな贅沢な機構はついていない。風雨を防ぐための取り外し式の板戸がついているだけだ。いくつかの家ではその板戸が開けっ放しのままで、薄暗い屋内にうずくまっている、端切れを綴りあわせたようなボロをまとった住人の姿が見えた。

路地の角を何度も曲がるうちに、入ってきた方角の見当さえつかなくなった。幼いときのわたしは比那子の家を迷路だと思っていたが、ここは今のわたしにとっても本物の迷路である。一体、この迷路の中でどうやって、シバくんは自分の家の場所を憶えていられるのであろうか。

27

茅の家の向かいの小屋では、まるで侵入者を監視するかのように、五人の作男がたむろしていた。

もう十月だというのに、袖なしの上着姿で両腕の入墨を見せびらかした若者や、裸の筋肉を肩に盛り上がらせた髭面の大男がいた。けれども一番印象に残ったのは五十前後の胡麻塩頭の男で、目つきの鋭い顔のあちこちに古傷があった。周囲の作男たちの態度からも、この老人が彼らの中心人物であるのは察せられた。噂に聞く野盗の頭領というのは、このような人物だったのではなかろうか。

わたしの姿を見るなり、入墨の若者が目を光らせて一歩前に出ようとした。しかし野盗の頭領風の老人が、「まだ早い。まだ手は出すな」と言いたげな身振りで若者を制止した。

家主一家を皆殺しにした若い作男の昔話が、わたしの脳裏にちらついた。やはり母の帰りを待てばよかったと後悔したが、今から引き返せば余計に心証を悪くするだろう。

「姉ちゃん、お医者さんを連れてきたよ」

シバくんは強面《こわもて》の男たちを気にした風もなく、自宅の玄関にはめ込まれた戸板をどんどんと叩いた。戸板ががたごとと揺れ、内側から引き外された。

「ありがとうございます、せんせ――」

深々と頭をさげながら出てきた茅が、顔をあげて目を見開いた。

「――先輩？　なんで先輩が？」

「母が往診中なの」わたしは簡潔に説明した。「ただの腹痛ならわたしにも処置できるし、薬も持ってきたから」

「よろしくお願いします、先輩――いえ、先生」

茅に案内されて小屋に入るわたしの背中を、強面の作男たちが睨み据えている――ような気がした。

急に心配になってきた。今日、わたしは無事に診療所に帰れるのだろうか？

作男たちが毎日イリス沢の田畑に出て働いている一方で、イリス沢の借地農はバラック長屋を訪れたがらない。概して長屋の住人は排他的で、母やわたしが訪問を許されているのは、あくまで〝医者〟だからである。

母ならいい。母には多大な実績がある。一回や二回の失敗は、彼らも大目に見てくれるだろう。けれども、わたしはぺいぺいの新人だ。もしも茅の父の腹痛を治せなかったら、あるいは、腸チフスだから今から長屋全体を隔離すると言い出したなら、彼らはこの無能な新人に対して、怒りを爆発させるのではないだろうか？　たとえ茅がかばってくれたとしても、殺気立った作男たちが一斉に襲いかかってきたら、ひとりでは到底押し留められまい。

そもそも、茅は本当にわたしをかばってくれるのだろうか？　わたしは茅が体を張って守ってくれるほどに、〝よい先輩〟であっただろうか？　自信がない。

不安を抱きながら、頭を低くして玄関口をくぐる。奥に進む必要はなかった。戸口を抜けてすぐにある、横幅一間半の土間と、襖もなにもない開けっ放しの四畳半。それが、茅の家族五人の生活空間のすべてであった。

押し入れはなく、小さな水屋に収まりきらない生活用品がそのまま置かれているため、実質的に使える広さは四畳分もない。夜はこの四畳に、茅の父と茅たち姉弟が、ほとんど詰め込まれるようにして眠るのであろう。

天井板もなかった。頭上はトタン屋根の内側と梁がむき出しになっていて、雨音がうるさい。それなのに、その屋根は頭をぶつけそうなほど低い。小さな窓は壁を四角く切り抜いただけの代物で、今の天気では明かり取りの用さえ成していなかった。

茅が貸してくれたボロ布で足を拭き、狭苦しい小屋の中を膝立ちで病人に近づいた。板の間に藁筵が敷かれた床では、布団とは名ばかりの薄っぺらい布の上に、腹部を抱えた男性が横たわり、脂汗を流してうんうん唸っていた。

先に家にあがったシバくんに加えて、茅のもうひとりの弟と幼い妹が、その布団を取り巻いている。

「もう大丈夫だよ、若先生が来てくれたからね」

茅が父親にそっと声をかけた。

こう暗くては診察ができないので、ランタンに火を入れた。ランタンを見たことがないのだろう。茅の弟妹が物珍しそうにこの道具を観察していた。下の弟などは熱い火屋《ほや》に手を伸ばそうとした。茅があわててその手を叩いた。

茅の父の額に触れてみる。汗をかいてはいるが、熱はなさそうだ。服をめくり上げて胸や腹を調べてみたが、発疹もない。意識は清明だがかなりの苦痛のようで、受け答えをするのも困難な様子だった。

わたしは茅の方をふり向いて質問した。

「下痢をしてるのはお父さんだけなのよね？　近所で似たような症状で苦しんでる人はいないの？」

「いえ、いません」

「それじゃ、お父さんはここ二週間でどこか別の集落に行ったとか、他の集落から来た人に会ったりしなかった？」

「そういうことはなかったと思います」

茅はきっぱりと答えた。彼女は正直だし、注意深い子である。茅の証言を疑う必要はないだろう。

他にもいくつか質問を重ねてみたが、どうやら腸チフスの疑いは晴れたようだ。ひとまずは安心して良さそうだ。

けれども、それならば腹痛の原因はなにかを調べねばならない。場合によっては治療が必要になるし、下痢や腹痛を起こす伝染病は腸チフスだけではないのだ。

「昼ご飯はなにを食べたの？　材料と調理法も教えて」

「ご飯は脱穀場で拾ってきた屑米です。土鍋で焚きました。それで、あの、おかずは……」

「ちゃんと言って！　お父さんを助けたくないの？」

「午前の仕事のあとに、ハラベのお屋敷で残菜をいただいたので、それを炒め直して食べました」

茅が頬を赤らめて答えた。残菜。要するに残飯である。

「そのご飯やおかずは、まだ残ってる?」

「いいえ、全部食べちゃいました」

「家族で同じものを食べたのよね? 他にお腹が痛くなったり、気分が悪くなった人はいないの?」

「はい、今のところは」茅が弟妹たちの方を見て、不安そうな顔をした。

「お父さんだけが食べたものはない?」

「特にそういったものは……」

「いいえ、あります」

茅が首を振りかけたところで、そばで唸っていた茅の父親が、苦しげな息の下から呟いた。

「マサワ屋敷の脱穀小屋で仕事が終わった昼前に、屋敷にいた息子さんが握り飯をわけてくれたんです。『これ、弁当用に握らせたんだけど、もう要らなくなったから、よかったら持って帰りなさい』って。午後からも仕事が入ってたんで、体力をつけておこうと思って、それを食べました」

「そのおむすびは、まだ残ってますか?」

「はい。二ついただいたんで、一つは家族の夕食用に持って帰りました。まだ水屋に入ってます」

わたしは立ち上がって、部屋の隅にある水屋を開いた。

白米の握り飯を割ると、ねばついた米粒が糸を引いた。念入りに嗅いでみる。心なしか酸っぱい匂いがした。握り飯の中心部を指ですくって舌先で触れると、饐《す》えたような不快な味を感じた。茅の父が昼過ぎに食べたときには、この匂いと味はそれほど明瞭でなかったに違いない。

わたしは無言で握り飯を茅に差し出した。茅も握り飯の匂いを嗅いで、顔色を変えた。

「こんなものを人に食べさせるなんて！」

わたしは吐き捨てるように言った。

これは、どう見ても今日の昼に握られた握り飯ではない。確実に二日以上は経っている。茅の父にこの握り飯を渡したマサワの息子は、当然それが握られた時期も、それが傷《いた》みかけていたことも、知っていたはずなのに。

きっと、それを出入りの作男に与えた行為に悪意などはなかったのだろう。腐った肉片を野良犬に投げてやるぐらいの気持ちで、「良民の口にはあわないが、作男ならこれでも上等だろう」と、親切心でくれてやったのだ。

今の話はマサワ屋敷の名前も含めて、母に見せるカルテにしっかりと書いておこう、と決心した。母なら豪農相手でも厳しく注意してくれるに違いない。

わたしの浅い経験と知識ではまだ断言はできないが、病因が握り飯であること、それに潜伏期間から判断するに、九割までは手指の常在菌の毒素が惹き起こした食中毒と見て間違いないと思われた。ありがたいことに、この種の患者は過去に何回か診た経験があった。患者から他人への感染は起こらないし、悪化させなければ命に関わるような病気ではない。まずは、水分補給のために薄い重湯を飲ませて、経過を見ることにした。

あとは診療所にいる母に、伝染病ではなかったと連絡しておかねばならない。雨もあがっていたので、シバくんに頼んで診療所に報告に行ってもらった。

三時間ばかり重湯を飲ませながら便所へ往復させると、茅の父の腹痛はすっかり軽くなったようだ。もともと、この種の食中毒は放置しても一日ほどで治ってしまうのである。父親が屋外にある共同便所へ立つたびに、茅は甲斐甲斐しく付き添っていった。茅の父は何度ももう大丈夫ですと言っていたが、念のためしばらく居させてもらった。日が暮れる頃まで居座るうちに、最初は狭苦しいあばらやだった茅の自宅も、次第に住人の個性を備えた家庭として見えてくるようになった。

狭いながらも、外観からは想像できないくらい綺麗に掃除され、壁も床も丁寧に拭き清められている。ほとんど日が入らない窓際には空き瓶の一輪挿しが吊るされ、アキノキリンソウの花まで活けてあった。その花からは、このスラム街での生活を少しでも心豊かなものにしようとする、茅の丹誠が感じられた。窓と反対側の壁には、見覚えのあるセーラー服が吊ってあった。

紐で綴じた手ずれのした紙束が水屋の一部を占領していたので、なにかと思って目を寄せたところ、茅の個人誌だった。こんなところに置いていて大丈夫なのかと質問すると、弟や妹たちは彼女のマンガが大好きだし、父もたまに読んでいるから、すぐ手が届く場所に並べてあった方がいいのだと言われた。「家族のために描くマンガ」というのは、わたしにとって衝撃であった。わたしなどは滋波にさえ自分のマンガを読ませたことはない。

「あの、もう本当に大丈夫です。先輩にもお仕事がありますし、なにかあったら、また診療所にうかがわせていただきますから」

　茅がしきりにそう言うので、わたしもこれ以上居座ってはかえって迷惑かと思い、腰を上げることに決めた。荷物をまとめているわたしに、茅が申し訳なさそうに声をかけた。

「それで、往診代なんですが、今は持ち合わせがなくて……」

「気にしなくていいのよ」わたしは答えた。「長屋の分は、ナグモ屋敷がまとめて支払ってくれる取り決めになってるから」

「すみません」茅が筵の上に両手を突いて、頭をさげた。

　それは形式上のやり取りだった。現実問題として、診療代を捻出できる作男の家庭など存在しないし、診療代を支払った作男もいない。それにもかかわらず、バラック長屋の住人が診療所を利用するたびに、頻繁にこの会話は繰り返された。

　雨上がりの空では、すでに日が落ちていた。わたしはランタンと往診鞄を持ち、四畳半の端にある狭苦しい土間で革靴を履いた。靴の中に入った泥は、いつの間にか茅が綺麗に洗ってくれていた。茅が板戸を外し、わたしは礼を言って先に出た。

　戸口をくぐり抜けた瞬間、わたしは立ちすくんだ。茅の家は、例の強面の作男たちに取り囲まれていた。

　わたしの顔を見て、作男たちが一斉に詰め寄ってきた。

28

「あ、あ、あの……」

わたしは後じさりして、続いて出てきた茅の服の裾をぎゅっとつかんだ。茅は作男たちの前に進み出ると、丁寧にお辞儀をした。

「ご近所の皆様には、ご心配をおかけして申し訳ありません――チブスじゃなくて、ただの食あたりでした。下痢もおさまりましたし、このままぶり返さないようなら問題ないと、若先生もおっしゃってくれました」

茅の言葉を聞いた途端、険しい顔をしていた作男たちが表情をゆるめ、どっと歓声をあげた。

「いやあ、そいつはよかった。自治班長さんは、この地区の扇の要だからな」

「班長さんが腹痛でぶっ倒れたって聞いたときは、どうなることかと思ったぜ。一体誰だよ、チブスなんて言い出した野郎は」

「お前だよ、バカヤロー」髭面の大男が、入墨の若者の頭を小突いた。「なにがチブスだ。くだらねえ勘違いして大騒ぎして、クリハラの若先生にまで迷惑かけやがって」

間近でよく見ると、大男は無骨ながらも愛想の良さそうな人物だったし、若者は剽軽《ひょうきん》で邪気のない顔をしていた。

「それにしても、さすがはクリハラの若先生だ」

「あたぼうよ。なにしろ若先生は、あの大先生の孫だからな」

「やっぱり、血は争えないねえ。齢だって茅ちゃんと変わらないぐらいなのに、それでいて、ちゃんと大先生の技を受け継いでるんだから」

水分を補給させて経過を見ただけだ、とは言い出しかねた。そんなわたしをそっちのけにして、作男たちの亡き祖母への称賛は続いた。

「俺のオヤジも膵臓じゃずいぶん苦しんだけど、大先生が手術したら、一発でケロリと治っちまった」

「ほんに惜しい人を亡くしたもんだ……あの大先生が生きてなすったら、助かった病人が何十人いたことか」

「先代の大先生とくらべたら、今の当代先生はまだまだかな」作男のひとりが首を振った。「そりゃ、確かに名医ではあるんだが――やれ、『酒はほどほどにしろ』だの、『便所は清潔にしろ』だの、口数が多くっていけねえや。その点、大先生は違ったねえ。うるさいことは全然言わなかった。それでいて誰かが重い病気になると、スパッと手術で治してくれたもんだよ」

「オイオイ、大先生とくらべちゃ、当代先生が気の毒だ。当代先生が普通の名医なら、大先生は、さしずめ名医の中の名医ってとこだったからな」

大好きな祖母が褒められるのは嬉しいはずなのに、なにやら居心地の悪い違和感を覚えた。

おそらくその理由は、伝説の存在となった祖母のために、今現在もイリス沢やバラック長屋のために孤軍奮闘を続けている母が、軽んじられているような印象を受けたからかもしれない。わたしは親としての母には反発することが多かったが、医者としての母は、やはり尊敬していたのだ。

「べらぼうめ。本職の若先生の前で、ど素人どもがなに生意気なこと言ってやがる」

存在感を放っていた〝野盗の頭領〟の老人が、作男たちを一喝した。

「いいか。世の中にはな、〝治す医術〟と〝防ぐ医術〟ってもんがあるんだ。いくら手術で治せるからって、病気になりゃ痛えし苦しいし、わざわざ罹るもんじゃねえ。〝治す医術〟は大先生が完成させたから、今度は当代先生が〝防ぐ医術〟を広めてらっしゃるのよ。

……大体、おめえのオヤジにしても、大先生が苦労して治してくださったってえのに、調子に乗ってまた大酒かっくらってたから、結局、三月とたたずに今度は卒中で逝《い》っちまった。あいつがもう少し体をいたわるってことを知ってりゃ、大先生の手術が無駄にならずに済んだのによ」

老人は作男たちをひと睨みすると、わたしの方に好々爺然《こうこうやぜん》とした顔を向けた。

「ねえ、若先生。医術の〝い〟の字も知らねえ連中からあれこれ言われたんじゃ、あんたも肚の底じゃ面白くねえでしょうが、まあ、年寄りの繰り言と思って聞いておくんなさい。

世の中にゃ、『初代が興して、二代目が盛り立て、三代目が潰す』って言葉があります――おっと、怒っちゃいけませんぜ、まだ話は途中です――これは逆に言えば、どんな稼業でも、それを潰すか盤石のものにするかは、三代目にかかってるってことなんですよ。

心しておくんなさい。イリス沢のクリハラ診療所が若先生の代で終わるか、今後も子々孫々続いていくかは、若先生の頑張り次第で決まるんです。もし三代目の若先生が、大先生の〝治す医術〟と、当代先生の〝防ぐ医術〟の両方を受け継いでくれたら、こりゃもう、鬼に金棒、虎に翼ってもんですよ。どんな疫病神だって、クリハラ診療所の赤ランタンを見ただけで、『ここじゃ商売にならん、別の集落を探すとしよう』と退散するに決まってまさあ」

「はい」わたしはかしこまって頭をさげた。「精進します」

「それそれ、それがいけません」老人は顔をしかめて手を振った。「医者なんてのは、ペコペコしてちゃ有難味がねえですぜ。『病人は黙って医者の言うことを聞いていたまえ。君の病気は必ず治してあげるんだから』とふんぞり返ってた方が、よっぽど患者だって安心するってもんですよ。わっはっは！」

　そう言って、野盗の頭領は歯の抜けた口でからからと笑った。

「あの、トウリョウさん」延々と続く一方的な会話を見兼ねたのか、茅が割って入った。「せんぱ……いえ、若先生は診療所のお仕事がありますので、この辺で、そろそろ」

　頭領？　茅の言葉を聞きとがめて、わたしは思わず質問した。

「あの、おじいさんは、本当に頭領なんですか？」

「へへっ、棟梁ってほどの柄じゃねえですがね」老人はそう言って、得意気に鼻の下をこすった。

「イリス沢じゃ若い連中を使って大工の真似事をやらせてもらってるんで、〝トウリョウ〟って呼ばれてます。以後、お見知り置きを――若先生が赤ん坊の頃の話だから憶えてねえでしょうが、先生が住んでらっしゃる母屋も、あっしが建てたんですぜ？」

29

　このままぬかるみ道を通って帰れば、茅が洗ってくれた靴が泥まみれになってしまう。茅の弟にならって、いっそ診療所に着くまで裸足で歩くことにした。茅も裸足のまま、ランタンを持って見送りに来てくれた。

　足指のあいだを抜けていく柔らかい泥の感触は新鮮で、なんとも言えず官能的である。衛生にうるさい母なら目くじらを立てそうな行為だが、知ったことではない。

　茅が口を開いた。

「やっぱり、先輩って、先輩のお母さんと似てますよね」

「そうかしら？」

　茅としては褒めてくれたつもりなのだろう。しかし、私は母のようにテキパキと能率的に病気を治すのではなく、もっと患者の心に寄り添った、母とは違うタイプの医者を目指すつもりだったので、この言葉はやや心外だった。

「そうですよ。今日、先輩がいろいろ質問してたみたいに、先輩のお母さんも長屋を巡回しては、病気の原因がないかどうかを調査して、みんなが健康で文化的な生活を送れるように、あれこれと骨を折ってくれてます――

――知ってましたか？　長屋にある共同便所って、先輩のお母さんが作らせたんですよ？　昔、チブスの大流行で大勢死人が出たあとに、まだ見習いだった先輩のお母さんが、ナグモの刀自さまに強く進言して作らせた設備なんです。それ以前の長屋の人たちは、近くの森や水場近くの沢で用を足してたそうです。

長屋の人たちはいつも言ってますよ、ナグモ屋敷とクリハラ診療所はイリス沢の宝だ、って。ナグモ屋敷は、バラック長屋のために私財を投じて医療代の不足分を負担してくれてますし、そのおかげで、長屋の人たちは自分では何も出さなくても診療所にかかれるんです」

それは違う、とわたしは思った。

ナグモ屋敷がバラック長屋全体の医療費を負担しているのは、別に慈善事業としてやっているわけではなく、単にそれが合理的な方針だからである。

イリス沢の農業に使われている人力機械を動かし、田畑を維持していくためには、作男の労働力は絶対に必要である。彼らがいなくなれば、イリス沢はたちまち干上がってしまう。だからナグモ屋敷と借地農たちは、彼らが一定の人口を保てるように、クリハラ診療所を支援し、バラック長屋の分まで医療費を支払っているのだ。それを社会的弱者への福祉のように装うのは、結局は欺瞞に過ぎない。

そもそも、ナグモ屋敷がクリハラ診療所に渡している支援米の多くは、もとを正せば作男たちが植え、育て、収穫したものである。結局のところは、一度取り上げたものを恩着せがましく返しているようなもので、自慢するような行為ではないし、作男たちが感謝する謂われもないはずなのだ。

それなのに、作男たちにしてもその家族にしても、ナグモ屋敷に感謝して拝まんばかりである。なぜ、こんなことになってしまったのだろう？

イリス沢ではナグモ屋敷は絶対の存在であった。特に、作男たちにとってはそうだった。

もしもナグモの刀自さまが茅の一家を破滅させようと思ったなら、「バラック長屋に茅とかいう娘がいるだろう？　あれは気に入らないねえ」とひと言言えば、それで十分である。それだけで、翌日から茅の一家に仕事を頼む借地農はいなくなる。

茅の一家はイリス沢を立ち退いて、別の集落地へ移らざるを得なくなる。そして、新しい土地で一から生活の基盤を築き直さねばならない。それは実に苛酷なものになるだろう。

わたしが泣きつけば、父は刀自さまの意向を無視して茅の一家を雇ってくれるかもしれない。しかし、それは茅の一家を丸ごとわが家で養うということでもある。うちにそんな余裕がないのは知っているし、父と母にそんな犠牲を強いることは、わたしにはとてもできない。つまり、わたしにも茅は助けられないのだ。

もしそうなったら、茅の一家を救えるのは、ナグモの刀自さまの意向を覆せるだけの影響力を持った人間だけである。そんな人間はイリス沢には一人しかいない。比那子である。そして、彼女はその逆の行為もできた。

一年前、茅は散歩中の比那子の前に土下座して、どうかマンガを描かせてくださいと頼み込んだ。

聞けば、彼女は作女として雇われていた豪農の屋敷で、たまたまその家の次女が借り出していた〈同人誌〉『アイリス』を目にしたのだという。

茅の父親はイリス沢では珍しい字の読める人間で、茅も簡単な文字の読み書きを教わっていた。「作女が文字を知ってなんになる」と嘲笑する者もいたが、彼女はその能力を利用して、ちょうど昔のわたしたちのように、旧時代のマンガ本を愉しむことができた。

しかし、この時代にもマンガを描いている人間がいるなどとは、ついぞ想像したこともなかったのだ。

彼女は拾ってきた木の板に、自作のマンガを描いてみた。自分でも良いものが描けたと思った。弟や妹の感想も上々で、続きを描いてくれと姉にせがんだ。だが、自分のような者がマンガを描く行為を真似したことで、〝ナグモ屋敷のおひいさま〟の機嫌を損じるのではないかという懸念があった。それでもマンガを描くのはやめられなかったし、それを家族以外の人間にも見せたかった。思い余った茅は、あとから発覚しておひいさまの気分を害するよりはと、先にすべてを打ち明けて、その寛容さにすがることにしたのだ。

一方、当時の比那子は、『アイリス』の執筆陣の不足をつねづね不満に思っていた。茅から彼女のマンガを見せられた比那子は、わたしやスズに相談もせず、その場で茅を〈新入部員〉としてスカウトする決定を下した。英断だったと思う。茅の入部によって、それまで〈一年生〉であったスズは〈二年生〉に昇格し、わたしたちは〈三年生〉となった。比那子が「部長」を名乗りはじめたのもこの頃である。

そして、かつておひいさまに土下座した作男の娘は、たった一年で、今では比那子と一緒に笑いあえるようになったのだ。

30

「今日のトウリョウさんたちの話を聞いて、改めて思いました——ゆーにゃ先輩はイリス沢にとって必要な人です。自分の気持ちだけで勝手な行動ができる人じゃないのは、わたしもわかってます」

しばらく歩いてから、急に茅が重々しい口調で話を切り出した。

「でも、わたしたちの〈部活〉にはもっと必要な人です——だから〈コミケ〉に一緒に来てください！　お願いします！」

わたしは、無言で首を振るしかなかった。

「一昨日、先輩は『仮定の質問には答えられない』って言いましたよね？」

「ええ、言ったわね」

「じゃあ、仮定じゃなくて断言します——わたしは《廃京》へ行きます。そして、〈コミケ〉を探します。たとえ、ひとりで行くことになっても」

わたしは、なにも答えなかった。

「でも、やっぱりひとりじゃ心細いんです……。ヒナコ先輩はゆーにゃ先輩の親友だから、先輩の気持ちを無視してまでは、出発できないと思います。だから、お願いします。ヒナコ先輩に『わたしも行く』って言ってください。そして、わたしたちと一緒に来てください」

わたしは、もう一度首を振った。

茅がランタンを投げ出して、わたしに抱きついた。小柄な茅の頭が、わたしの顎をこすった。茅はわたしの胸に顔をすり寄せ、体を揺すぶりながら、必死に叫び続けた。

「来てください！　来てください！　来てください！」

「落ち着きなさい。本当は、〈コミケ〉なんてどこにもないのよ？」

「それでかまいません。たとえそれがヒナコ先輩の作り話でも、マンガの楽園がこの世のどこかにあるのなら、わたしはイリス沢で生き続けるよりは、そこを目指す途中で死にたいんです」

「それは、ただの自殺だわ」

「いいえ、わたしにとっては、それが本当に生きるってことなんです。このままイリス沢で生きてることの方が、わたしにとっては本当の自殺です」

「だけど、お父さんはどうするの？　まだ体は本調子じゃないのよ？　弟さんや妹さんだって——

——」

「ヒナコ先輩の予定表には、冬までに帰れるって書いてありました。ひと月ぐらいなら、近所の人たちがなんとかしてくれます——それに、わたしには家族よりも大切なものがあるんです」

「あなたの今の生活が苦しいのは、わたしにもよくわかるわ。でも、イリス沢でだってマンガは描けるんだし、カヤのマンガを楽しみにしてくれてる人もいるじゃない。だから……」

茅が腕をゆるめ、わたしの胸元からゆっくりと身を引いた。無表情のまま目を伏せて、ぼそりと呟いた。

「先輩にはわかりませんよ」

わたしはぎょっとした。その茅の目は、例のくじびきポーカーの一件で泣かせてしまったときの目と、あまりに似ていたからだ。本当は、あのときも茅はそう言いたかったのかもしれない。

「先輩にはわかりませんよ」と——

そこへ、茅が予想もしない不意討ちを喰らわせた。それはわたしにとって、あまりにも致命的な一撃だった。

「ひとつお訊きしたいんですが、さっきうちを出てわたしの裾をつかんだとき、先輩はトウリョウさんたちのことを、どんな人間だと思ってたんですか？」

目が眩むほどの羞恥に、足元の地面が崩れていくような気がした。わたしの浅ましい内心など、茅にはすべてお見通しだったのだ。

「失礼なことを言って申し訳ありません——でも、本当のわたしは、こんなにも卑しい女の子なんです。

先輩には、貧しさがどれだけ人間の心を歪ませるか、まるでわかってません。他人から、『こいつは下等な人間だろう』と思われ続けていれば、たとえ本人がどんなに抗っても、下等な人間になるしかないんです」

身を焼くような恥辱と悔悟の念に苛まれながら、わたしは呆然と立ち尽くしていた。

わたしは、今まで茅を見下し続けていた傲慢を、所詮はマンガがうまいだけの作男の娘だと軽んじ続けていた傲慢を、それでいて、自分だけは他人の傲慢を糾弾する資格があると思いあがっていた傲慢を、泥の中に這いつくばって謝罪し、この貧困と差別に抗い続けた純粋な魂に、赦しを乞うべきであったのかもしれない。

だが、この期に及んでも、わたしは自分の顔が蒼白になっているのを、膝頭ががくがくと震えているのを、茅に気取られたくないという一心しか頭になかったのだ。わたしは骨の髄から卑怯者であった。

「さっきも言った通り、わたしはひとりでも《廃京》に行きます——今日は父のためにお手間を取らせて、申し訳ありませんでした。お借りしているセーラー服は、出発までにお返しします」

すでに、アスファルトの道路のすぐそばまで来ていた。茅は一礼して、地面に転がっていたランタンを拾い上げ、差し出した。わたしは黙って受け取った。

茅が背中を見せてバラック長屋への坂をくだっていくのを、ただ、見送ることしかできなかった。

もう堪えきれなかった。わたしの目から次々と涙があふれ出した。

例のくじびきポーカーで茅から勝ちを譲られたことに対して、なぜわたしがあんなにも激怒したのか、ようやく本当の理由が理解できた。

わたしにとって、茅はあくまで「哀れみを受け続ける存在」でなくてはならなかった。それなのに、茅はわたしを哀れんで、自分の勝利をふいにしてでもわたしを勝たせようとした。哀れみの対象から逆に哀れまれ、施しを受けたことで、わたしはあれほどに怒り狂ったのだ。

わたしの怒りの動機を、同席していた比那子とスズはとっくに見抜いていたのであろう。見抜いた上で、わたしの傲慢さと身勝手さに呆れていたのであろう。

あの腐った握り飯を茅の父に与えた豪農の息子のように、わたしも茅の人間としての尊厳を奪い続けていたのである。そして今、自分が愛しながらも、ずっと蔑み続けていた相手によって、その偽善の罪を突きつけられたのだ。

彼女が切実に求めているものは決して与えようとしなかった癖に、たかが古着を一着ばかり施そうとしただけで、砂糖粒を三つばかり投げ与えようとしただけで、篤志家にでもなったつもりでいたのか！

31

気がつけば、また雨が降っていた。その雨はわたしの上に沛然《はいぜん》と降った。わたしはわあわあと泣きながら、裸足で雨の中を歩き続けた。心の中から噴き出すなにかを、自分でも抑えられないように。

次の例会がある三日先まで待てなかった。今すぐに、《イリス漫画同好会》の仲間の誰かに会う必要があった。そうしなければ、わたしは心の平衡を保てそうになかった。

もちろん、茅にはとてもあわせる顔がない。

かといって、比那子に会いにいくのもためらわれた。今の精神状態のまま比那子に会いにいけば、彼女にすがりついて泣きながら、「わたしも〈コミケ〉へ行く」と口走ってしまうおそれがあった。わたしには、まだそこまでの覚悟はなかった。

そうなると、今の心境を打ち明けて相談できる相手は一人しかいない。

昨日の夜に雨の中を帰宅したわたしは、母に翌日の往診をやらせてほしいと頼み込んだ。「お前にはまだ早いよ」と、すげなく断られるだろうと思っていた。ところが、意外にも母は「なら、明日までにカルテを読み込んでおくんだね」と命じた。

早朝におこなった口頭試問で、わたしが昨晩のうちに在宅患者のカルテを完全に暗記したことを知ると、母は白の上っ張りと往診鞄を持たせて、わたしを送り出した。今日は昨日とはうって変わって上天気だった。

不安がないわけではなかった。往診先はいずれもイリス沢の豪農である。わたしが顔を出しても、「お前のような小娘に診察してもらうために、高い医療代を払っているのではない」と門前払いされるのではないかと、ひそかに気を揉んでいた。

それは杞憂だった。豪農の家長や婿旦那は大腹《たいふく》で鷹揚な人が多かったし、「あの頑固者の当代先生も、いよいよ若先生に三代目を継がせる準備をはじめたか」と、にこにこ笑いながら柿の葉茶と漬物を出してくれる家もあった。

在宅患者のほとんどは慢性病で、一回や二回の往診でどうにかなる類の病人ではない。わたしにやれるのは、彼らの脈を取り、体温を測り、問診し、容態に変化がないか確認して、あとは母の処方通りの投薬や理学療法をおこなうことだけである。何人かの患者は、新しい先生が来たことで単調な闘病生活に変化がついたと、喜んでくれさえした。閉口したのは、寝たきりの病人たちからくどくどと長話を聞かされることだった。

とにかく大車輪で往診をこなしたので、最後の患者の家を辞去したときには、本来のスケジュールよりも若干の余裕ができていた。これこそがわたしの目的であった。

わたしは往診鞄を片手に、集落の北側へ急いだ。このあたりの道は草ぼうぼうの畦道だったが、午前の日差しで雑草の根が水分を吸い上げていたため、昨日のような苦労はなかった。

北のはずれには、密生した灌木を払った猫の額ほどの未開墾地があって、そこの水場近くにぽつんと一張りのテント小屋が張られている。そのテントには、二年前から山猟師の父娘が住みついていた。

しばしば行商人や旅職人など他のナガレ者もこの空き地に滞在し、数日から数週間の逗留を終えると、天幕を畳んで去っていった。だが、この父娘は他のナガレ者のように立ち去ることもなく、かといって、作男たちに加わってバラック長屋に居つくこともなく、あたかも自分たちはまだ旅の途上にあり、たまたまこの土地での野営が長引いているだけだというような、イリス沢での仮住まいを続けていた。

最初はふたりの意図を訝しみ、警戒する住民もいたが、野営が一年、二年と続くうちに慣れてしまい、今ではこの父娘の存在は、すっかり集落地の日常の中に溶け込んでしまった。

わたしは当事者のひとりとして、彼らがイリス沢に定住するきっかけになった事件をよく憶えている。

二年前の冬、里も山も雪の下に埋まる時期、しっかりと夜具にくるまり、小さな弟の体をあんか代わりに寝こけていたわたしは、母に揺さぶられて夢の中から引き戻された。

「起きなさい、急患だよ」

それを聞いていっぺんに目が覚めた。助手が必要になるというのは、よほどの重病人か重傷者が出たということである。

待合室には、毛皮の肩当ての下にジャケットを着込み、山足袋《たび》を履き、背中には黒光りする猟銃を吊った、渡り猟師の服装をした少女の姿があった。少女の足元では、屋内の暖気で山足袋にこびりついた粉雪が水滴となり、ぽたぽたと小さな水溜まりを作っていた。少女が体の向きを変え、腰につけた熊避けの鈴が鳴った。

その少女と目があって、どきりとした。

ほの明るい菜種ランプの光の中でも、彼女が黒に近い濃褐色の肌をしているのはわかった。目鼻の造作も大きく、明らかにわたしたちとは異なる人種だった。異人だ……と思った。異人を見たのははじめての経験だった。

黒い肌の少女は、わたしをただの手伝いの子供と見たのか（その通りなのだが）、わたしを無視して母に話しかけた。

「用件は先ほど説明したとおりです」

少女の喋る言葉は、多少アクセントに訛りが混じっていたものの、わたしたちとほとんど変わるところはなかった。

「父が腿をイノシシに突かれて、ひどい出血なんです。こちらなら傷を診ていただけるとうかがいました。わたしでは雪の中を運べそうにないので、ご足労いただけないでしょうか？」

そう言って、彼女は銃に手をかけた。

一瞬、わたしは息を呑んだが、少女はそのまま銃を吊った革帯を肩から外し、母に差し出した。

「旧時代製のボルトアクション式滑腔《かっこう》銃です——弾薬も二箱分あります。大分使い込んでいますが、丁寧に手入れしてあるので、まだ撃てます。報酬として不足はないかと」

母は銃を一瞥して答えた。

「治療代の話はあとにしよう。あんたの言う通りの傷なら、一刻の猶予もなさそうだからね」

表は一メートル近い積雪で、家屋も田畑も木立ちもなく、月光に照らされた夜の底はただ白かった。凍てつくような寒さのため、コートと丹前を重ね着していても冷気が身に染みた。空橇を引きながら進むわたしと母を、少女がランタンを手に先導した。

案内された現場では、少女と似たような格好をした男性が、冬枯れのクヌギの幹に背中をあずけていた。周囲の雪には血痕があった。

そこから少し離れた場所では、優に体重百キロを超える雄イノシシが斃《たお》れていた。比較的温和なイノブタではなく、純種の兇暴なイノシシであった。体を引き裂かれた猟犬が、その首筋におも牙を食い込ませ、ナガレ者の使うウメガイと呼ばれる刃のついた狩猟用の槍が、その急所を貫いていた。

イノシシと猟犬の方は絶命していたが、男性はまだ息があった。顔色は青く、意識は混濁しているようだった。太腿の傷口には衣服を裂いた布がきつく巻かれていたが、その下からも血はあふれ続けていた。母は男性を雪の上に寝かせると、少女にカンテラを掲げさせ、手早く止血帯で太腿を縛った。ひとまず出血がおさまった。わたしと母は協力して男性を橇に載せ、少女と共に診療所に引き返した。

わたしは処置室の照明の下で、少女が「父」と呼んでいた男性の顔立ちも肌の色も、わたしたちと同じものであるのに気づいた。だが、それを詮索している状況ではなかった。そのときはただ、母に命じられた通りの道具を渡し続ける仕事に専念した。

母が破れていた血管を結紮《けっさつ》し、傷口の処置を終えて、皮膚を縫合したときには、空が白んでいた。処置室から出てきた母に、少女は礼を述べて猟銃を渡そうとした。

「銃なんか貰っても仕方ないじゃないか」母は少女の申し出を拒絶した。「それより、さっき仕留めたイノシシを貰おうかね。あれだけの脂肪と蛋白源があれば、イリス沢の病人がだいぶ助かるよ」

32

猪にえぐられた渡り猟師の傷は、歩行に支障が出るほど深刻なものではなかったが、すぐに病床から起き上がれるほどの軽傷でもなかった。母はわたしと弟の寝床を居間に移し、渡り猟師の父娘のために次の間を開放した。

これはイリス沢の価値観からすれば狂気の沙汰であったと思う。ナガレ者は例外なく潜在的窃盗犯と見なされており、彼らのいる場所では貴重品から目を離してはならないのが常識だった。また、ナガレ者とノブセリは連続したスペクトルの両端点に過ぎず、両者のあいだに厳密な区別はつけられないと、多くの人々が考えていた。ましてや相手は銃を持っているのである。

わたしには母の気が知れなかったが、いざというときは弟を守るために、次の間へと続く引き戸の側には自分が寝るように心懸けた。そんなわたしの懸念をよそに、渡り猟師の娘は父親の看護を続けていた。彼女ははやばやと獲物の血抜きや内臓の処理を済ませていたらしく、例のイノシシの肉から取ったスープは、その獣が生きているときに奪った血液を補充するのに大いに役立った。五日目には父親は動けるようになり、娘とともに次の間から立ち退いた。

父娘がいなくなってすぐに、わたしは次の間から盗まれた品物がないかを確認した。なにもなくなっていなかった。だが、付け加えられた物があった。

そのころは自室の寝台の下に隠していた『アイリス』のバックナンバーが無事なのに安心して、何気なくページをめくり、わたしは愕然とした。その一冊の未使用だった表紙裏に、落書きがされていたのだ。当時の『アイリス』は、わたしと比那子だけの交換日記であり、神聖な〈同人誌〉であった。その誌面を侵害するのは、スプーンや燭台を失敬するより何十倍も悪質な行為であった。

頭に血をのぼらせたわたしは、帳面を引っつかんで父娘のあとを追った。例のクヌギの大木までたどり着くと、ふたりは母から要求された食肉を提供するため、大イノシシだった肉塊を枝に吊って、雪の中での解体作業の真っ最中だった。父親が手製の松葉杖によりかかって指図し、娘がその指示通りに作業をこなしていた。すぐそばには猟犬のものらしき小さな塚が築かれ、肉片の一部が供えてあった。

帳面を片手に血相を変えてやってくるわたしを見て、少女はただちに用件を察した。慇懃に頭をさげると、彼女は言った。

「ごめんなさい。それはあなたのノートだったんですね？　父の看病の途中に見つけて、とても面白かったから、自分でもなにか描いてみたくなったんです」

わたしはまだ腹を立てていたが、少女の謝罪を聞いているうちに、単に彼女は無知であっただけなのだと悟った。わたしがどれだけこの帳面を大切にしているか、彼女は理解していなかったのだ。

落ち着いて見返せば、彼女の絵は全然落書きなどではなかった。それは、長い髪の女の子が幼い少年の寝顔を覗き込んでいる姿のスケッチで、居間にいたわたしと滋波の姿を、いつの間にか素描したものだった。旅先での写生やクロッキーで鍛えられた彼女の画力に比べたら、わたしや比那子の絵こそ落書き同然だった。

しかしながら、他人の持ち物に勝手に絵を描くことは、いかに上手な絵であろうが、財産権の侵害に他ならない。わたしはそれを伝えた。少女は困ったように答えた。

「描いてしまったものはもう消せませんから、同じ価値の品で弁償しましょう。なんなら、似たような新品の帳面を探してきます」

「帳面だけ弁償されても困るのよね……この〈同人誌〉は取り換えの効かないものだし、本当に大事なのは中身のマンガの方なんだから」

「では、どうすればいいのでしょうか?」

「この〈同人誌〉は、同じようなのが他にも十冊ぐらいあるのよ」気がつけば、わたしはわけのわからないことを喋っていた。「一冊だけ他人の絵が入ってるなんて、バランスが悪いじゃない……もし責任を取る気があるんだったら、他の十冊の表紙裏にも、あなたの絵を描いてちょうだい」

この要求をされたときにスズが浮かべた珍妙な表情は、今でも忘れられない。

ナグモ屋敷の正門まで呼び出された綿入れ姿の比那子は、なぜ『アイリス』のバックナンバーを持ち出さなければならないのかと、当然の質問をした。わたしがスズの描いた絵を見せて事情を説明すると、比那子は「どうせなら、その子に表紙絵も描いてもらおうよ」と提案した。

スズと父親は集落地の外側にある未開拓地にテント小屋を張った。雪解けまでには、スズの父は松葉杖なしでも野山を歩けるまでに回復していたが、しばらくは旅を控えるようにと母が説得した。その頃には、既刊の『アイリス』の表紙と裏表紙すべてがスズの絵で彩られ、彼女はちょくちょく誌上にもイラストを寄稿するようになっていた。

春が終わり夏が来ても、父娘は野営地に留まり、イリス沢には肉と毛皮を、《イリス漫画同好会》にはイラストを提供し続けた。

スズの誕生日は本人にもわからなかったが、年齢はわたしたちよりひとつ下のようなので、比那子とわたしが〈二年生〉で、スズが〈一年生〉ということに取り決めた。わたしとしては、比那子との関係に他人が割り込んできたようで複雑な気持ちだったが、確かに「後輩」ができるというのはいいものだった。

33

「ありゃ、先輩だ」

テント小屋の前でイノブタの毛皮を戸板に打ちつけていたスズが、わたしの姿を見て声をあげた。

「一体なんですか？　カテーホーモンってやつ？」

「往診の帰りなの」

「へー、先輩も往診なんてやってんですね」

昔のスズは丁寧な言葉遣いのできる少女だったが、わたしたちと一緒にマンガを読み漁るうちに、すっかり口調がぞんざいになってしまった。まあ、「だわ」「わよ」「かしら」が口癖になっているわたしが言えた義理ではないが。

「それで、ちょうど通り道だったから、ついでにお父さんの傷を診させてもらおうかと思って……」

これは完全な嘘というわけではない。今日中にスズのもとを訪れるため、知恵をしぼって考えた言い訳だ。スズの父は元重傷患者だし、わたしはその治療の場に立ち会った人間である。そのわたしが二年後になって、急に患者の予後が気になりだしたとしても、不自然ではない。断じて不自然ではない。

不自然ではないはずなのに、スズは怪訝な顔をした。

「オヤジなら、山に仕掛けたくくり罠の調子見にいってますけど」

「それじゃ、しばらく待たせてもらっていいかしら？」

「どーぞ」スズはそう言って、鞣《なめ》したイノブタの毛皮の端に、万能ナイフの柄で釘を打ち込んだ。

イノブタとは、暗黒時代直後の混乱期に養豚場から集団脱走した豚たちが、山奥でイノシシたちと交雑して生まれた野生動物である。夜のうちに集落地に忍び込んで農作物を食い荒らす彼らは、ノブセリに次ぐ農家の宿敵であった。

しかし、スズ親子がイリス沢に来てから状況は変わった。スズの父はウメガイの槍一本でイノブタを仕留める熟練の狩人であり、娘のスズは七十メートルの距離からスラッグ弾を獲物に撃ち込める射撃の名手だった。また、ふたりは定住民の誰よりも野生動物の習性に詳しく、イノブタの侵入を防ぐ柵の建て方や、イノブタを捕獲する罠の仕掛け方にも通じていた。

ふたりによってイリス沢の食糧事情は大いに改善された。農作物の被害が激減したばかりではない。今やイノブタは、不足しがちな動物性蛋白質を定期的に提供してくれるありがたい存在となった。その肉質はイノシシよりも柔らかく美味であり、鞣した毛皮は防寒具の材料に使われた。あまり人を褒めない母でさえ、スズ親子による集落内の栄養状態の改善に対しては、しばしば称賛の言葉を口にしていた。

スズの仕事を観察しながら、わたしは思い切って話を切り出した。

「実は、昨日カヤに言われたの」

「なんですか？　カヤがゆーにゃ先輩に生意気なこと言ったんなら、うちが先輩としてシメときますけど」

「ううん、そんなんじゃなくて」わたしはあわてて説明した。「その、カヤから『わたしは一人でも〈コミケ〉へ行くことに決めました』って言われたのよ」

「あはっ、カヤの言いそうなことですね。で、先輩はなんて答えました？」

「カヤはすごく真剣で、でも……わたしは、その場しのぎのいい加減な返事しかできなくて……

そしたら、カヤは……カヤは優柔不断なわたしに愛想を尽かして、そのまま帰っちゃって……」

肚を割って相談するつもりで来たのに、肝心な点はなにも打ち明けられなかった。話せば話すほど、自分がみじめになるような気がした。

「……わたし、あの子に嫌われたみたい」

最後にそう言って、わたしは膝のあいだに頭を埋めた。

「そんなことで悩んでたんですか？　ダイジョブですよ、カヤは先輩ラブですから――だいたい、あの奥手なカヤがそこまで大胆なこと言えるのは、ゆーにゃ先輩が信用されてるって証拠じゃないですか。自信持ってください」

「だけど、わたしはその信頼を裏切っちゃったから」わたしは溜息をついた。

「それで、先輩はカヤを止めたいわけですか？」

「少し前までは、それが正しい道だと信じてたのよ」わたしは頭を振って答えた。「でも、昨日のあの子の様子を見ているうちに、それが本気でカヤの身を案じてのことなのか、単にわたしが他人の気持ちがわからないエゴイストで、自分の平穏な日常を守りたいからそう思ってるだけなのかが、わからなくなったの」

スズが釘を打つ音が止まった。

「じゃ、そんなにカヤが心配なら、うちがあの子についてってあげますよ」

「ほんとに？」スズの言葉に、わたしは思わず顔をあげた。

「あの地図が見つかったとき、うちも、ノリで煽り立てるようなこと言っちゃいましたからね。

一応、責任は取らないと」

スズが毛皮を張った戸板を持ち上げた。わたしも反対側を持ち、木陰に立て掛ける作業を手伝った。

「《廃京》に近づけるところまで近づいて、海岸のあたりをぐるっとひと回りさせたら、〈コミケ〉が見つからなくても、あの子なら自分を納得させられますよ」

「でも、大丈夫なの……？　スズだって、《廃京》の方へは行ったことないんでしょ？」

「うちらにとっちゃ、はじめての場所を訪れるのが日常ですからね」

スズは肩をそびやかした。

「それに、《廃京》って場所には、いっぺん行ってみたかったんです——中心部はまだ赤い霧の中かもしれませんけど、旧時代にはニッポン一の大都会だったわけですし、そばに寄るだけでも、きっと、今まで誰も見たことがないような景色が見られますよ」

スズに相談しただけで、わたしの悩みの大部分は解決してしまった。

それなのに、どうしてこんなにも納得がいかないのだろうか？

〝ごっこ遊び〟とはいえ、いやしくも〈先輩〉を名乗っている人間が、〈後輩〉を危険な土地に送り出そうとする無責任さへの罪悪感からか。あるいは、〈後輩〉ふたりが〈先輩〉のわたしを差し置いて、わたしには永遠に手の届かない場所を訪れることへの嫉妬心からか。

わたしの心を見透かしたように、スズが言った。

「なんなら、先輩も一緒に来ます？」

「え？」

「ときどき、想像するんですよね――うちと、カヤと、ヒナコ先輩と、ゆーにゃ先輩とで、世界の果てまでずうっと旅をできたら、すごく楽しいんじゃないかって――

自画自賛になりますけど、うちらって完璧なメンバーだと思うんです。うちが食糧を手に入れて、カヤが料理して、誰かがケガや病気したらゆーにゃ先輩が治して、ヒナコ先輩は――ヒナコ先輩はお荷物ですけど、あの人がいなきゃ完璧じゃないですし。

毎日そうやって自由気ままに旅をして、ねぐらが必要になれば手近な廃墟か廃屋を探して、ランタンの明かりの下でお茶を飲みながらお喋りして、寝袋にもぐり込んだら星明かりの下でまたお喋りして――そんな旅をいつまでも続けられたら、すごく楽しいと思いませんか？」

本当に、そんな旅ができたならどんなに素晴らしいだろう、と思った。それは、言うなれば終わりのない〈部活〉であり、目的地のない〈修学旅行〉であった。本当に、そんな旅ができればいいのに。

スズはわたしの表情を見て、寂しげに微笑んだ。

「冗談ですよ。先輩には診療所がありますからね――ま、カヤのことはうちに任せてください。《廃京》のお土産はなにがいいですか？　スカイツリーのかけらでも持って帰りましょうか？それとも、ディズニーランドの砂浜から拾ってきた貝殻にしますか？」

34

ひと仕事終えたスズは、懐から掌に収まるほどの小さなハーモニカを取り出して、「なんかリクエストありますか?」と訊ねてきた。

わたしは童謡の「里の秋」を頼んだ。物心つく前から祖母に子守唄として聴かされていた、想い出の曲である。

スズの息が金属製のリードを震わせると、物哀しげな音色は、ちぎれ雲の散らばる瑠璃色の空へと吸い込まれていった。その旋律にあわせて、わたしは「里の秋」を唄った。

スズにはイラストや射撃の他に、ハーモニカという特技があった。ただレパートリーを演奏するだけでなく、未知の曲でも何度か口ずさんでもらえれば、そのメロディを正確に再現することもできた。芸として売れば十分にひと椀の食事にありつける腕前だったが、スズがその演奏の対価として求めたのは、音楽を注文した者が一緒に歌うことだけだった。

とりわけ、スズのハーモニカ伴奏で聞く茅の歌は絶品で、ときには、わたしもその演奏会のお相伴にあずかれた。

ベンチ代わりの倒木に並んで腰かけて、わたしたちは会話を続けた。本当にあの地図一枚で《廃京》まで行けるのかと質問すると、スズは首を振った。

「あんな谷や川も描いてない地図じゃお話になりません。部長さんは、道路さえつながってりゃどこでも徒歩で行けると思ってるみたいですけど、たとえば橋が落ちてたら、もうそれだけでアウトですからね」

「それじゃ、どうするの？」

「ま、道路は目印ぐらいに考えて、アドリブで進むしかないです。今までも、はじめての土地はずっとそうやって旅してきましたからね」

「それって、大丈夫なの？　本当に危険はないの？」

「昨今じゃ、〝安全な旅〟なんてものは、どこにもありませんよ。出発する前からあれやこれや気に病んでたら、どんな旅だってできません──それに、たとえ危険な旅であっても、カヤにはいろんな世界を見せてあげたいんです。ほら、『かわいい子には旅をさせよ』って諺《ことわざ》があるじゃないですか」

ちょっと意味が違うような気がしたが、わたしは黙って同意した。

スズの声はだんだんと熱を帯びていった。

「なんなら、いっそこのままカヤをうちらの仲間に入れてやってもいいんですよ。渡り猟師にはなれなくても、あの子の絵とお話の才能は、新しい商売の形になるんじゃないかと思うんです。とにかく、あの子はこんなイッキ者の中なんかに──」

そう言いかけて、スズは言葉を呑み込んだ。

「──あの子は、こんな集落地で埋もれてちゃいけない子なんです」

イッキ者。それはナガレ者同士の会話で、わたしたち定住民を呼ぶときに使われる言葉である。

あまりいい意味の言葉ではなく、はっきり言えば蔑称に近い。スズの口から「イッキ者」という言葉を聞いたのは、これが最初であった。

「すいません、失言でした。少し前にイヤなことがありまして」

冷静さを取り戻したスズは、深々と息をついた。

「なにかあったの？」

「いえね、別に大したことじゃないんですけど……。あれは、まだ田んぼに水が張ってあったころだから、ひと月ぐらい前だったと思います」

その日、スズはウメガイの槍を片手に、集落の田畑の周囲に仕掛けたくくり罠を巡回していた。くくり罠とは、頑丈な針金で輪差を作り、野生動物の通り道に仕掛けておくタイプの罠である。獣道を抜けようとした獲物は輪差に首や四肢を引っかけ、そこから逃れようとして、ますます針金を強く食い込ませてしまうという寸法だ。獲物の中には自分の足を食いちぎって逃げてしまう猛者もいるため、この罠の運用には頻繁な見回りが欠かせない。

彼女はその作業中、青々とした水田の中の畦道をやってくる、ナグモ屋敷の差配人の姿を見た。差配人は稲の様子を記録する仕事に没頭しており、藪の中に屈み込んでいるスズには気づかなかった。前にも述べた通り、スズはこの差配人が大嫌いだったので、藪に隠れたまま彼をやり過ごすことに決めた。

「そこへ、間の悪いことに、カヤが反対側から歩いてきたんですよ」

茅はいつものごとく、執筆中のマンガの展開を考えるのに上の空だった。スズが声をかけるべきかどうか迷っているうちに、心ここにあらずの茅と、仕事に集中していた差配人がぶつかった。その衝撃で差配人は記録用の書きつけを取り落とし、書面は水田の泥の中に落ちた。

差配人はかんかんに腹を立てた。茅の不注意を罵り、怒鳴りつけた。茅は畦道に両手を突き、土の上に頭を擦りつけて、自分の失態を詫びた。

「うちはぶつかる瞬間を見てたから、知ってるんです――カヤとぶつかったとき、あいつ、書類読みながら歩いてたんですよ？　そりゃまあ、ボーッとしてたカヤも悪いかもしれませんが、よそ見しながら歩いてたあいつも悪いじゃないですか。

書類にしても、泥で汚れただけで、別に読めなくなったわけじゃないし、あんなもの、書き直すのに一時間もかかりません。でも、傷つけられたカヤの心は一生治らないんですよ？

要するに、どっちにも落ち度があったんだから、『ああごめんなさい』『こちらこそごめんなさい』で終わらせればいいんです。それなのに、なんでカヤだけが土下座させられなくちゃいけないんですか？」

スズははらわたの煮えくり返るような気持ちで、その場面を見守っていた。ナグモの刀自さまその人ほどの権力者ではないにせよ、茅の雇い主である借地農家たちに対して、差配人はある程度の影響力を持つ存在だった。ここで自分が感情のままに行動すれば、茅の一家に迷惑が及びかねない。だから、今はじっと堪え難きを堪え、差配人が立ち去ったら、茅は悪くないと伝えて慰めてやろうと思い、藪の中に留まり続けていた。

しかし、そんなスズの堪忍袋の緒も切れるときがきた。

「あいつ、カヤになんて言ったと思いますか？　『おひいさまにぺこぺこ取り入って、甘い汁ばかり吸っとる連中が！』そう言ったんですよ？　うちの後輩だけじゃなく、部活までが馬鹿にされたんです」

その言葉を聞いた瞬間、スズは反射的に立ち上がり、差配人に向かって突進した。

「……それで、どうしたの？」わたしはおそるおそる訊ねた。

「ぶん殴ってやりました」

「殴ったって……イノシシ狩りの槍で？」

わたしが真顔でそう言うと、スズはきょとんとした表情を浮かべ、一拍置いてから吹き出した。

「先輩って、ときどき凄いこと言い出しますよね――いや、槍で殴ってもよかったんですけど、あんなゴミ野郎に神聖な槍を使うのはもったいなかったんで、思いっきり平手打ちしただけですよ。

――こうやって、掌を振り上げて、力いっぱいパシーンってやって、『テメーの方こそ、よっぽど寄生虫じゃねーか！　集落全体がテメーのことをどう思ってるか、陰でテメーのことをなんて呼んでるか、知らねーのか！』そう言ってやりました」

スズの啖呵を聞いた差配人は、呆然としているように見えた。しかし、急に真っ青になって、泥だらけの書面を拾い上げると、よろよろとその場から去っていったという。

「言っときますけどね、うちがあのクソ野郎に天誅を加えたのは、別にカヤのためじゃないですよ。うちが個人的にああいうゴミ野郎は許せないからです。

……もっとも、ああいう陰険な寄生虫野郎のことだから、これを根に持ってカヤに嫌がらせしてきたら、次は半殺しにしてやろうと待ち構えてました。でも意外。結局、それっきりなんにもなくて、拍子抜けしましたよ」

スズはそう言っていたが、わたしには差配人の心情が理解できるような気がした。

父や母の話によれば、若い頃の差配人はああいう性格ではなかったそうである。不作のため借地料が払えないと哀訴する中農のために、刀自さまに直談判して地代を免除してやったり、立場の差を超えて仲のよい友人となった作男に泣きつかれて、独断で支援米を支給してやったりと、そういう心優しい人物だったらしい。

そして、その都度彼は裏切られた。

イモチで田を全滅させてしまったはずの中農は、大量の隠し米をレンジャク商人に横流ししていたし、病身の家族を抱えているはずの作男は、貰った支援米で仕事もせずに遊び暮らしていた。

借地料の徴収はイリス沢の存続のために必要な制度であった。ナグモ屋敷の土蔵に収められている米は、イリス沢で消費される物資をレンジャク商人から入手し、農業に使われる設備や水路を維持し、農閑期もバラック長屋の労働力を養うための大切な米であり、毎年十分な量の借地米が集められなければ、イリス沢の経済は立ち行かないのである。差配人は心を鬼にして、仕事には厳格にならざるを得なかった。

恩恵を施した相手から欺かれ、親しく接してくる者を疑い続ける十年間の生活は、彼を陰湿で猜疑心に満ちた取税人へと変えてしまった。

こうしてある日、彼は、集落の嫌われ者となった自分を、誰からも愛されていない自分を、スズの罵声の中に見出したのである。彼だって、決して他人から憎まれることを望んでいたわけではないのに。

どうして、こうなってしまったのだろう?

この世界全体に、天真爛漫な少女を卑屈な農奴に変え、博愛精神に満ちた理想家を無慈悲な酷吏に変え、協力すべき者同士を互いに憎みあわせる、邪悪な力が存在しているとしか思えなかった。

35

「あのさ——」

これを口にすれば、スズとの、あるいは比那子との人間関係は壊れてしまうかもしれない。それでも、質問せずにはいられなかった。

「——スズはヒナコのこと、どう思ってるの?」

「どゆことですか?」

「大きなお屋敷に住んで、新しい服を着て、いつでも食べたいだけ食べられて——」

スズはにやっと笑った。

「陰口ですか？　ゆーにゃ先輩にも、結構人間っぽいとこあったんですねー」

「いや、そうじゃなくて……」

「いーんですよ。確かにヒナコ先輩って、ぜんぜん人の話聞きませんもんね。ゆーにゃ先輩がストレス溜め込んでるのもわかります。うちの愚痴も聞いてもらったんだし、先輩の愚痴ぐらい、いくらでも聞いてあげますよ」

スズは膝を曲げて頬杖を突き、話の続きを催促した。

「……わたしが言いたいのは、ヒナコがあまりにも無神経すぎないか、ってことなのよ。ヒナコはこの集落では二番目に偉い人間だし、一番目に偉い人間に意見することもできる。なのに、ヒナコはカヤの苦しい生活を知っていながら、手をこまねいて見ているばかり」

ふんふん頷きながら聞いてくれるスズに勇気づけられて、わたしは話を進めた。

「ヒナコは大きな権力を与えられてるんだから、同時に、大きな責任も課せられてる。その気になれば、あの子はイリス沢の運営に直接関われる立場にあるんだし、少しずつでもイリス沢をよい場所に変えていく義務があると思うの」

「あはっ」スズがおかしそうに笑った。「もしもヒナコ先輩が集落の運営にあれこれ口出しするようになったら、イリス沢なんて三年も持ちませんよ。あの人はなーんにもしないのが取柄なんですから」

「そうかしら？　わたしはヒナコには十分な指導者の素質があると踏んでる。将来あの子がナグモ屋敷の当主の座を継いだなら、改革を試してみる価値はあると思うわ」

「じゃ、もしゆーにゃ先輩がナグモ屋敷の当主になれたとしたら、具体的にはどうしますか？」

「そうね、わたしだったら……まず、バラック長屋を廃止するわ。昔のように、作男たちを借地農たちと同じ家に住まわせて、そして、借地農たちは作男と並んで耕運機や収穫機を引っ張るの――もちろん、『作男』なんて呼び方もやめさせなくちゃね」

「先輩は、カヤの一家が先輩の家に住み込んでも平気ですか？　先輩の家の居間でカヤの家族が生活して、何人かは先輩の部屋で寝起きしても？」

　わたしは一瞬言葉に詰まったが、すぐに力強く言い返した。

「ええ、もちろん。それでみんなが幸せになれるのなら」

「先輩は立派だと思います。でも、それで本当にみんなが幸せになってるんでしょうか？　カヤの一家にしても、他人の家で肩身の狭い居候暮らしをするよりは、たとえボロ家でも、自分の家が欲しいんじゃないですかね？」

「なら、集落のあちこちに作男のための家を建ててあげればいいわ」

「そんな土地がないからバラック長屋があるんだと思いますが、まあ、よしとしましょう。でも、耕す畑は借地農たちのものですよね？　それで、本当に〝バラック長屋〟をなくせるんでしょうか？　単にイリス沢のあちこちにみすぼらしい掘っ立て小屋が建って、作男同士で助けあいもできないから、より不便になって、しばらくしたら元の木阿弥に戻るだけじゃないですか？」

「豪農の家から、作男の人たちが自活できる程度の田畑をわけてあげればいいのよ――ううん、もっといい方法があるわ。田畑は集落全員の共同財産ということに取り決めて、収穫そのものを平等に分配するの」

「豪農の連中が承知するわけないじゃないですか」

「でも、バラック長屋をなくすためには言うことを聞いてもらわないと」

「結局は無理強いですか。豪農全員が相談の上でゆーにゃ先輩を座敷牢に閉じ込めて、分家の中から新しい当主を選ぶことになるでしょうね。さもなきゃ、先輩が先手を打って豪農全員を皆殺しにするか……それだけの犠牲を払っても、あの差配みたいに収穫物の管理をする連中が、そのまま豪農の後釜に納まるのが関の山ですよ」

「じゃあ、スズはこのままの社会が続いてもかまわないって言うの？　スズも言ってたじゃない、『出発する前からあれこれ考えてたら、どんな旅もできない』って」

「うちとカヤふたりの犠牲で済む話ならともかく、それとこれとは話が別です。

そもそも、ゆーにゃ先輩は勘違いしてますよ？　別に、ヒナコ先輩のばーさんや御先祖が、カヤたちをバラック長屋に押し込めることを決めたわけじゃないんです。集落のみんなが土地を持たない人たちに農作業をやらせた方が便利だと考えてて、そのために貧乏クジを引かされる人間がいても知ったこっちゃないと思ってたから、バラック長屋が生まれたんです。だから、みんながそういう考え方をやめない限り、いかにナグモ屋敷の力をもってしても、バラック長屋をなくすのは不可能なんです」

「でも、やっぱりヒナコには責任があるわ……たとえバラック長屋をなくせなくても、イリス沢の仕組みを一度には覆せなくても、あの子には、少しずつでもイリス沢の悪い部分を改められる力があるし、そうする義務がある」

「あの人に課せられた唯一の義務は、いいいいなにもしないことなんです。たとえ、助けたい人がいても助けちゃいけないいんです。

例の差配人ですけど、もし、ヒナコ先輩があいつにビンタしたらどうなると思いますか？　差配人はバラック長屋にも住めなくなって、他の集落で物乞いするしかなくなるでしょうね。あいつはいけ好かない人間の屑ですが、そこまでされなきゃいけないほどの極悪人じゃないですし、少なくとも、うちはそこまでは望んでません。

ヒナコ先輩はなにもしちゃいけないんです。怒ってもいけないし、泣いてもいけないんです。あの人が怒れば、みんなが震えあがります。あの人が泣けば、みんなが不安になります。本当は、友達だって作っちゃいけなかったんだと思いますよ？

みんながあの人に『もうあなたはお姫さまじゃなくていいんですよ』と伝えてあげるか、さもなくば、あの人の首をギロチン台に突っ込んであげるまでは、望んでもいない〝お姫さまごっこ〟を続けるしかないんです」

「なら、ヒナコはなんでお姫さまをやってるの？　ナグモ屋敷はなんのためにあるの？」

「たぶん、バラック長屋と同じじゃないですかね？　自分たちの漠然とした決定に大義名分を与えてくれる誰かが欲しくって、その責任を取ってくれる相手がいたら便利だって、みんなが考えてたから、それでナグモ屋敷が生まれて、ヒナコ先輩はお姫さまにならざるを得なかったんです。

〝王様〟ってのは、人間の歴史の中でもなかなかの発明だったと思いますよ。人間ひとりひとりが自分の王様になれないうちは、誰かが王様の役をやるしかないんでしょうね」

「もし」最後にわたしは質問した。「もし、スズがナグモ屋敷の当主になれたらどうするつもり？　目の前で自分の友達が理不尽な目に遭わされてて、毎日大勢の人が苦しんでて――それでも、なにもせずにいられるの？」

スズは少し考えて、答えた。

「もし、うちがナグモ屋敷の当主になったら――まず、イリス沢に〈学校〉を作りますね。そこで子供たちに、少しでもイリス沢がよくなる方法を考えさせます。その子供たちの何人かが先生になって、その先生が教えた子供たちが大人になる頃には、イリス沢も少しは変わってるんじゃないでしょうか？」

36

スズとの長い会話が終わった。そろそろ診療所へ戻らねばと考えはじめていた矢先に、急にスズが立ち上がり、山の方へと手を振った。

「あ、お帰りなさい、お父さん」

そちらに目を向けると、まだ青々と葉を繁らせている雑木林の中の踏み分け道を、雑種の秋田犬を連れたスズの父がくだって来るところだった。背中には、今日の獲物らしき三羽の野ウサギを背負っていた。

わたしも身を起こして挨拶すると、山猟師は無言で頷き返した。

スズの父は、典型的なナガレ者の渡り猟師といった風貌の人物である。日焼けして風雨にさらされた無表情な顔からは、さっぱり年齢の判断がつかない。三十代なのか、四十代なのか。スズと血のつながりがないのなら、まだ二十代半ばということもありうる。

極端に口数が少ないのも、彼の年齢不詳ぶりにひと役買っていた。だが、同じ寡黙さでも、わたしの父とは寡黙さの性質が違った。わたしの父が他者との意思の疎通を諦めてしまった人間の寡黙さとするならば、スズの父は無意味な発言を嫌う人間の寡黙さであった。

「そうだ、お父さん」獲物の野ウサギを水場で洗いながら、スズが父親に告げた。「わたし、明後日からひと月ばかり遠出するから、そのあいだのことはよろしくね」

あたかも、わたしが家族に「今日の午後は遊びに行くから」と告げるぐらいの気安さで、彼女はそう言った。父親の方も、同じような気安さで頷いた。この父娘にとって、たかだか一か月程度の別離など日常茶飯事なのだろうか――そう思って見ていると、スズが続けて言った。

「それからさ、診療所のゆーにゃ先生が、お父さんの太腿の傷を診たいんだって」

スズの父はわたしの方を見て、うっすらと無精髭で覆われた口を開いた。

「クリハラの先生が、なにか言っていたのかね？」

「いえ、その、母がというわけではなく……」わたしはしどろもどろに答えた。「単に、わたしが個人的に気になったというか……いや、本当に全然大したことじゃないんです！　お忙しいようなら、また日を改めて……」

「時間はある。そこの天幕の中で診てもらおう」

彼はそう言って、テント小屋の方へと歩き出した。

――えらいことになった、と思った。

実のところ、スズの父への往診は単なる方便に過ぎなかったし、いざ診察になったらどうするかまでは考えていなかったのだ。

スズ父娘のテント小屋は、風雨をしのいで寝るためだけの場所だった。茅の家でさえ土間と床の区別があったというのに、ここでは平らにならした土の上に松葉が撒いてあるだけで、壁や天井の代用は簡素な木組みの上に張った防水布が成していた。

布を通して差し込む日光のため、テントの中は思ったより明るかった。小屋の隅には狩りに使う武器や道具がごたごたと積み上げられ、ありあわせの材木をロープで縛りあわせた簡易寝台がふたつ置かれてあった。小ぶりな方の寝台の枕元には、数枚の彩色されたスケッチが鋲で留めてあり、こちらがスズの寝台なのだろう。

スズの父の太腿に残る古疵は、わたしの親指が入るほどの大きさにくぼんでいた。しかし、それが正常な状態なのか、なんらかの後遺症の兆候なのかはわからなかった。母ならば彼のカルテも保管しているであろうが、わたしはその内容までは暗記してないのだ。

今になってわたしは、自分が今日こなしてきた往診が、いかに母が積み重ねてきた所見によって助けられていたかを痛感した。

「……見たところ、異状はないようです。今は経過を見ましょう」

わたしは当たり障りのない診断をくだし、冷汗三斗の思いでお医者さんごっこのような診察を終えた。

37

翌日も診療所は暇だった。急病人や怪我人が出ないのは結構なことである。母はナグモ屋敷へ刀自さまの定期健診に出かけていた。さすがに、この仕事だけはわたしに任せてくれなかった。

昼過ぎになって、スズと茅が診察室を訪れた。病気ではない。わたしに出発前の挨拶を告げにきたのだ。待合室に引っ込んだまま顔を見せようとしない茅を、スズが強引に診察室まで引っ張ってきた。

「こいつ、先輩に挨拶もせずに行くつもりだったんですよ？」スズが憤然と言った。

それでも、茅はわたしが貸したセーラー服を持参していた。どこで借りてきたのか、火熨斗《ひのし》まで当ててあった。茅は、口数少なく、スズに同行を頼んでくれたことへの礼を述べ、一昨日の非礼を詫びた。いまだになんと答えるべきかわからないまま、わたしはセーラー服を受け取った。

スズと茅はふたりで相談して、明日の日の出前にアメミヤのお社跡から出発することに決めたそうだ。別に比那子の立てた予定に従う必要などないのだが、早朝に出発すれば、夕方にはクデタの廃墟の最南部までたどり着ける。そこで手頃な廃屋を探して一泊し、翌日の日中をフルに利用して関東平野へ続く峠道を越えるというのは、理にかなった計画だった。そこから先はノブセリしか知らない未踏の土地で、比那子の発見した古地図上の線だけが頼りである。

スズが報告した。

「そうそう、うちら午前中に、ヒナコ先輩のとこにも挨拶に寄ったんです」

「ヒナコはなんて言ってたの?」

「うちらが玄関先で明日出発するって伝えたら、『ゆーにゃは〈コミケ〉へ行くって言ったの?』って質問されました。うちがいいえって答えると、『じゃ、あたしはまだ決められない。ゆーにゃとの勝負の決着がついてないから』そう言ってました」

いろいろあったので忘れかけていたが、そう言えば、比那子との約束は今日が期限であった。

「でも、明日はヒナコ先輩もアメミヤのお社跡まで来るみたいです。『ひょっとしたら最後の最後でゆーにゃの気が変わって、みんなで出発することになるかもしれないから』だそうです」

比那子はまだ諦めてないのか——そう考えたとき、わたしは唐突な既視感に包まれた。

はじめて体験する状況のはずなのに、遠い昔にまったく同じ出来事を経験したことがあり、その状況をふたたび繰り返しているような、誰もが一度ならず感じたことのある、あの不思議な感覚である。人によってはこの感覚を根拠にして、われわれは時の円環の中に生きており、同じ人生を無限に繰り返しているのだと主張する者もいる。

明日の未明にスズと茅はアメミヤのお社跡から出発する。早起きして駆けつけたわたしと比那子は、朝日に照らされた後輩たちの背中が、南東へと続く旧時代の県道の彼方へと消えていく様子を見守る。比那子はなにも言わない。わたしは診療所に帰り、家族のために朝食を作る。

わたしは毎日スズと茅の帰還を心待ちにして、その場面を夢にさえ見るようになるが、ひと月が過ぎ、ふた月が過ぎても、ふたりは戻らない。冬が訪れてイリス沢も県道も雪に埋もれ、その年の帰還は絶望的になる。わたしは翌年の春に望みをつなぐが、根雪が解け、新芽が芽吹く季節になっても、杳としてふたりの消息は知れない。茅の家では、父親と弟妹たちが仕事を増やすことでなんとか家計を切り盛りするが、茅が丹念に整頓し掃除していた四畳半は、次第に荒れていく。スズの父はその年の秋に、テント小屋を畳んでいずこともなく去っていく。

その頃には〈同人誌〉用の金銭出納簿も使い果たされ、『アイリス』は無期限の休刊となる。比那子とふたりきりの〈部室〉はあまりにも広すぎて、〈部活〉からは足が遠のく。

やがてわたしは妊娠し、イリス沢の慣習に従って婿を取る。熟考の末に、あの鎖骨を折った中農の息子を夫に選ぶ。比那子も同時期に婿を取り、わたしのあとを追うようにして妊娠する。出産と育児に追われるわたしたちは、次第に疎遠になっていく。

一人目の子供の手がかからなくなってきた時期に、わたしはふと懐旧の念に駆られ、少女時代を過ごした〈部室〉を再訪してみる。訪れたのが秋だったこともあり、屋根の落ちた部室の中は大量のケヤキの落葉で埋まっている。もう、部室の中と外との区別もつかない。数年間のうちに廃物拾いたちが物色していったらしく、溜め込んだマンガ本はあらかた盗まれ、壁のポスターは剝がされて跡形もない。みんなのインクの跡が染み込んだ大机も消えている。おそらくは薪の材料として持ち去られたのだろう。わたしは空っぽの廃屋をあとにして、二度と〈部室〉のあった場所を訪れない。

母が年老いて体の自由が利かなくなり、わたしは本格的に診療所を任せられる。弟の滋波は少し離れた中農の家へ婿に行き、わたしの夫がわたしの父の田畑を受け継ぐ。わたしはまた妊娠し、待望の娘が生まれる。診療所の仕事で手が離せないわたしのため、母がもっぱらその子の面倒を見る。わたしは、昔あれほどなるまいと思っていた口うるさい母親となり、娘はわたしよりも母の方に懐く。

その娘も今は立派に成長し、ひと通りの医術も教え込んだ。父と母は数年前に亡くなった。わたしも毎日の往診や深夜の急患への対応が負担になる年齢だ。そろそろ娘に四代目を継がせることを本気で考えはじめる。

そして、今や娘が取り仕切るようになったクリハラ診療所で、すやすやと眠っている幼い孫娘の寝顔を眺めながら、わたしは思う――全体的に見れば悪くない人生だったな――と。ピラミッドも万里の長城も訪れられなかったし、サンザシの生け垣も見られなかったが、家庭を営んで愛する家族が持てた。祖母や母ほどの医者にはなれなかったが、なんとか診療所を次の世代へ受け渡すことができた。

——なのに、なぜこんなにも後悔の念ばかりが募るのだろう？　わたしの選択は本当に正しかったのだろうか？　わたしがふたりと同行していれば、違った未来が待っていたのではないだろうか？——

不意に診察室のドアがノックされる。わたしは関節の痛む体に鞭打って、娘が往診のため不在である旨を告げるべく、ドアを開ける。

驚くべし。待合室にはスズと茅が立っている。四十年前に別れを告げに来た、あの日のままの姿で。

そのとき、わたし自身もまた四十年前の十七歳の姿に戻っているのに気づく。白髪交じりの髪は黒さと艶やかさを、皺の寄った肌は潤いと張りを取り戻している。摩訶不思議な力によって時がさかのぼり、わたしは過去の失敗を償う機会を与えられるのである。

そう、今まさに、わたしは四十年前の自分に立ち返ってきたのだ。この瞬間が、もう一度あの選択をやり直すチャンスだった。

わたしはふたりに答えた。

「明日は、わたしも見送りに行くわね——一緒には行けないけれど」

この時の円環の中では、わたしが《廃京》へ旅立たないのが宿命であり、必然であるのだ。この一瞬があと何万回繰り返されたとしても、わたしは誤った選択肢を選び続けるのだろう。

決定された運命を宣告するかのように、待合室に続くドアがノックされた。誰かがわたしの診察を待っている。だから、わたしは〈コミケ〉に行くわけにはいかない。

38

「どうぞ」わたしは反射的に答えた。

「じゃ、うちらはそろそろ失礼します」と、スズが立ち上がった。一方、わたしの返事を無視して、依然としてノックは続いていた。

「どうぞ」今度は声を張り上げた。

三度、ノックの音が繰り返された。わたしの声が聞こえないのだろうか。耳の遠くなった老人の患者なら、ままあることだ。

茅が気を利かせて、相手を請じ入れるためにドアを開いた。

茅は驚愕のあまり腰を抜かし、ドアの取っ手を握ったまま診察室の床にへたり込んだ。ドアの正面にいたスズが、目を見開いて部屋の奥へと後じさりした。わたしも自分が見たものが信じられず、椅子の中で凍りついていた。

惜別の感傷もなにもかも、吹っ飛んでしまった。

待合室の中に若き日のスズと茅の姿を見出した四十年後のわたしも、この瞬間のわたしほどには驚けなかったのではないだろうか。

クリハラ診療所の待合室に、ナグモの刀自さまが立っておられた。

「ああ、別に体調を崩したわけじゃないよ」

刀自さまはそう言って、診察室の椅子に腰をおろした。

「この近くまで寄ったら、ついでにあんたの顔を見たくなってね」

刀自さまの口調は穏やかではあるが、有無を言わせぬものがあった。わたしは刀自さまの眼前で着席していてもいいものか、それとも起立すべきか悩んでいた。

そもそも、祭日でもないのに刀自さまがナグモ屋敷の外を出歩くという状況が、極めて異例の事態である。わたしが生まれてこのかた、そんな大事件は一度たりとも起きていなかった。よしんば田植祭や収穫祭で集落内を巡回する場合でも、数名の使用人と取り巻きの豪農と、孫娘の比那子が、必ず傍に付き従っていた。

その刀自さまが、お忍びでわたしに会いにくるほどの緊急の用件など、まったく思いつかない――と言いたいが、ひとつだけ心当たりがあった。比那子である。

可能性はふたつある。

ひとつは、比那子が今日中にわたしを説得する気満々で（比那子の性格なら十分あり得る）、明日の出発に備えてナグモ屋敷から金目の品物を持ち出そうとしたところを、刀自さまに発見されたという可能性である。刀自さまは孫娘を問い詰めて、《廃京》遠征の計画を聞き出した。怒り心頭に発した刀自さまは、ナグモ屋敷の跡取りに馬鹿な真似をさせるなと、わたしに直談判しにきたのである。

もしこちらの想定が正しければ、今まさに《イリス漫画同好会》は廃部の瀬戸際にあった。

ふたつ目の可能性も、わたしにとってはあまり歓迎すべきものではない。刀自さまが孫娘を問い詰めたところまでは一緒だが、そのあとで比那子が祖母を説得してしまったというケースである。刀自さまといえども、比那子にとってはひとりの祖母に過ぎない。幼くして両親を亡くした孫娘から縷々《るる》として懇願された刀自さまは、その一生に一度の願いをかなえてやろうと決心した。そして、どうか不肖の孫娘と《廃京》へ同行してくれと、わたしに依頼しにきたのだ。

これが比那子にとっての最後の切り札だったならば、確かに最強のカードであった。いかにわたしの決意が固くとも、刀自さまの要望には逆らえない。それは実質的には命令なのだから。

気を揉んでいるわたしの前で、刀自さまは、退室の隙を窺っていた後輩ふたりに視線を向けた。

「ところで、そっちのふたりは誰だったかね？　イリス沢では見かけけん顔じゃが？」

イリス沢の豪農が、作男やナガレ者の顔や名前をいちいち憶えないのはいつものことだ。ふたりは「スズです」「茅と申します」と、先日と同じ自己紹介を繰り返した。

「ああ、あんたの知り合いだったかね。気にせんでええよ、わしの用事ならすぐ終わるでな」

刀自さまは寛容な態度でそう告げて、わたしの白い上っ張り姿をじろじろと眺めた。

「それにしても、そういうなりをしておると、あんたも立派なお医者じゃないか。あんたの母さんが今のあんたを見たら、さぞかし喜ぶだろうよ」

「はあ」

この種の取ってつけたような褒め言葉のあとには、大抵ろくでもない話題が控えているものだ。

言いたいことがあるならさっさと本題に入ってくれと願いながら、わたしは適当に相槌を打った。

「いや、今日来た用件は他でもない。先日に大兄《おおにい》さんが失礼なことを言っとったから、あんたが腹を立てとるんじゃないかと心配してね」

「オオニイさん」なる人物が誰のことか、わたしにはわからなかった。少なくとも集落内でそういう名前の人物は聞いたこともない。刀自さまの発言の意図がつかめず、わたしは「はあ」と曖昧な返事を繰り返すしかなかった。

ここで、急にナグモの刀自さまは表情をあらため、わたしの方に身を乗り出した。

「なあ、ユウヒさん」

「ユウナギです」

わたしは訂正した。クリハラ診療所の看板を背負っていても、わたしの名前ごとき刀自さまにとっては記憶する値打ちもないのかと、心の中では意気消沈していた。

「ユウヒさん。今日こそは、誤魔化さずに本当のところを教えておくれ――大兄さんは、あんたのところにおるんじゃろう?」

「いえ、今日はそういう方は来られておりませんが」

「わしに隠し事はせんでおくれ」刀自さまはかぶりを振った。「村の連中は、大兄さんが山の中で野垂れ死んだとか言うとるがね……わしは、そんな噂は信じちゃおらんよ。なあ、ユウヒさん。本当は、大兄さんはあんたのところにおるんじゃろう?」

クリハラ・ユウヒ。その名前がようやく心の底の記憶と結びついた。わたしにとっては生前も没後も「おばあちゃん」だったので、あまり意識することはなかったが、「夕斐《ゆうひ》」とはわたしの祖母の名前であった。

「あの、どういう御用件でしょうか？」わたしは途方に暮れた。「申し訳ありません、さっきからお話の内容が一向に呑み込めなくて……」

「なんだね、そんな他人行儀な口の利き方をして……。ああ、言わんでも、あんたの気持ちはわかっとる。あんたが大兄さんの件で、今でもわしを赦しとらんのはわかっとるよ」

刀自さまは悲しげに肩を落とした。

「だがね、わしになにができたと思う？　小兄《ちいにい》さんが戦死して、大兄さんは――安日彦兄さんは、人が変わっちまった……。なあ、ユウヒさん。わしは、本当にあんたにはすまんことをした。あんたがわしを恨むのはもっともじゃ。じゃがな、あのときはまだヒノモトの役人が村の中をうろついておったし、母さんと一緒に山奥で暮らすのが、あんたには一番いいと思ったんじゃよ」

刀自さまが手を伸ばし、わたしの手をきつく握った。皺だらけで冷え冷えとした、老婆の手であった。間近で見るナグモの刀自さまの顔は、二十年も老け込んだように見えた。

「もう、いい加減赦してくれてもええじゃないか。あんたとは、姉妹同様に育った仲じゃないかね。ほれ、憶えとるじゃろう？　小さい頃に土蔵でわしと一緒に、安日彦兄さんの修理した機械で映画を観たじゃないか……」

喋り続ける刀自さまの背後では、茅が見てはいけないものを見てしまった者のように、落ち着かない表情で、視線をあらぬ場所にさまよわせていた。

「ゆーにゃ先輩」スズがわたしの耳元に口を寄せ、そっと囁いた。「ヒナコ先輩のところへ連れていった方がいいんじゃないですか？」

そのあいだもナグモの刀自さまは、わたしの両手をひしと握り締めて離さず、一心不乱にわたしをかきくどいていた。

「月輔兄さんは死んじまった、安日彦兄さんはいなくなった、父さんも死んじまった……もう、わしが肚を割って話せる相手は、あんたしかおらんのだわ……わしとあんたは、あれだけ仲のよい友達だったじゃないか。もう一度昔に戻って、やり直すことはできんのかい？……」

39

やむを得ず、わたしが「ユウヒさん」に成りすますことになった。

「安日彦兄さん」は刀自さまと行き違いになり、今はナグモ屋敷で妹の帰宅を待っているのだと言いくるめ、刀自さまと手をつないでナグモ屋敷への道を急いだ。刀自さまは「ユウヒさん」の言葉を信用したのか、大人しくついてきてくれた。無理に記憶の中にある祖母の性格を再現しようとするよりは、素のままのわたしで「ユウヒさん」を演じた方がうまくいった。

さいわい、収穫を終えた水田はほぼ無人だった。脱穀や風選作業をおこなっている農家の庭先はなるべく避けて通り、どうしても人目のある場所を通らねばならないときは、スズと茅がぴったりと寄り添って目隠しの役割をしてくれた。

　ナグモ屋敷の冠木門の前では、いつぞやのようにタカナさんが立っていた。わたしたちに連れられて木立ちを抜けてくる刀自さまを見て、タカナさんは「まあ、まあ、まあ」と叫びながら駆け寄ってきた。最古参の使用人の姿を認めた刀自さまは、不審そうに訊ねた。

「なあ、タカナや。ユウヒさんの話によると、大兄さんは屋敷におるそうじゃないかね……。こりゃ、どういうことなんだい。もう何年も姿を見せなかったっていうのに……」

　わたしがなにか言おうとすると、タカナさんは「シッ」と言って唇に指を当てた。それから、刀自さまに向かってうやうやしくお辞儀をした。

「ひとまずは奥座敷にお戻りくださいまし。おひいさまも家の者も、大変心配しております」

「それで、大兄さんは奥におるんじゃろう？　ユウヒさん、屋敷へ戻れば大兄さんに会えると、あんたが言うたんじゃ。よもや、あんたはわしをたばかるような真似はすまいね？」

　刀自さまが真剣な眼差しでわたしを見た。還暦の老人のものとは思えないほど、ひたむきな目だった。どう返答すべきか迷ったが、タカナさんが必死に目配せしているのが見えたので、事情のわからないままうなずくしかなかった。

　その場へ、わたしの母と、ナグモ屋敷の差配人と、比那子が、門の中から駆け出してきた。なんとも奇妙な取り合わせである。

　母はわたしを見て驚いたようだったが、なにも言わず、タカナさんと協力して刀自さまの手をわたしから強引にもぎ離した。そのまま二人がかりで抱きかかえるように、抵抗する刀自さまを冠木門の奥へと連れていった。

「駄目だよ、わしは屋敷に閉じ籠ってはおれんのじゃ。大兄さんを探さなきゃならんのじゃよ——ユウヒさん、見てないで助けとくれ。あんたまでわしを裏切るのかね？　わしにはやらなきゃならんことが……」

刀自さまの声が遠ざかり、入れ替わりに比那子が息を切らしてわたしたちの前に立った。

「ゆーにゃたちが見つけてくれたの？　一体、ばあちゃんはどこにいたの？」

わたしが診療所での出来事を説明すると、「他には、誰にも見られなかったんだね？」と念を押された。そうだと答えると、比那子は安堵の息をついた。

「それは、不幸中の幸いだったよ！——ありがと、ゆーにゃ、スズ、カヤ。今日あったことは、絶対によそで喋っちゃダメだからね！」

そう言い残すと、彼女も身をひるがえして門の中へと消えた。咄嗟にあとを追おうとしたわたしたちの前に、差配人がずいと立ち塞がった。

「屋敷に入るんじゃない、子供には関係ないことだ」

「あぁん？　やんのか、オラ！」

スズがドスの利いた声で言い返し、差配人を睨みつけた。差配人が怯み、半歩ほど後退した。その隙にわたしは彼の脇をすり抜けて、冠木門の中へと走り込んだ。

「あ、おい、待て！」

背後で狼狽した叫び声があがったが、無視して走り続けた。作業中の稲束が投げ出されたままの中庭を駆け抜け、竹垣の手前で比那子の背中が目に入った。シラカシの屋敷森を抜ける小径の途中で、比那子を捕まえた。

「――あれって、認知症よね?」

背後から彼女を引き留めて、わたしはそう言った。認知症については、それが脳の器質疾患による認知機能の低下を指す用語であることぐらいしか、わたしは知らない。母も認知症の臨床経験は皆無なはずだ。これまでイリス沢では、誰も認知症になれるほど長生きできなかったのである。

比那子は振り向いて、肩を落とした。

「まあ、ゆーにゃに隠しても仕方ないか……去年あたりにはもう、なんだかおかしいなって思う振る舞いはあったんだけど、今年の夏頃から急にひどくなってね……。だから、今はばあちゃんを落ち着かせなくちゃいけないんだ。ああなったばあちゃんの相手をできるのは、タカナさんか、あたしだけだし――それじゃ、今日はありがとう」

彼女はそう告げて玄関の方へ立ち去ろうとしたが、わたしがそうはさせなかった。

「あなた、刀自さまがああいう状態だって知りながら、《廃京》行きなんて計画してたの? 行けるわけないじゃない。あなたが不在のあいだにもしものことがあったら、集落が大変なことになるんだから――」

なにひとつ教えてくれなかった比那子と母に、わたしは心底腹を立てていた。わたしだけが蚊帳の外だったのだ。

「──要するに、行くつもりもない〈コミケ〉行きの計画を立てて、下々の者を引っ掻き回して楽しむ〝おひいさまのお慰み〟だったってのが真相なのよね？　あなたの自分勝手なお遊びのせいで、どれだけ〈部活〉がめちゃくちゃになったことか……」

「そんなわけないじゃん！　あたしは絶対に行くんだよ！　〈コミケ〉に！　ゆーにゃやスズやカヤと一緒に！」

比那子が涙目で声を荒らげた。彼女がここまで感情的な姿を見せたのは、はじめてだった。呆然としているわたしの様子に、比那子ははっと自分を取り戻した。

「怒鳴ったりしてごめん……でも、ばあちゃんのことだけで頭がいっぱいいっぱいなのに、ゆーにゃにまで責められたら、あたし、もう、どうしていいかわかんないよ……」

「こっちこそ、ひどいこと言ってごめんなさい」わたしはあわてて今の暴言を詫びた。「取り込み中なのに、引き留めて悪かったわ。今は刀自さまのところに行ってあげて」

「ううん。やっぱりゆーにゃも一緒に来て」比那子がわたしの手を引いた。「ゆーにゃがそばにいてくれた方が、心強いし。それに、ゆーにゃには話さなくちゃならないことがあるし」

比那子に連れられてナグモ屋敷の玄関にあがった。長い中廊下を進んで奥座敷の前に来ると、比那子はそっと襖を開けた。隙間から母が応対に出た。

母は比那子と少しばかり言葉を交わし、手前の廊下で控えているわたしを一瞥して、また襖を閉じた。よく考えれば診療所がほったらかしだった。帰宅後に大目玉を喰らうことになるのだろうが、それは先の問題である。

「——今は、タカナさんがばあちゃんを落ち着かせてくれてるみたい。あたしは顔を出さない方がいいかも」

襖の前から戻ってきた比那子はそう告げて、またわたしの手を握った。

「それじゃ、これからゆーにゃにはちゃんと説明するから、ちょっとこっちに来て」

ナグモ屋敷に比那子の自室というものはない。比那子の布団を敷く座敷や、夕食をとる座敷はあるが、それ以外の時間帯は汎用の居間や客間として使われている。奥座敷には刀自さまの書斎があり、刀自さまが仕事をしていないときは出入りできるため、『アイリス』の原稿はもっぱらその部屋で執筆しているそうだ。

今日は仏間の隣の座敷が空いていたので、そこに通された。刀自さまの騒動で人手が足りないらしく、比那子が自分で柿の葉茶を淹れた。彼女は自分でお茶を淹れた経験などほとんどないのだろう。味も温度も、てんでなっていなかった。タンポポの〈お茶〉でいいから、茅のお茶が飲みたいとつくづく思った。

「スズとカヤも呼ぶ？　まだ、お屋敷の前にいると思うけど」

わたしがそう訊ねると、比那子は首を振った。

「ううん。仮にも部長なんだし、後輩の前でみっともない姿は見せたくないじゃん。これからする話をふたりにも伝えるかどうかは、ゆーにゃに任せるよ」

「それで、一体なにを説明してくれるのかしら？　その説明が納得できるものなら、わたしは、『一緒にコミケへ行く』って答えるかもしれないわ。わたしには、あなたを生きてイリス沢へ連れて帰る義務があるから」

「なにからどう話せばいいのか、全然わかんないんだけど」比那子が困り果てたように溜息をついた。「とりあえず、あたしもうすぐ結婚するから」

いきなり爆弾発言が来た。

「お正月前には結納を交わして、集落全体にも発表することになると思うよ。披露宴は来年の三月頃だから、ゆーにゃも結婚式には来てね」

「それで、相手は誰なの？」

「ゆーにゃもよく知ってる人だよ。ナグモ屋敷の差配さん」

わたしは自分の耳が信じられなかった。

「差配さんって……さっきヒナコと一緒にお屋敷の前にいた、あの差配さんのこと？」

「そう、その差配さん」

「なんで、なんで差配さんなんか選んだの？　あんな人のどこが良かったの？」

「別に、あたしが選んだわけじゃないし。ばあちゃんがああいう状態になったから、主だった豪農の人たちが大急ぎで話しあって、なるべく早いうちにあたしに婿を取らせて、ナグモ屋敷を継がせようって決めたんだよ」

「どうして、豪農の連中は差配人を婿に決めたの？　豪農の家を探せば、もっと釣り合いの取れる婿が見つかったでしょうに」

「豪農の家から婿を取ると、その家の発言力が強くなり過ぎちゃうもの。もうずっと前から、イリス沢の運営は豪農の人たちによる合議制みたいなもんだし。下手にどこかの家が欲を出したら、それこそイリス沢が分裂しかねないじゃない。それでお互いに牽制しあって、特に豪農とのつながりがない差配さんを選んだんだ。差配さんなら一応は元ナグモの分家の出身でもあるし、あたしの婿にはうってつけだろうってことで」

「でも……差配さんって三十いくつでしょ？　ヒナコよりひと回り以上も年上じゃない！」

「まあ、多少は齢いってても、子供さえ作れれば問題ないもの」彼女はまた大きな溜息をついた。

「差配さんにしても、若い頃に子守りまでさせられた小娘と再婚したくはないだろうし、スズとかむちゃくちゃ怒りそうだけど……あたしとしては、納得ずくで決定を受け入れるしかないよ」

比那子の沈んだ表情は、言葉とは裏腹に、彼女自身のまったく納得していない心の声を示していた。

「ヒナコは本当にそれでいいの？　首に縄をつけて無理やりに結婚させるわけにはいかないんだし、ヒナコが断固として拒否すれば、豪農の人たちも諦めて、別の手段を模索するかもしれないわ——たとえば、ナグモ屋敷を廃止して、今後のイリス沢は選ばれた代表者による議会で運営していくようにするとか……」

「それは無理。形式上とはいえ、イリス沢の田畑は全部ナグモ屋敷のもので、農家はそれを借りてるって建前なんだから。ナグモ屋敷がなくなれば、借地農が収穫の一部を共有物として収める根拠がなくなっちゃう。そうなったら、イリス沢は独立した自作農がただ集まってるだけの場所になって、集落ぐるみの事業はなにもできなくなるし、バラック長屋の人たちも、ナガレ者になるか他の集落へ移らざるを得なくなるよ」

「だったら、ヒナコのかわりに誰か適当な女の子を分家から選んで、ナグモ屋敷の養女に立てればいいじゃない」

「そんなことできないよ。その女の子が可哀想じゃん。あたしはナグモ屋敷に生まれたんだから、これはあたしがやらなきゃいけないことなんだよ」

そう答える比那子の中に、一瞬、不眠不休で大威徳明王の真言を唱え続ける、あの幼い少女の幻影を見た気がした。

だが、もはや今のわたしには、あの少女を押し倒したときの純粋さは残っていなかった。この十年間でわたしの心に積み重なった「社会」というしがらみが、十重に二十重にわたしの行動を縛っていた。

比那子が話を続けた。

「それに、これはあたしがやれる唯一の罪滅ぼしなんだ」

「罪滅ぼしって、なんの？」

「もちろん、差配さんへの罪滅ぼしだよ。ばあちゃんは、差配さんにひどいことしたからね。自分が集落のみんなから恨まれるのが嫌で、それで、憎まれ役をあの人に押しつけたんだよ。

結婚が決まってから、差配さんといろいろと話してみたんだけど、あの人の家がナグモ屋敷の外にあったころは大変だったんだってさ——夜中のうちに玄関の前に汚物や動物の死骸が捨てられてたり、干しておいた洗濯物が肥溜めに投げ込まれてたり、そういう嫌がらせを毎日のように受けてたみたい。前の奥さんが亡くなったのも、その心労のせいだって言ってたよ——

もし環境があの人を歪ませてしまったのなら、あたしが頑張れば、あの人を元の優しい人に戻せるかもしれないじゃない。

それに、もしあたしが女の子を産んだら、差配さんはナグモ屋敷の将来の当主の父親だからね。あの人にも、それくらいの見返りはあってしかるべきだよ」

「だけど、それは結婚の理由にならないわ。本当の結婚は、愛し愛される恋人同士でやるものよ。責任や義務で縛られた結婚なんて、間違ってる」

わたしの言葉を聞いて、比那子がくすっと笑った。今日、はじめて見た彼女の笑顔だった。

「ゆーにゃがそんなこと言い出すなんて意外だったな——結婚なんて、もともと社会に対する義務や責任でやるものじゃん。

〈恋愛〉ってのは、昔の人が社会の維持のためにこしらえた作り話だよ。マンガの中だけの出来事だよ。ゆーにゃは〈コミケ〉や〈魔法〉は信じない癖に、〈恋愛〉は信じてるんだね」

41

ナグモ屋敷の客間で、わたしは手持ち無沙汰に比那子の帰りを待ち続けていた。タカナさんだけではナグモの刀自さまを抑えきれなくなり、比那子が呼び出されたのだ。蝕まれた脳が作り出す過去の世界で生きている刀自さまも、不思議と比那子が自分の孫娘であることだけは認識していた。

いろいろと衝撃的な新事実は判明したが、本当に肝心な話はなにも聞けなかったような気がする。

「つまり、ヒナコは不本意な結婚から逃げ出すために〈コミケ〉へ行きたいの？　そこまで覚悟を決めてるなら、わたしも可能な限りの協力はするわ」

と質問したところ、

「別にそういうわけじゃないし、結納までには戻るつもりだよ。でも、今すぐ出発しないと、もう一生〈コミケ〉を探すチャンスはないから」

と、実に煮え切らない返事がかえってきた。

「もしヒナコが《廃京》で死んでしまったら、最終的には逃げ出したのと同じ結果になるわけだし、それはやっぱり無責任な行為なんじゃないの？」

と指摘したら、

「それでも、あたしは行かなくちゃならないの。そこに〈コミケ〉があって、マンガがあるから」

と、旧時代の登山家のような台詞まで飛び出した。

わたしには比那子の気持ちがわからない。集落の存続のためなら自分の人生を捧げてもかまわないという自己犠牲の精神と、マンガのためにすべてを放りだして《廃京》へ行きたいという自分勝手な欲望が、どうしてひとりの人間の中で両立できるのか。

茅の気持ちなら理解できる。あの子が父親と弟妹たちを誰よりも愛しているのは事実だ。そうでなければ、ああまで毎日身を粉にして働き、母親代わりの家事などこなせるわけがない。それでも、あの子は「家族よりも大切なものがある」と言っていた。茅にとっては「マンガを描くこと」が「家族」よりも上なのである。これを無責任だ身勝手だと軽率に非難できるのは、生涯に一度も大事なものを持った経験のない人間だけだ。

よしんば《廃京》に本当にマンガの楽園があったとしても、わたしにはクリハラ診療所を捨てて、祖母の期待を裏切るなど、到底できそうにない。しかし、比那子が茅のようにマンガをなによりも大事にしていて、そのためにこれまで積み上げてきた一切をなげうつ選択をしたというならば、その意志に賛同はできなくとも、共感はできる。

人生とは、なにかを手放して別のなにかを得る行為の連続なのだ。

けれども、比那子はどちらを選ぶわけでもない。自分の責任は果たしたい、だけど自分の希望も大事にしたい、というのでは、あまりにもわがまますぎるのではなかろうか。

あれこれ考えるのが馬鹿らしくなり、わたしは畳の上にごろりと寝転がった。いっそのことスズの言う通り、四人でイリス沢を見限って終わりのない旅に出てしまうのが、最良の解決策なのかもしれない。それでナグモ屋敷とクリハラ診療所が潰れ、イリス沢が滅んでしまえば、さぞかしすっきりするだろう。こんな誰もが不幸にしかなれない共同体を苦心惨憺して維持していくよりは、その方が数等ましな気がする。

比那子からは「あたしが戻るまでここにいて」と頼み込まれたので待機しているが、もう随分とほったらかしにされたままだ。スズと茅が不安がっているだろうし、診療所の方も心配だし、そろそろ退散しようか――そう考えながら寝返りを打って、縁側の隅に放置された茶箱が目に入った。

古色蒼然たる木箱だった。大きさは一人で抱えて持ち運べる程度で、上蓋は蝶番で開閉するようになっている。錆《さび》の浮いた掛け金に南京錠を通して、蓋を施錠できる仕組みが施されていたが、その掛け金はねじ切れて壊されていた。

ふと好奇心が湧いた。すべての元凶となった例の古地図が発掘された茶箱とは、もしやこれのことではないだろうか。這い寄って蓋を開けてみると、中には〈アニメ〉の映写箱と、わたしには用途もわからない雑多な道具が入っていた。それらの道具は茶箱が発見されたときは整然と収納されていたのかもしれないが、発見者の比那子によってすべての道具が一旦取り出され、彼女の手でまた詰め込み直された結果、雑然としたおもちゃ箱の様相を呈していた。

ひと際目を引くのは、一番上に載っている古びた大学ノートである。ノートの表題には「備忘録」と書かれ、その下には「那雲安日彦」なる署名が記されていた。ページの中ほどを開いてみると、紙面はわたしたちが使っている金銭出納簿のような淡黄色に変色していた。


……朝よりまた熱発あり。午後から栗原先生が密かに往診に来られた。自分では然程《さほど》の不調とは思わなかったが、家人が気を回したらしい。先生には夕斐が付き添っていた。長年に亘《わた》る潜伏生活の故か、栗原先生は体調を酷く崩している。今や私よりも先生自身に治療が必要である。


達筆であった。手書きでこんな整った字が書けるとは、想像したことすらなかった。

なによりも筆記具が違う。集落で用いられる穂先の割れたブラシのような毛筆や、わたしたちが使っているすぐペン先が潰れる葦ペンなどとは比較にもならない。字形にあわせて強弱のつけられた、うっとりするような煤竹色の筆線だ。こういう筆記具を使ってマンガを描けたらどんなに素敵だろうと、わたしは妄想した。

しかしながら、文字よりも文章の内容が頭に伝わるにつれ、わたしは俄然興奮してきた。那雲安日彦。それは四十数年前に失踪した、ナグモの刀自さまの兄であり、比那子の大伯父にあたる人物の名だ。このノートは、その安日彦氏の遺した日記なのだ。なぜそんな貴重品が薄汚れた茶箱に埋もれていたのかはわからないが、これに目を通せば、いまだ知られざるヒノモト暗黒時代の謎が明らかになるかもしれない。それを確認すべく、わたしは先を読み進めた。

それにしても夕斐は美しく育った。今も梛子《なぎこ》とは仲が良い。年頃も近いし、きっと気が合うのだろう。近頃では稀になった緑の黒髪を伸ばしている。

少年期を兄妹として過ごした気安さで、血圧を測り終えた後、「夕斐さんは人形のような髪をしているね」と声を掛けたところ、顔を項《うなじ》まで紅《あか》らめて逃げるように座敷から去った。失言であったと反省する。梛子からも「あの方はもう我が家の人間ではなく、栗原先生の娘なのに、大兄さんは失礼に過ぎます」と手厳しく叱責された。

つい十年許《ばか》り前には、私が修繕した映写機の映画を食い入るように見ていた童女達が、思えば成長したものだ。あの映写機は今も我が秘密の木箱に埋葬してある。

右の文章には欄外から矢印を引いて、「夕斐」には「ゆーにゃのばあちゃん」、「梛子」には「あたしのばあちゃん」と、真新しい藍色のインクで注釈が添え書きしてあった。この字はよく知っている。『アイリス』でさんざん見慣れた比那子の筆跡だ。

さすがにこの行為には、書物を愛する者として憤りを感じた。言うなればこのノートは、暗黒期の生活を伝える貴重な一次史料ではないか。それに直接書き込みを加えるなど、一体なにを考えて生きているのだ。

比那子の非常識はさておき、そのあとも空行をはさんで安日彦氏の文章は続いていた。

42

先日に書き及んだ映写機の一件を詳述しておく。あれは祖父が卒中で逝く前年の事件であったから、十年程前だ。

その頃は日之本政府の最盛期であり、入栖沢のごとき僻邑《へきゆう》までが中央政府の峻《しゆん》峭《しよう》な統治下にあった。個人の私的な日録や記念写真に至るまでが、厳重に監視されていた。未検閲の書籍や映画の所持なぞ御法度である。当時ならば、私の微々たる蔵書や、この備忘録なぞたちまち発見されて、私は鉄窓の奥へ引き立てられ、父や妹にまで累が及んでいたに違いない。

あの日、十四歳の私は、雨宮神社の跡地に集まった群衆の中にいた。私が生まれる数年前に、中央政府の指令でこの神社は廃社となり、今は鳥居は引き倒され、内部を荒らされた拝殿が残るだけの広場であった。

かつての拝殿の前では、近所で偶《たま》に見掛けた記憶のある男が、三名の思想警察官に両腕を押さえられて、悄然と項垂《うなだ》れていた。男の前には棍棒で叩き壊された映写機の残骸が転がり、時季外れの薪火が轟々と焚かれてあった。

遠からぬ場所に私の祖父が立っていた。

入栖沢の村民を前に、祖父は舌鋒鋭く男の罪状を述べ立てた。この思想犯罪者は、禁制品である頽廃《たいはい》映画のフィルムを大量に隠匿していたが、いかなる僅少《きんしょう》な罪も見逃さぬ思想警察官の不屈の捜査活動と、社会正義に満ちた善意の村民同志の告発によって、その悪事は遂に白日の許に暴き出されたのである。自分が入栖沢の統治を委任されている限り、斯様《かよう》な反社会的行為は寸毫《すんごう》たりとも許す積《つも》りはない。ついては村民一同もその意志を明確にし、入栖沢の村落に加えられた恥辱を雪《すす》ぐためにも、公開刑罰への協力を冀《こいねが》う。祖父は顔を朱に染めて、そのような意味の事を延々と喋った。

祖父が演説を終えると、一斉に拍手が沸き起こった。

私の祖父は定期的にこの種の茶番劇を行う必要があった。内密の場では、これも栗原先生のような有能の士を救う為の方便であると、屢々《しばしば》弁解していた。祖父の高血圧の寛解に欠かせぬ栗原先生を守る為に、なんの役にも立たぬ映画蒐集家を生贄《いけにえ》として差し出すというのは、確かに祖父にとっては合理的判断であったのだろう。

都市部では人々が飢餓で斃れていく時代に、祖父は温々《ぬくぬく》と肥えていた。中央から優先で特配される食料と、栗原先生の加療のお蔭で、古稀《こき》を過ぎてもなお矍鑠《かくしゃく》としていた。独裁政府と住民の板挟みとなった苦悩の人物という立場も、その実態は然程不愉快ではなかったのではないかと邪推する。

祖父の下で村会の副議長を務める者が、男の蒐集品だったフィルムを皆に配って回った。

入栖沢の村民達は男に罵声を浴びせながら、次々とフィルムを炎の中に投げ込んだ。

私は手渡されたフィルムを投げる素振りだけして、そっと懐中に収めた。なぜそんな無分別な行為をしたのか、当時は分からなかった。今はその意味を自覚出来る。あれは、私が今日に至るまで執念深く抱き続けた、現体制、更には社会と共同体その物に対する、勁烈《けいれつ》な反抗心の芽生えであった。

生涯を費やした蒐集品が炎の中で捩《よじ》れ、燃え上がり、灰と化していく様を、男はひたすら凝視していた。少年時代の私は、一瞬、その男が捕縛者の手を捥《も》ぎ離し、フィルムと共に火中に身を投じるのではないかと不安になった。しかし、そんな事は起こらなかった。やがて男は粛々と曳かれて行った。

その晩、私は自室に持ち帰ったフィルムを仔細に観察した。石炭ランプの光に翳《かざ》せば、整然と並んだフレーム内に同じ画像が繰り返されているのを確認出来たが、それが意味する内容までは判然としなかった。フィルムを捻《ひね》り回しているうちに、はたと思い付いた。あの叩き壊された映写機を用いれば、この映画を再生出来るのではなかろうか。

少年期の実行力と自己過信は恐ろしい物である。私は幼時から木工や機械工作を得手《えて》としており、自分ならばあの映写機を修繕出来ると信じたのだ。

今では到底あんな蛮勇は出せまい。私は夜陰に乗じて雨宮神社の跡地に忍び入り、例の公開刑罰の場所を再訪した。映写機の残骸は消えていた。けれども根気強く捜索し、とうとう広場の裏の塵芥《じんかい》置場に、あの残骸がフィルムの燃え殻と共に放棄されているのを発見した。

可能な限り部品の配置を乱さぬよう、慎重に持ち帰った。

土蔵の屋内灯の下で検討すると、映写機の破壊は外観から想像し得る程に徹底した物ではなかった。精密機械の上に棍棒を振るった者は、フレームの粉砕だけで満足していた。おそらくは映写機に関する正確な知識を持たず、どこが枢要部かを理解しなかったのであろう。

映写に必須な間欠運動機構とシャッター、それにレンズを収めた鏡胴は無疵《むきず》なままであった。指先で内部の送り出し機構を動かしてみると、縺《もつ》れ合った部品が作動する様子が観察出来た。フレームは粉々で、二つのリールも歪んで割れていたが、私なら同じ形状の部品を木材から削り出せた。電気モーターとサウンド・トラックの再生機構は完全に破壊されていた。動力は手動式に改造出来るとしても、音声の再現は断念するしかなかった。

夜な夜な屋敷の土蔵に通い、映写機の復元作業に傾注した。修復可能な部品を油紙の上に並べてメモを取り、各部品の機能を考察し、その推論に基づいて部品を組み合わせた。不足した部品は手製の木工品や加工した金属片で補った。

今にして思えば、なんたる愚かな行為であった事か！　もし不審を抱いた隣人が深夜の土蔵を覗き込めば、それで私の身はお終《しま》いであった。私は土蔵に踏み込んだ思想警察によって半殺しの目に遭い、祖父は私を次なる生贄として国家に突き出さざるを得なくなるであろう。

屋敷の塀は高く、私の深夜の活動が外部に露見する気配はなかった。しかしながら、屋敷の内部にも監視の目を光らせる者達がいた。妹の梛子と夕斐だった。

機構を固定する外函《そとばこ》やリールの支持架も完成し、あとは試運転に移る許りという晩に、件《くだん》の土蔵を訪れた私は仰天した。二人の童女が私の隠しておいた映写機を引っ張り出し、興味津々に観察していたのである。

聞けば、夕斐達は先から私の深夜の外出を勘付いており、昨晩に母屋を出た私を追跡して、遂に「大兄さんの秘密」を知るに至ったという。

「大兄さん」とは、「小兄さん」である月輔と私を区別する為の呼び名である。そうだ、あの頃はまだ弟の月輔が我が家にいた。月輔が出征して一年余が過ぎた今も、椰子は私を「大兄さん」と呼び続けている。夕斐と親しく会話する機会は最早《もはや》ない。

だが、当時の夕斐と椰子は、自分達を血の繋がった姉妹だと信じている、純粋無垢な童女に過ぎなかった。

私が第一に惧《おそ》れたのは、彼女らを介した秘密の漏洩よりも、彼女らが弄《いじ》り回した事による映写機の破損であった。幸いにして機械は毀《こぼ》たれておらず、彼女らはこの秘密を二人だけの内緒事とし、家人にさえ洩らしてはいなかった。

妹達は「大兄さんの秘密」に口を緘《かん》する交換条件として、映写機の試運転の場に自分達も立ち会う事を求めた。已《や》む無く要求を呑んだ。私にしても、心の深奥では一箇月を費やした壮挙《そうきょ》の観客を欲していた。仮令《たとえ》それが八歳と七歳の童女であったにしても。

スクリーンは土蔵の白壁で代用した。光源に用いるべき電球は砕かれており、電源もなく、素通しにした背後にアセチレン灯を置いた。最後の点検を終えると、私は震える手で慎重にクランクを回し、フイルムを送り出した。

白壁の上には、川辺に繫留されたボートに乗り込む二人の少年を描いた、粗雑な作画のアニメーションが浮かび上がった。ボートが川の半ばまで達したところで、フィルムは唐突に終わった。二分もない映画であった。白い矩形のみが残るスクリーンの前で、私は茫然としていた。

たかが漫画映画の断片の為に、己の生命を危険に曝《さら》していたとは！

一体、私はこのフィルムに何を期待していたのだろう？　日之本体制の欺瞞を剔抉《てっけつ》する危険思想か？　日之本政権を転覆するに足る隠された真実か？　そんな代物が混じっていたならば、思想警察が真っ先に回収していたに決まっているではないか！

沮喪《そそう》して声も出ない私の隣で、二人の童女は目を見開いてスクリーンを眺めていた。その反応のみが、全くの徒労に終わった一箇月の作業に聊《いささ》かの慰めを与えてくれた。

そして、今や私の仕事は完全に烏有《うゆう》に帰した。妹達に繰り返し再演を要求された私は、せめて曖昧なピントを改善してやろうと試みるうちに、鏡胴の中のレンズを割ってしまったのだ。レンズの嵌《はま》っていた場所を覗き込めば、シャッター越しに切手よりも細かな絵が動くのを観察出来たが、それだけである。

畢竟《ひっきょう》、私は何一つ達成出来ず、何一つ残せぬ人間であった。

その後も夕斐からはアニメーション映画を今一度見せて欲しいと頻繁に催促されたが、暫《しばら》くすると諦めたのか、何も言わなくなった。もう、あの頃の事など憶えてはいまい。

最後の「畢竟、私は何一つ達成出来ず……」という文章には、比那子の手で力強く打ち消し線が引かれ、「そんなことはないです」と加筆してあった。その行為によって、四十年前の人間に言葉が届くと信じているような幼児じみた感性には、つくづく呆れた。

——ただ正直に言うと、わたしもその直後のわたしの祖母について触れた部分、「あの頃の事など憶えてはいまい」のくだりには、打ち消し線を引いて、「そんなことはありませんでした」と書き加えたい衝動を覚えたのであるが。

43

安日彦氏の「備忘録」はその表題の通り、毎日の出来事を欠かさず記録する日記というよりは、気の向くままに過去の思い出や日々の随想を書き留めていく、雑記帳の方に近かった。わたしには意味不明な部分も多く、飛ばし飛ばし読んだ。それでもこの備忘録を通じて、わたしは暗黒時代の生活の一端を知ることができた。

……今や私と同世代の若者は、片仮名を読み熟《こな》すのが精々である。これは日之本中央政府による焚書と思想統制の副産物でもあるが、最終的には民衆の選択に責を帰せねばならぬ。

誰もが今日の食事を得ようと懸命な時代に、文章の読み書きなど無用の虚学であった。国家が国民に強制的に文字を教える学校制度が消滅した時、民衆は自ずから識字能力を手放す道を選んだのだ。

　その様な時代が一世代続いた。五十歳代に縮まった平均寿命により、基幹産業を支える知的専門職や技術者はほぼ全滅した。入栖沢では石炭動力に改造された農業機械が使用されているが、石炭が枯渇した後の農法を考案する知恵を持っている者は、どこにもいない。機械の修繕方法の継承は専《もっぱ》ら口伝《くでん》に頼っている。口伝で得た知識で対応しきれない複雑な故障が発生したり、過去に製造された交換用部品を使い尽くせば、もうその機械は路頭に放棄されて錆の塊となる許りだ。

　我が家では、父が私や弟妹達に読み書きを個人教授した。父は旧時代の高等教育を途中まで受けており、我が家には検閲済みの御用新聞が定期的に届けられていた。私はその空疎《くうそ》なプロパガンダ文書を通じて、文字や文章の読解を学んだ。

　祖父はこの家庭内学校を敢《あ》えて黙認した。文字を読む者は潜在的反逆者と看做《みな》され、未検閲の書籍や雑誌を隠匿していた中高年者が頻繁に摘発されていたが、一方で若年層の識字者は貴重であった。祖父は那雲の家から未来の支配階級が生まれるのを夢想していたのかも知れぬ。

　私が十五の年には用紙不足で御用新聞も廃刊となったが、父は石板と蠟石を用いて授業を続けた。授業後は石板の文字を丹念に拭き消すのを忘れなかった。よしんば地区の統治を委任された者であっても（祖父の没後は父がその地位を世襲した）、私的な文章を書いたと知られるのは危険に過ぎた。

弟の月輔は熱心な生徒ではなかった。読むに足る文章など周囲に無く、自分の文章を披露する機会も無いのに、読み書きなど習って一体何の意味があるのか、というわけだ。漢字を二十許り教わった後には、全然勉強会に顔を出さなくなった。父も強要はしなかった。弟は屋内で暗号文染《じ》みた文字の羅列と取り組むよりも、野外で遊び仲間と相撲や戦争の真似事をするのを好んだ。

私は能《よ》く父に就いて勉強したが、学習に興味を見出していたわけではない。私にしても真の書物と邂逅《かいこう》するまでは、文字とは記号と意味との無作為な関係性に過ぎなかった。

しかし、私は少年期から狷介《けんかい》にして傲岸《ごうがん》であり、その癖、惰弱にして卑屈であった。身体虚弱な私が同年代の少年達の遊戯の輪に加われば、屈辱的な目に遭遇するのは自明であった。事実、私は数度の手痛い経験からそれを学んでいた。月輔は血相を変えて私に屈辱を加えた者を叩きのめしたが、その弟の庇護すらも、兄にとっては恥辱の上塗りであった。

故《ゆえ》に、私は文字の学習に専心した。表に出て他人と伍《ご》していくよりは、その方が気楽であった。

私のもう一つの娯《たの》しみは森歩きである。森は良かった。森の中の私も孤独だったが、その孤独の裡では疎外感を抱かずに済んだ。それは在《あ》るが儘《まま》の孤独だった。山の峰より鳥瞰《ちょうかん》する入栖沢の里と田畑は、真《まこと》に眇　々《びょうびょう》として見えた。快晴の折には山間に湫田の市街地までが望めた。更なる彼方には東京の都があり、旅人を異国へと誘う茫漠たる大洋が待っている筈であった。

このくだりでは新発見があった。〈学校〉とは〈授業〉や〈部活〉のためだけの施設ではなく、子供に文字の読み書きを教えるための施設でもあったのだ！

確かに〈学校〉は子供が集まる場所なのだし、そこでまとめて読み書きを教えるというのは効率的だ。わたしはスズが言っていた、「入栖沢に〈学校〉を作る」というアイデアも思い出していた。その〈学校〉では、まず文字の読み書きを必修とするべきだろう。

安日彦氏の備忘録には、暗黒時代が生まれるに至った経緯も書いてあった。

……発端は二〇三四年に北太平洋で起きた大規模な火山噴火である。複数の島が住民諸共に消し飛んだ。当時の学者達の知見に曰《いわ》く、古人類史にしか前例を見ぬ大災厄であったらしい。噴火後の数年間に亘り地球の平均気温は低下し、世界中の食糧生産は大打撃を受けた。農業国ですら餓死者が続出し、国外への穀物の輸出は停止された。況《いわん》や非農業国においては、その被害は余りにも甚大に過ぎた。労働者の欠乏により、世界の軽工業と重工業は抛擲《ほうてき》された。相互に緊密に依存していた世界の経済及び産業構造は、その一部が壊れると連鎖的に瓦解していった。誰もが不滅なりと確信していた二十一世紀の文明社会は、その実、自然の暴威一つで易々と崩れ去る累卵の上に在ったのである。

程なく、各国で同時多発的に起きた新興指導者の暴走を契機として、第三次世界大戦が勃発した。新興指導者達は餓死寸前である自国民からの強力な支持を受けており、その国民達は、目下の苛酷な状況は外国による禁輸措置と通商妨害の結果であり、敵国の屈服で状況は解決すると一途に盲信していた。

世界が連帯すれば克服し得たかも知れない大災厄の中で、なおも骨肉の争いを続けていたというのは、人類の愚行の総括としては真に相応《ふさわ》しい。

父の青年期には、世界の他の地域の情報もある程度は入って来ていた。通信によれば、熱核兵器の応酬で、北米・ヨーロッパ・中東・南アジア・中国大陸のほぼ全域が無人の地と化した。その伝聞が事実ならば、歴史に刻まれたロンドンやパリやローマの街並も、殷賑《いんしん》を極《きわ》めたニューヨークやドバイや深圳《しんせん》の都市も、最早地球上には存在しないのだ。生まれ育った入栖沢にすら愛着を覚えぬ私が、訪問した記憶もない土地に郷愁を覚えるのも滑稽な話なのだが。

核兵器による直接の被害を免れた南米・東南アジア・アフリカ・オセアニア等の土地も、日本以上の混乱状態にあった。日本が新日之本体制の下に、曲がりなりにも一国家としての体裁を保ったのに対して、それらの土地では政府自体が四分五裂し、原始さながらの無数の部族国家へと解体した。

あの未曾有《みぞう》の非常時の中で、日本が一国家として存続し得た理由が、初期の日之本体制による徹底的な自由の削減と、呵責《かしやく》なき反対者への弾圧に由来する事は、何人にも否定出来ない。当時の日本国民は餓死する自由よりも、生活の為の隷属を冀求《ききゆう》していた。

尤《もつと》も、国外との連絡が途絶してから三十年が経過し、日本もまた緩慢な分裂と崩壊の途上にある。結局は遅いか早いかだけの相違であったのかも知れぬ。

斯《か》くして人類の愚行は繰り返された。中央政府からの収奪に堪《たま》り兼ねた五つの地方都市が、近年に中央からの離脱を宣言した。通信設備の破壊と化石燃料の枯渇により、それらの地方都市との連絡が石炭車と蒸気船を用いた数日がかりの旅程となって以来、疾《と》うに彼等は日本国への帰属意識など喪失していた。日之本中央政府は叛乱政府への鎮定軍の派遣を決定し、全国民の男子から志願兵を募った。

まだ二十歳を越えた許りの弟の月輔も、昨年の春先に志願兵として徴された。名目上は志願の形式を装われてはいたが、実質は強制であった。父は中央政府への忠誠心の表明に、祖父程に熱心ではなかったが、それでも息子のいずれかを差し出さぬわけにはいかなかった。入栖沢の殆《ほとん》どの家が、次男や三男のみか、嗣子《しし》や戸主《こしゅ》までも戦場に送り出していたのである。

月輔は当然のように自分が赴《おもむ》くと述べた。父や親族も同意した。私は長男であり、月輔は次男であった。何よりも身体壮健な弟と違い、私は蒲柳《ほりゆう》の質で、到底戦場での生活に耐えられるとは思われなかった。

私は蔵書で読んだ記憶のある、一合半の醬油を飲み乾《ほ》したり、鉄棒に終日片手で摑まる等の、過去の大戦で用いられていた徴兵忌避の方法を、月輔に話してみた。月輔は哂《わら》って取り合わなかった。戯談話《じょうだん》だと思っていたようだ。

弟の出征の日、せめて湫田の市街地までは見送りに行きたかったが、当時の私は肺の不調を悪化させており、それも叶わなかった。三年前まで週に二度入栖沢と湫田とを結んでいた木炭バスは廃止され、湫田への移動手段は徒歩に限られていた。

弟は「兄貴の分まで手柄を立てて来るよ」と告げて、同じく志願を強制された他の村民と共に、入栖沢を発《た》って行った。未だ桜も咲き揃わぬ余寒の候であり、共に見送りに立った梛子から、「体に障《さわ》りますから、そろそろ帰りましょう」と何度も袖を引かれたが、私は月輔の姿が見えなくなるまで、雨宮神社の跡地前に佇《たたず》んでいた。

月輔氏のその後の運命を知っているわたしとしては、右の文章を読むのがつらかった。

それにしても、日本国外もあらかた全滅してしまったという情報には衝撃を受けた。ならば、イギリスの生け垣もなくなってしまったのだろうか。

確かに、発端である異常気象から百年近い歳月が流れたのに、いまだどの外国からも救援隊や調査隊がやって来ない以上、人類の文明はほぼ失われたと考えるのが妥当かもしれない。

けれども――とわたしは思い直した――一応、イリス沢にだって生け垣はあるのだ。ひょっとしたら、イギリスのどこかの片田舎にも生存者の集落があり、そこには生け垣の切れっぱしぐらいは残っているかもしれない。案外、その集落にもマンガを描いている女の子たちがいて、日本の生け垣を見たがっているのかもしれない。

44

安日彦氏の備忘録はまとまった長文ばかりではなく、断片的な短文も多かった。

ヤミの行商人から金平糖を入手した。現下では滅多にお目に掛かれぬ品物だ。
「物が上質ですから、封さえすれば四十年でも持ちます」
行商人はそう請け合ったが、まさか本当に四十年は持つまい。
数えたら十八粒入っていた。梛子に遣《や》ろうかとも思ったが、妹は甘味を好まない。甘党の月輔が生還した時の祝杯代わりに、取り置くとしよう。瓶は緊《かた》く蓋をして封蠟で覆い、我が秘密の木箱に隠した。

ああ、あの金平糖の小瓶はこれだったのか……と納得しかけたところで、妙な違和感を覚えた。確か、金平糖は部員四人に四粒ずつ配って十六粒だった。二粒足りない。まさか、安日彦氏が数え間違えるわけがない。わたしはすでにこの備忘録の著者に心酔し、比那子に対する以上の信頼を寄せていた。

もう、これは、比那子が先に二粒味見していたとしか考えられない。おそらくは、「十八粒だと四人で分けづらいしね……」とか言い訳しながら。道理で、あっさりと茅に自分の分を譲ったはずである。

亡き祖母は熱心な浄土門徒であった。生前は周囲の目を偸《ぬす》んで、よく安物の阿弥陀如来像に正信偈《しょうしんげ》を上げていた。幼い頃は梛子も屢々勤行《ごんぎょう》に付き合わされ、門前の小僧というやつで、いつしか経文の文句を諳《そら》んじてしまった。

祖父は立場上苦言を呈していたが、祖母の信心を止めさせるには至らなかった。

三十年近く昔の神仏廃棄令の折、扇動された暴徒が入栖沢の家々に乱入して、仏壇や神棚を叩き壊していったvandalismの際に、納戸の隅で埃を被っていたこの金メッキの鋳像だけが難を逃れたという。元々は祖母が旅先で購入した土産物で、古代にあってさえ数千円の値が付けば上出来な量産品だったそうな。

その逸話を聞かされた当時、私は祖母への憫笑《びんしょう》を抑えられなかった。その下らぬガラクタを救う努力で、もっと他の価値ある品物が救えるだろうにと。人間はこの期に及んでも宗教という迷妄を棄てられぬのかと。

今は、それこそが不遜《ふそん》な増上慢であったと反省している。

人間は誰しも心に依《よ》り処《どころ》を持っている。あの項垂れていた男が蒐《あつ》めた映画のフィルムのように。私が山奥に隠し持っている書物のように。その依り処は各人にとっての文化に相当する物で、その文化無くしては、彼の生活は全く無意味になってしまうのだ。

祖母にとっては、それがあの阿弥陀像と毎日の正信偈であった。

わたしは幼児時代の体験もあって、宗教や宗教家にいい印象がない。だから、あの仏間の阿弥陀像が旧時代の安物だったという真相にも、「ふーん」と思っただけだった。

私的な意見を言わせてもらえれば、神様や仏様なんてのは拝みたい人が拝みたいときだけ拝めばいいのであって、それこそ平時は納戸の隅に転がして忘れている程度で十分なのだ。


我が蔵書にはエス・エフなる小説が三十冊程混在している。

簡潔に要約すれば、一般文芸が実在の社会を舞台に虚構の事件を描写するのに対し、エス・エフとは虚構の社会を舞台に虚構の事件を描写する文芸形式である。エス・エフなる略称を目にした時は、social fiction の頭字語ならんと早合点していたが、実際は science fiction の謂であった。

虚構とはいえど、エス・エフは現実社会の鏡である。舞台を将来や遐代《かだい》に仮託してはいても、その実は同時代の理念を活写しているのだ。十九世紀に階級社会の行末を、二十世紀に技術文明の前途を描いたエス・エフが執筆された如く、当代なら落魄《らくはく》と頽廃の先にある理想を描出したエス・エフが書かれるべきだろう。

いずれ言論出版の自由が許される時代が到来したら、私もまた当代の理想を反映したエス・エフを物してみたい。漠とした構想は既に胸中にある。

ＳＦはわたしも大好きなジャンルである。マンガと小説の違いはあれど、安日彦氏もＳＦの読者であり、さらにはＳＦの書き手を志していたのだと知って、わたしはより一層の親近感を氏に抱いた。

自分の創作物を、自分が暮らしている半径五キロの円外に届ける手段がなくなってしまったために、誰もいちいち創作物の内容に目くじらを立てなくなった状況をそう呼んでいいなら、現在はまぎれもなく「言論出版の自由」の時代である。ある意味では、安日彦氏が待ち望んでいた時代がやってきたのだ。

けれども、氏はとうとう生きてその時代を見られなかった。安日彦氏がＳＦを書いたなら、わたしは愛読者になっていたと思うが、今はもうかなわない夢だ。

不快な出来事があった。

私の旧友を名乗る男の訪問を受けた。確かに十数年の歳月を経ても、その顔は見違えようがなかった。かつて少年期の私に、幾度も屈辱を加えた悪童の成れの果てである。私はこの種の事柄には抜群の記憶力を有しており、今でも深夜に往時の出来事を回想しては、発作的な瞋恚《しんい》の念に駆られ、寝床の中で輾転《てんてん》とする事が度々あった。

彼は十代の頃に臂《ひじ》を折って体が不自由となり、強制志願を免れたという話である。私もまた病弱の故に徴兵を逃れた経緯を思い出し、より一層嫌な気分になり、「何か用か」と無愛想な返事が出た。

男は玄関の土間で卑屈に頭を垂れ、先日に供出作物の増産が指令されたが、自分はこの腕の為に碌《ろく》に畑仕事が出来ず、到底ノルマを果たし得ない。この儘《まま》では増産令違反者として投獄されるのは確実だから、どうか御父上の手蔓《てづる》を通じて中央に執り成して戴きたいと、何度も述べた。その哀れ極まる姿に、少年期の私が憎悪し悚懼《しょうく》した餓鬼大将の面影は微塵も無かった。

男の言葉を聞いている内に、私は父が封建制における藩主の如き立場に成りつつあるのを理解した。ならば、私は若殿とでも謂《い》うべき存在か。「一応父には口添えして置くが期待はするな」と告げて、男を帰した。彼は玄関框にさえ上がらなかった。

愕然としたのは、私がその状況に愉悦を感じていた事である！

思えば彼も私も、この圧制の社会を生きる者という点では対等ではないか。何故に私は、彼に対してあれだけ冷淡に支配者然として振る舞ったのであろうか？　せめて、客間に通して話を聞く位の気遣いはしても良かったのに。

ああ、この時代が更に何世代も続いたならば、いずれは那雲家の子孫が、世襲の貴族階級として入栖沢に君臨するのであろうか？　私の子や孫が、人間には二種類あり、自分は生得的に支配する側の人間であると信じて疑わない、そんな人間として育つのであろうか？

それは私には耐えられぬ未来である。

わたしの祖母のことも書いてあった。もうこの頃には、ふたりはすっかり疎遠になっていたようだ。

せめて、夕斐が屋敷に居てくれたらと思う。

夕斐が屋敷を去ったのは私が十八の年だった。山中で不自由な生活を強いられている実母の栗原先生を見兼ねて、と言っていたが、実際は梛子が近隣の者に彼女の出自を洩らしてしまったのが真因らしい。父としては、実子同然に育てた夕斐を中央政府に突き出すよりはと、因果を含めて栗原先生の許に送り出す道を選んだ。

今でも栗原先生の往診の折に、付き添いの彼女と逢う機会はあるが、私が実兄でないと知ってから、その態度は実に他人行儀である。

備忘録は先に進むにつれて、より悲観的で自虐的なものとなっていった。一体この悲惨な社会で自分がおめおめと生き延びて何の意味があるのか、そもそもこの社会に存続する価値があるのかという、自問自答が繰り返された。辛気臭い内容に耐えかねてページを飛ばしたわたしは、更に嫌なものを読んでしまった。

月輔の戦死公報が届いた。全くの犬死にであった。

月輔の乗り組んだ駆逐艦は、五箇月前に季節風で荒れた響灘《ひびきなだ》の沖を航海中に、敵軍の有人式自爆兵器に体当たりされた。艦自体が老朽化していた事もあり、瞬《またた》く間に船体は海中に没した。艦には救命艇の備えもなく、月輔を含む乗員三百三十六名が厳冬の海に投げ出された。救助された者は二十名に満たず、その中に月輔はいなかった。

父は不在であった。傍らで聞いていた梛子は蒼白になり、蹌踉《そうろう》とした足取りで席を外した。決まり文句なのであろう。戦死公報を届けに来た役人はこう言った。

「御令弟那雲月輔様は、国家の為に立派な最期を遂げられました」

私はその公報を引き裂いて、届けに来た役人の顔面に叩き付けて遣りたい衝動に駆られた。実際には私は何もせず、感情を圧殺して蒼褪《あおざ》めたまま首肯《しゅこう》していた。己の保身の為とあらば、尊厳や理想など平然と擲《なげう》てる祖父の血を、私もまた継いでいるのだ。

役人は敬礼して、早々に我が家を辞去した。日が暮れぬ内に、入栖沢の他の家々にも戦死公報を配って回らねばならぬそうだ。

45

わたしはノートを縁側に置いた。比那子はまだ戻らないのだろうか。

興味本位でここまで読み進めてしまったが、わたしはこの物語がハッピーエンドで終わらないのを知っている。ちらっと先を覗くと、まだ数ページ分は文章が続いていた。おそらくは弟の死を嘆き、未来に絶望する文章が延々と書き連ねられたあげくに、この物語は結末もつけられず、唐突に途絶えて、そこで終わりなのだ。

立ち上がって縁側を少し歩き、隣の仏間を覗き込んだ。障子は通風のため開け放たれていて、傾いた西日の陰となった鴨居に、安日彦氏の肖像写真が見えた。

氏の遺影に向かって、「今のイリス沢は誰もが幸福に暮らせる場所になりましたよ」と報告できたら、どんなに嬉しいだろうか。実際は違う。ヒノモト政府の圧制が消えただけで、氏が危惧していたナグモ屋敷を中心とする封建社会は着々と築かれつつある。頂点に立つ刀自さまや比那子でさえ、結局はその社会構造の部品に過ぎないのだ。

ふと思った。比那子は大伯父さんの備忘録を最後まで読んだのだろうか、と。

少なくとも、わたしと同じ箇所まで読んだのは確実だ。いちいち言及はしなかったが、比那子の鬱陶しい注釈や感想は、定期的にページの端々に書き込まれてあった。よしんば悲劇で終わる物語にしても、文末には比那子の所感が書いてあるかもしれないし、それを読めば彼女があれほどに《廃京》行きに固執する理由が、なにかつかめるかもしれない。

——やっぱり、最後まで読もう——

手書きのノートとはいえ〝本〟は結末まで目を通すべきであり、それが書き手への礼儀でもある。

茶箱の前に戻って、ノートを取り上げた。月輔氏の死のあと、備忘録はページをあらためて続いていた。氏の端正な筆致はひどく乱れていた。

大勢いた一族も、私と父と妹を残すのみとなった。少年期には広壮な屋敷のどこにでも家族の顔を見出した物であるが、今は閑寂とした無人の座敷が連なり、埃に覆われていくだけである。いつかこの屋敷が、また人間で埋め尽くされる日は来るのであろうか。

気散じに、我が蔵書の隠し場所へと足を向けた。

山道を歩きながらつらつら思った。一族の屋敷同様に、日本も確実に衰亡の道を辿りつつある。再興に使われるべき資源は内戦で消尽した。石炭は手に入らず、夜間は照明も使えない。田畑は荒れ果てて茅萱《ちがや》に覆われた。鎌を取るべき農夫は兵卒となり、異郷に骸《むくろ》を曝している。いずれ人類の文明の終焉を見る日も近いのであろう。

よしんば未曾有の気象異変という要因はあったにせよ、なぜ斯くも易々と我等の文明は滅失したのであろうか？　それは、偏《ひとえ》に我々が文化を喪失した為と答えるしかない。

文明とは人類の発明した物質的な所産の集積であり、人類の発展の礎石である。文化とは人類の創造した精神的な成果の総体にして、人類の存続の目的である。それらは相互に不可分にして不可欠の両輪であって、文明無き所に文化は生じ得ぬし、文化無くしては文明はその意図を見失わざるを得ない。然らば、日之本の政府が日本人の生存の為に文化を放擲《ほうてき》した時、文明の破綻は必定《ひつじょう》であった。

そんな事を考えながら、密集した雑木林の間隙を抜けて行った。

十二年前の夏の日、私は弟と森歩きに勤しんでいた。亡き弟は他人との交際を好まぬ兄の内心を忖度《そんたく》して、頻繁にこの種の兄弟だけの遊びに付き合ってくれた。

その森歩きの最中に、この先の洞穴を発見したのである。開口部は岩肌の凹所を成しており、発見は殆ど僥倖《ぎょうこう》であった。洞穴の内部を探索した我等は、奥行き一間も無いその深部に、木箱に詰められた大量の古書が隠匿されているのを見出した。おそらくは日之本政権初期に思想犯罪で処刑された、愛書家の遺物と思われた。

私以外の者が発見したならば、即座に思想警察に通報するか、後難を恐れて早々に立ち去ったであろう。しかしながら真の書物に飢えていた私にとって、それらは陶朱猗頓《とうしゅいとん》にも勝る富であった。

兄の活字への偏愛を熟知していた弟は、この場所の秘密を守るのに吝《やぶさ》かではなかった。我等は開口部を見失わぬよう、周辺の地形を慎重に憶え込んだ。それ以降、この山窟は私の読書室となった。定期的に森歩きを装って山中を再訪しては、蔵書を耽読した。

十二年間で三百数十冊の蔵書は粗方《あらかた》読み尽くしたが、いずれも再読に耐える書物であり、人生の苦境における示唆に満ちた洞察を与えてくれた。そして今も、私は先人達の垂教《すいきょう》を切実に求めていた。書物は私の依り処であり、私の文化であった。

灌木の藪を抜けた。私の文化を蔵した洞穴の前では、見知らぬ人物が待ち受けていた。

直ちに事態を察した。蔵書の存在が遂に露顕《ろけん》したのである。彼《か》の人物は私の再訪に備えて張り込んでいた捜査官に相違あるまい。

寧《むし》ろ、今まで秘密が保たれたのが不思議であった。思想警察は私を投獄し、洞穴の中の書物は焼却されるであろう。弟の訃報と時を同じくして、私の蔵書もまた失われた。

私は機械的に姿を曝した。今やこの世界に生存する意味は無かった。

「お待ちしておりました」

その人物は私を認めると、無帽の頭を垂れ一揖《いちゆう》した。

「貴方の弟さんは生きておられます」

46

甲板から海中に転落した我が弟は、遮二無二泳ぎ続けたという。二月の海水は氷水同然で、弟は人事不省へと陥った。

覚醒した弟は、己が叛乱軍の艦上で俘虜《ふりょ》となったのを悟った。中央政府は降兵となるよりは自決を奨励していたが、弟は態々《わざわざ》拾った命を投げ出す意思は毫末《ごうまつ》もなかった。いずれにせよ彼は武装解除されており、多大な苦痛を伴わずに命を絶つのは不可能であった。

何よりも、戦争の醜悪な部分を散々に目撃した彼は、中央政府に愛想を尽かしていた。彼が軍隊生活の中で唯一愛着を抱いていた戦友等も、乗艦と共に海底に没したのは明白であった。故に弟は虜囚の身に甘んじる覚悟を決めた。

以上を見知らぬ人物は語った。

俄《にわか》には信じ兼ねる話であったが、彼は妹が出征に際して弟に贈った手製の守り袋を持参していた。こんな物は遺体からでも回収出来ると告げると、貴方と弟さんしか知らぬ筈の書物の収蔵庫の秘密を私が知っているのが、明々白々たる証拠ではないですかと、相手は反駁した。

訊問が比較的友好裡に行われた事もあり、沈黙を保っていた弟も、故郷の話では口を緩めた。その中で、弟は偏屈な兄の読書癖と蔵書の秘密に触れてしまった模様である。

未知なる人物は、日之本暴政府の支配地に潜伏する解放政府（彼は叛乱政府を斯く称した）の第五列であった。弟を通じて私の反政府的傾向を見抜いた叛乱政府中枢は、彼に私への接触を命じた。

彼は私に解放軍の極秘任務への協力を要請し、「この任務が奏功すれば中央暴政府は致命的な打撃を受けて屈服を余儀なくされ、虐政の軛《くびき》に喘ぐ人民は解放の日を迎え、貴方と弟さんも早晩再会出来るでしょう」と述べた。言外には、協力を拒否した際に彼が取るであろう措置をも匂わせていた。彼は私の名前も居所も秘密も知悉《ちしつ》していたが、私は彼に就いて何も知らぬ。彼が私を破滅させようと思えば、思想警察への匿名の密告で事足りるのだ。

協力を装って彼等を裏切るのも無駄である。中央政府は思想犯罪者に酌量《しゃくりょう》を加えたりしない。私の生命と交換に叛乱政府の計画を頓挫《とんざ》させるのが関の山で、そんな愛国心など疾うに失せていた。何よりも、蔵書を失うなど耐えられない。

私は中央政府同様に叛乱政府をも信用しなかった。彼等が勝利して覇を称えた所で、畢竟、暴を以《も》って暴に易《か》わるのみであろう。どちらを選んでも同じならば、と私は思った。ならば、叛乱政府に協力するのも一興ではないか。私は精神的には久しく売国奴であった。いっそ本物の売国奴に身を堕とすのも悪くはあるまい。

彼等は私の斯くなる性情を見極めた上で、この話を持ち掛けたに違いない。私はそれを承知の上で、目の前の人物の提案を受諾した。彼は欣然として握手を求めた。

47

叛乱政府は以前より中央政府の最終兵器計画を把握していた。

その兵器とは、文明の時代に構想されていた顕微鏡的な自己複製機械で、蟹行《かいこう》の文字ではnanomachineとも表記される。研究は例の天変地災により散逸したが、中央政府は長らく各地に残存する資料を回収し、他の複写を焼却していた。そして日之本に残された最後の技術力を結集して、天祐に近き偶然により、研究の最終段階を完遂した。

物理や化学は門外漢であるので、聞き齧った概要のみを示す。それは、鉄原子とアルミニウム原子を主要素材とする極微の分子機械である。肉眼では視認不可能であるが、密集すればスペクトル線の吸収により赤色を呈す。この微小機械が上の二元素を含む物質と接触したなら、機械は即座に二元素を元物質から回収し、それを素材に己の複製を製造する。複製された機械は別の二元素からまた己の複製を生産し、反応は鼠算式に拡大していく。

都市部には、右の二元素を豊富に含んだ物質が多量に存在する。すなわち鉄骨とコンクリートである。微小機械の一体が高層建築の床に落とされたなら、忽《たちま》ち建物全体が蝟集《いしゅう》する微小機械の集合体へと変貌し、塵状に飛散する微小機械は数時間で一都市を壊滅させ得る。また高濃度の微小機械はヘモグロビンで呼吸する生物に致命的な毒性を持つ。その赤い霧を呼吸すれば、全ての脊椎動物は死を避けられない。

この分子機械は太陽光の照射で緩慢に分解するが、都市部では生成の速度が優る。極微の兵団は文明時代に築かれた鉄塔や高圧線を通じて、郊外都市にも疫癘《えきれい》の如くに進軍して行くであろう。

土壌が含有する程度の礬土《ばんど》や赭土《しゃど》では臨界量に達しないが、都市の周囲に撒き散らされる膨大な分子機械は、農作物の養分である燐酸を固定し、沃野であった場所を不毛の荒野へと変質させる。最早その土地ではいかなる作物も育たぬ。

二度目の大災厄を逃れ得るのは、外界から隔離された山間の僻村のみだ。

しかし、その程度の生存者では到底文明は維持出来まい。数世代は持ち堪えるかも知れぬが、いずれは村邑も荒れ果てて森に覆われ、里には無人の廃屋が残される。人々は狩猟と採集に頼って命を繋ぎ、原始の生活へと退行していく。日本列島における人類の文化と文明は完全なる終焉を迎える。真に最終の名を冠して恥じぬ兵器ではないか。

孤島での実験は既に終了し、試作された微小機械は当初の予想以上の破壊力を有すると確認された。

都内某所にある研究施設には、合成樹脂で厳重に封印された機械が保管されていた。日之本政府といえども、この機械の軍事利用は躊躇していた。人道故では無い。この兵器を使用すれば、領土とすべき都市や農地が無用の荒原へと変じてしまう為である。就中、日本全土に限なく張り巡らされた旧時代の送電線があった。それらは今日もなお東京と地方都市を繋いでおり、事前に徹底した隔離措置を講じねば、中央も叛乱政府と共倒れと成り兼ねない。

それでも中央が劣勢になれば、自暴自棄となった独裁政府は、叛乱政府の都市へと微小機械を撒布する虞は多分にあった。

右の情報を得た叛乱政府は当該兵器の奪取を試みた。通常の軍事手段での東京攻略は問題外である。万一関東近辺まで前線が後退すれば、中央政府は躊躇なく最終兵器を使用するであろう。

秘密裡の潜入も困難を極めた。東京での地方民の行動には厳重な制約が課され、大多数の者は都心部に這入り込む許可すら得られなかった。

私の父は稀有な例外だった。父は重職にあり、定期的に都心の省庁を訪れていた。私は父

255

の通行証の保管場所を知っていたし、通行証の所持者を偽るのも容易であった。人員不足で都心部それ自体の警備は案外手薄であるから、私が先導すれば、数名の工作員が研究所に潜入出来る公算が多分にあるという。

第五列の男は、解放政府は平和を冀求しており、仮に最終兵器を入手しても、それは戦争に執着する日之本暴政府を屈服させ、虐げられた民衆を解放する以外の目的には絶対に使用されぬと断言した。戦争終結に貢献した貴方には、身の安全と十分な報酬が約束されるとも力説した。

斯くの如き甘言蜜語《かんげんみつご》を信じる程、私は醇朴《じゅんぼく》では無かった。叛乱政府までがその兵器を獲得すれば、文明の覆滅《ふくめつ》の危険は二倍するだけであるし、おそらくは微小機械を入手した直後に、彼等は私を抹殺するであろうと予想出来た。

それにも拘《かか》わらず、何故に私は彼等の謀計に加担したのか？　私は二重の背信者と成る決意をしたのだ。

彼等が東京潜入の為に秘策を尽くした如く、私も奸知《かんち》を巡らせて、彼等の目的の場に立ち会う積りである。そして最終兵器を目にしたならば、何者よりも速やかにそれを手にする。被覆を剝いた一握の微小機械をコンクリートの床面に掲げて、驚愕に立ち竦《すく》む叛乱政府の工作員達と中央政府の警備兵達に、私は宣言するであろう。

「誰も動くな。全人類の文明が私の手の中にあるのだ」と。

彼等は何も出来ない筈だ。私の指先が緩めば東京は壊滅である。東京のみならず、中央政府と叛乱政府の諸都市も危険に曝される。

そして私は文明の存続を盾に取り、中央政府と叛乱政府に交渉を試みる。

第一の要求は、私の掌中にある以外の微小機械の分解と、研究資料の破棄である。この様な危険極まる代物が人類の手に委ねられてはならないのだ。

第二の要求は即時の停戦である。姑息な引き延ばしを図るならば、私は断じて譲歩せぬ旨を伝えて遣ろう。この痩軀《そうく》の内に力が宿る限り、私は何日でも何日でも立ち続けるであろう。案外、共通の脅威と対峙する事で、却《かえ》って両政府に結束が生まれるかも知れぬ。

第二の要求が上辺だけでも果たされる頃には、私に余力は残っていまい。朝暾《ちょうとん》の下に出て、掌上の微小機械の分解を静粛に待つとしよう。

最後の分子機械が消滅するや否や、私が銃殺されるのは確実である。両政府は即座に交戦を再開するかもしれない。だが、彼等とてこの無意味な内戦には疲弊しきっている筈だ。この一狂人の行動を奇貨として本格的に停戦し、協調して人類再建への道を歩む可能性、無きにしも非《あら》ずである。

尠《すくな》くとも彼等に機会を与えた満足感を抱いて、私は死ねる。

出発の準備は万端整った。父の書斎の金庫より持ち出した通行証は卓上にある。父は目下の業務に忙殺されている。数日は通行証の紛失は発覚すまい。我が家族は長男の為に多大な迷惑を蒙《こうむ》る事になる。

成功の見込みは甚《はなは》だ薄弱だ。おそらくは東京潜入の途上で私は拘束されるであろうし、或いは微小機械の包に触れる以前に射殺されるのであろう。

それでも現状では文明の未来は闇黒も同然である。そこに一条の曙光を見出し、一縷《いちる》の希望を繋げるのなら、私は身命を擲って悔いは無い。

第五列の男と落ち合う時刻が迫っている。これ以上書いている余裕は無い。この頁を書き終えたなら、この手記は秘密の場所に隠して置く積りだ。記録を残し置くのは先人の義務である。その良否の判定は後人に委ねる。

私は未知の地へ旅立つ。

48

安日彦氏の備忘録はそこで終わっていた。残りのページはすべて白紙だった。ただ、最後の「未知の地へ旅立つ」の真下には、比那子の筆跡による書き込みがあった。

あたしも。

最後のページの上に影が落ちた。顔を上げると、目の前に比那子がいた。

「待たせてごめん。ばあちゃんが、なかなか放してくれなくってさ――」

比那子はそう言いながら、スカートを直して縁側に座り込み、わたしに顔を寄せた。

「――ゆーにゃ、そのノート読んじゃったんだね？　どう思った？」

「アビヒコさんは」わたしは乾いた声で答えた。「アビヒコさんは、《廃京》の赤い霧の中で死んだのね？」

比那子は小首を傾げて、不思議そうに訊き返した。

「ゆーにゃは、どうしてそう思ったの？」

「だって、状況から見て、そうとしか考えられないじゃない……たぶん、アビヒコさんは計画の最後まで成功したけど、最終兵器のことを知らない警備員に撃たれたか、交渉の途中で力尽きて、最終兵器を取り落として、それで……」

比那子はわたしの顔をまじまじと凝視した。しばらく考え込んでから、彼女はゆっくりと首を振った。

「別に、そうと決まったわけじゃないよ――研究所に忍び込んだ反乱政府の人たちが失敗して、うっかりその機械を床にぶちまけちゃっただけで、大伯父さんの目論見とは無関係だったのかもしれないし」

「そうだとしても、《廃京》が赤い霧に包まれたとき、近くにいたのは確かなのよ」

「だけど、死んだとは限らないよね？　確実なのは、大伯父さんが《廃京》へ出発したこと、そのすぐあとに、《廃京》が赤い霧に包まれたこと。この二つだけだもの。アビヒコ大伯父さんが今もどこかで生きてるなら、《廃京》の近くまで行けば、なにかの手掛かりがつかめるかもしれないし、大伯父さんの消息を知ってる人がいるかもしれないよ？」

「ヒナコが《廃京》に行くのは……」

唐突に、疑問への解答が頭に浮かんだ。

「ひょっとして、アビヒコさんを探すためなんじゃないの？　そうなんでしょ？　アビヒコさんをイリス沢に連れて帰るのが目的で、〈コミケ〉はただの口実なんじゃないの？」

「だったら、ゆーにゃはどうするの？」

「じゃあ、わたしもヒナコと一緒に《廃京》へ……〈コミケ〉へ行くわ！　そこにアビヒコさんの足跡が残ってるなら、自分の目で確かめてみたいから！」

わたしがそう言った瞬間、比那子がきらりと目を光らせた。

「——言ったね？　ゆーにゃ、とうとう言っちゃったね？」

「え？」

「やーい、引っかかった！　引っかかった！」

呆然としているわたしの前で、比那子は弾けるように笑い転げた。

「——ゆーにゃ、大伯父さんが日之本政府の最終兵器を探しに、《廃京》に旅立ったって話を読んだんでしょ？　あれはね、アビヒコ大伯父さんの創作なんだよ。ＳＦ小説なんだよ」

「エス……エフ……？」

わたしの言葉に、比那子がこっくりとうなずいた。

「うん、SF小説」

「でも……でも、このノートって、アビヒコさんの備忘録っていうか、日記みたいなものなんじゃないの？」

「ツキスケ大伯父さんが亡くなったあたりまでは、普通の日記だよ。あたしも、その辺の昔話はばあちゃんから聞いたことがあるからね。

——だけど、そのあとの、生きていた弟さんとか、反乱軍の工作員とか、赤い霧を生み出す最終兵器とかは、ぜーんぶ作り話——」

大体さ、小説のページ以降じゃ、アビヒコ大伯父さんとツキスケ大伯父さんや、ナグモ屋敷の名前は、一切出てこなかったはずだよ？」

「ヒナコ、わたしを騙そうとしてない？　どうして作り話だってわかるのよ？」

いまだに現実を受け入れられないわたしに、比那子があっけらかんと答えた。

「だって、アビヒコ大伯父さんが《廃京》に行ったわけないもの。アビヒコ大伯父さんは、イリス沢で亡くなったんだから」

「え？」わたしはぽかんと口を開けた。「アビヒコさんって、森歩きに出て行方不明になったんじゃなかったの？　その直後に《廃京》が滅んだって……」

比那子が首を振った。

「アビヒコ大伯父さんは、ツキスケ大伯父さんの戦死公報が届いた少しあとに、肺の病気で血を吐いて倒れて、そのまま病床から起き上がれずに亡くなったんだ。亡くなったのも、《廃京》が赤い霧に包まれたあとで——きっと、病床でその話を耳にして、自分の創作のアイデアに使ったんじゃないかな？

でも、当時は身内から肺病患者が出たってだけで、悪い評判が立ちかねなかったし、ひいおじいさんが体面を気にして、アビヒコ大伯父さんの死因を屋敷の外に洩らさなかったから、『アビヒコさんは森歩きの途中に行方不明になった』って噂が広まったみたい——ひいおじいさんにしても、肺病の話よりはそっちの方が好都合だし、わざわざ打ち消さなかったんだって」

「それって、肺結核だったのかしら？」祖母の医学書で読んだ知識を記憶の底から引っ張り出しながら、わたしは言った。

「その辺は、よくわかんないけど——

いよいよ容態がいけなくなってからは、ユウヒさんが、つまり、ゆーにゃのおばあちゃんがつきっきりで看病してくれて、いっそ肺の手術に踏み切れば助かる可能性もあったそうだけど、当時はヒノモト政府が消えたばっかりの大混乱の時期で、手術のための道具も薬も手に入らないし、もう、どうしようもなくて……。

それでも体調がましなときは、寝床から半身を起こして熱心になにか書き物をしてたって、以前にばあちゃんが言ってたけど、それって、あのノートのことだったんだね。ノートは他の遺品と一緒にそこの茶箱にしまい込まれて、南京錠の鍵も失くしちゃって、そのまま蔵の奥で忘れられてたみたい。

お屋敷の裏山には大伯父さんのお墓があるから、なんなら、あとでゆーにゃもお参りしていってよ。ユウヒさんの孫が手を合わせてくれたら、きっと大伯父さんも喜ぶからさ」

「うん……そうする」

わたしはついと立ち上がって、もう一度仏間の方に行った。比那子もあとからついてきた。ふたり並んで安日彦さんと月輔さんの遺影を見上げながら、会話を交わした。

「それにしても、なんでアビヒコさんはこんな話を書いたのかしら？」

「たぶん、寂しかったんじゃないかな……」比那子が答えた。「一番の仲良しだったツキスケ大伯父さんは死んじゃったし、自分も余命幾ばくもないってことは知ってただろうし……せめてお話の中でぐらいは、ツキスケさんに生きててほしくて、自分は人類を救う正義のヒーローとして死にたかったんだと思う。それが、誰に見せる当てのないお話だったとしてもね」

色褪せた写真の中の安日彦さんの容貌を、あらためてしげしげと観察した。書物を愛し、人類の未来を憂いつつも、病に伏して死んでいった、無力な人物の顔であった。

それから、隣に立っている親友の顔を横目で窺った。やっぱり、比那子と安日彦さんは似ている……と再認識した。その相似は、遺伝などという物質的な現象ではなく、もっと形而上的ななにかである。本と〈コミケ〉という違いはあれど、常に未知なる物への憧憬を持ち続け、苛酷な環境に抗って精神の自由を守り通した安日彦さんの精神は、今も末裔である比那子の中に脈々と息づいているのだ。

そう考えながら比那子の顔を眺めていると、視線同士がぶつかった。

「あたし、思うんだけどさ」比那子が意味ありげに微笑んだ。「ゆーにゃって、なんかアビヒコ大伯父さんに似てない？」

「は？」予想もしない意見だった。「そうかしら？」

「だって、そっくりじゃん。本読むのが好きで、いつも難しいことばっかり考えてるし、普通の人なら気にもしないようなことで、くよくよ悩み続けてるし、SFも好きだし――

大伯父さんの日記読んでて、思ったんだよね。ひょっとしたら、アビヒコ大伯父さんの霊がまだまだたくさんのお話を作りたくて、それでもう一度イリス沢に生まれ変わったのが、ゆーにゃだったんじゃないかな……って」

「変なこと言わないでよ」

そうは答えたものの、比那子の言葉は的を射ているような気もした。わたしたちはある意味では、かつて安日彦さんが抱いた理想の別々の側面を共有する、魂の双子なのかもしれない。

比那子がわたしの手を取って指を絡め、言葉を続けた。

「でも、ゆーにゃには大伯父さんと違うところもあるからね」

「なにが？」

「ゆーにゃには友達がいるじゃん」

「そうね」わたしはその言葉を軽く受け流して、次の話を切り出した。「それで、〈コミケ〉行きの件だけど……」

「あ、あ、あ」比那子は顔色を変えて、すがるようにわたしの手を胸元で握り締めた。「まさか、今更『さっきのは取り消し』とか言わないよね？　女子に二言はないんだからね！　元はといえば、ゆーにゃが勝手に大伯父さんの小説を読んで、勝手に勘違いしたんじゃない！」

「行くわよ、行くってば」

わたしは閉口しつつ比那子の手を振り払った。

「わたしの勘違いだったにしても、勝負は勝負なんだから、仕方ないわよ。ヒナコと一緒に――うらん、ヒナコとスズとカヤと一緒に、〈コミケ〉へ行くわ」

「ほらね、あたしの言った通りになったでしょ？　ゆーにゃは絶対に、『わたしも〈コミケ〉へ行く』って言っちゃうんだよ」

「それで、集合は明日の夜明け前でいいのね？　わたしの方は今晩中に準備を整えられると思うけど、ヒナコは大丈夫なの？」

「あたしはもう荷物はまとめてあるよ。だって、ゆーにゃは絶対に行くってわかってたし」


かくして、わたしは〈コミケ〉へ出発することになった。

冠木門の外では差配人に締め出されたスズと茅が、辛抱強くわたしと比那子を待ち続けていた。わたしも〈コミケ〉に同行すると告げた途端、茅は狂喜乱舞して、他の部員たちと目まぐるしくハイタッチを繰り返した。最後に満面の笑顔で、わたしの掌に体当たりのような勢いで掌を打ちつけたかと思うと、いきなりぎゅっと抱きついてきて、わたしの胸に顔をうずめ、声をあげて泣き出した。落ち着かせるのにえらい苦労をした。

スズはスズで、わたしの突然の心変わりに首をひねっていた。やっぱり、ナグモ屋敷には催眠装置が隠されていたのではないか――そう疑っている様子であった。

そのあと、みんなで連れ立ってナグモ屋敷の裏山にのぼった。安日彦さんの墓はかつてナグモ屋敷の庭石だった天然岩で、表に墓碑銘はなく、裏面には月輔さんや比那子の祖父や両親のそれと並んで、彼の俗名と享年のみが刻まれていた。

わたしと比那子が瞑目して手を合わせているのを見て、スズと茅もそれにならった。

「これって、誰のお墓なんですか?」

そうスズに訊かれたので、

「わたしの背中を押してくれた人が、ここに眠ってるのよ」

とだけ答えておいた。

安日彦さんはノートに書いていた。人間には誰にでも心のより所があって、それが文化の実体なのだと。

結局のところ、〈コミケ〉とは比那子の幻想に過ぎない。けれども、それを言い出せば旧時代の〈コミケ〉にも確たる実体があったわけではないし、大勢の個人のあいだで共有された幻想に過ぎなかったはずだ。ちょうど、すべての文化がそうであったように。

確かに文化とは一種の幻想であり、定まった実体などなく、人間の集団が生きている限り、社会にはそれに応じた文化という幻想が生まれ続けるのだろうが、それでも個々の人間にはその幻想こそが生きる目的であり、それがない人生など無意味なのだ。

安日彦さんにとって、その幻想は書物の中にあり、わたしたちにとっては、マンガの中にあった。

そして、多くの人々に強く信じられた幻想は次の文化となり、いずれは社会を変えていく力となる。わたしたちが〈コミケ〉という幻想を強く信じ続けたなら、いつの日か〈コミケ〉は社会全体にとっての幻想となり、文化となり、目的となるであろう。

明日、わたしは未知の地へ旅立つ。そして、イリス沢に新しい文化を持ち帰るのだ。

——と、右のような話をしても、比那子ならきっとこう言うのだろう。

「そんなことどうでもいいんだって。そこに〈コミケ〉があるから行くんだし、なくても行くんだよ」

49

冷え冷えとした夜気の中で身を起こした。寝床から窓の外を窺うと、表はまだ真っ暗で、薄いカーテン越しに常夜灯の火が見えた。けれども長年の規則正しい生活で鍛えた体内時計は、もう夜明けの近いことを教えてくれた。

昨日、診療所に帰ってから、母が不在のうちに、旅先で入用になりそうな薬剤を薬瓶に取り分けておいた。茶色の小瓶には水あたりと食あたりのクレオソート剤、緑色の小瓶は化膿止めの亜鉛華軟膏、赤色の中瓶には消毒用のマーキュロクロム液、その他にも解熱剤や気つけ薬、など、など。これらの瓶と一緒に滅菌した包帯やメスや縫合糸を、手製の救急箱の中に整頓した。

護身用の武器は、鉄鋲を打った樫の三尺棒を持っていくことに決めた。集落に迷い込んだ野犬ぐらいなら、この武器で撃退した経験がある。

その他にも携帯食糧だの予備の衣類だの寝袋だの、旅先で必要になりそうな品物を中くらいのザックに詰め込んで、寝台の下に隠しておいた。この程度の食糧では一か月どころか三日も持つまいが、荷物が重くなりすぎるのはまずい。食糧はなるべく現地調達する予定だ。それに、付近に集落地があるうちは、わたしの医薬品が交易用に使えるだろう。

もちろん、二冊の『アイリス』と筆記具も荷物の底に入れてある。月面の少女の物語もその中だ。旅先で余裕があれば描き進めていきたい。

父と母宛ての手紙は、部屋の小机の上に残して置いた。「比那子たちと塩水の海を見にいく計画を立てたので、しばらく家を空けます。来月には必ず戻るから、心配しないでください」とだけ記した、簡潔な手紙だ。比那子や茅と相談して、置手紙に《廃京》のことは書かないよう取り決めた。たとえわたしたちが行方不明になっても、おいそれと捜索に行けるような場所ではないし、事実を伝えたら親を心配させるだけである。

慎重にそろそろとザックを引っ張り出す。寝台の上では弟の滋波がぐっすりと眠っていた。どんな夢を見ているのだろうか。

50

壁に丹前が掛けっぱなしなのに気づいて、これも野営での防寒用に持っていこうと思って手を伸ばし、ふと滋波のことが気に懸かった。本格的に冬が訪れる前には帰るつもりだが、わたしが不在のあいだ、弟は寒い思いをするだろう。私は布団の上から、弟の体を丹前で覆った。

シャツの上からブレザーを着込んで外套をはおり、ザックを背負った。そっと引き戸を滑らす。敷居のきしる音に、思わず寝床の方に目をやったが、弟は寝返りすら打たなかった。そのまま忍び足で居間に入り込み、後ろ手に戸を閉めた。

常夜灯の光が差し込んでいる二畳半とは違って、台所と食堂を兼ねた居間はぬばたまの闇である。勝手口までは三メートルもないが、片づけ忘れていた卓袱台を引っ繰り返したり、置きっ放しの火口箱を蹴飛ばして、大きな物音を立ててしまったら、すべては台無しである。念には念を入れて、闇に目が慣れるのを待った。

息を殺して待ち続けるうちに、暗闇の中でおぼろげに家具の輪郭が浮かび上がってきた。卓袱台は足を畳んで壁に立て掛けられていたし、火口箱も水屋簞笥の棚にしまい込まれていた。ただ、ひとつだけ予期せぬものが待ち受けていた。

勝手口へ続く土間に、すり切れた寝間着姿の母が立っていた。

「こんな夜中に、そんな格好でどこへ行くつもりだい」

闇の中には母の輪郭しか見えなかったが、その声ははっきりと聞こえた。

「今すぐ布団に戻って眠りな――夜遊びをするような齢じゃないだろうに」

わたしが誰よりも戦いたくない相手が、決して勝てない相手が、そこにいた。母を前にしているだけで、堅固だった旅立ちの決意が揺らぎ、全身の勇気が失せていくのを感じた。

「通して、行かなくちゃならないの」

わたしは精一杯の気力を奮い起こして言った。

「聞こえなかったのかい」母の輪郭が舌打ちした。「布団の中に戻って、日が昇るまでじっとしてな、って言ったんだよ。そうすれば、またいつも通りの一日がはじまるんだから」

「わたしは、行かなくちゃならないの」

それ以外の言葉が思いつかず、わたしは弱々しく繰り返した。

「知ってるよ」闇の中で母の声が響いた。「ナグモの馬鹿娘にそそのかされて、《廃京》へ行くつもりなんだろう？　わざわざ、置手紙なんか書くまでもないさ――あんたの考えてることが、母親のわたしにわからないとでも思ってたのかい？」

もう、どうしようもなかった。すごすごと二畳半に戻り、荷物をおろしてブレザーを脱ぎ、寝床の中にもぐり込むという決定を、わたしはほとんど下しかけた。

けれども、ここで立ち向かわなければ、わたしは生涯母に勝てない。母の言うがままの人生を送り、母が決めた通りに婿を取り、母が決めた通りに子供を育て、母が決めた通りの医者になる──それだけは絶対に御免だった。

そうやっていれば母が根負けしてくれるのを願いつつ、わたしは無言でその場に立ち尽くしていた。

「わたしは、あんたに愛される母親になるべきだったんだろうね」

しばらくして、母の深い溜息が聞こえた。

「あんたが苦しんでいるときは支えになり、あんたが戦っているときは味方になる。そんな母親になってやりたかった」

母は深い悲哀を込めた声で続けた。

「そうすれば、あんたを権柄ずくで押さえつける必要なんてなかったし、わたしだって虚勢を張り続けないで済んだ──でも、無理だったんだよ。わたしは母親から愛されなかったからね。自分でも娘の愛し方がわからない。だから、愛される母親になんてなれなかった」

母の影がもう一度溜息をついた。

「わたしの母さんは──あんたのばあさんは、使命感だけに凝り固まった、氷のような人だったよ」

わたしは困惑した。母の語る祖母のイメージは、記憶の中にある祖母の偶像とあまりにも懸け離れていたからだ。自分のことではなにも言い返せなかったわたしが、知らず知らずのうちに反論を返していた。

「……でも、おばあちゃんは立派なお医者だったわ。お母さんも、おばあちゃんを見習って医者になったんでしょ？」

「あの人は全然〝医者〟なんかじゃなかったよ」母は吐き捨てるように言った。「あんたも、いずれは医者になるつもりなんだろうが、わたしらは医者なんかじゃないんだよ。わたしも、あんたも、あんたのばあさんも。本当に医者だったのは、あんたのひいばあさんだけだったのさ」

「だって、お母さんは集落の人たちの病気を治してるじゃない。怪我を治してるじゃない。それが医者じゃなければ、一体なんなの？」

「〝魔女〟さ」母が答えた。「あんたがどうしても医者って言葉にこだわるなら、〝ウィッチ・ドクター〟って呼び方もあるがね。どっちにしても、本物の医者じゃないよ」

「お母さんがわたしに教えてくれたのは、本物の医学じゃないって言うの？」

「本物の医学ってのは、素人が数年ばかり徒弟奉公を積んだからって、数冊ぽっちの本を丸暗記したからって、どうにかなるものじゃないのさ。あんたももう少しすれば、嫌でも気づくはずだよ。

　わたしらにできるのは、昔の本に書かれた内容を金科玉条のように鵜呑みにして、ただただ経験頼みに、行き当たりばったりな治療を繰り返すだけ――そこにはなんの理論的な裏づけもないし、技術の発展もない。自分の投薬や施術が役立ったのかどうかさえ、わからない。未開人の祈禱や呪文と、なんら変わりゃしないんだよ。それどころか、わたしらの治療は患者の命を縮めただけで、なにもしない方が良かった可能性だってあるのさ。

あんたのばあさんがそうだった……あの人は、まるで悪魔だったよ。イリス沢の人々を相手に、人体実験みたいな滅茶苦茶なやり方の手術を繰り返してた。正しい麻酔のかけ方も、正しい滅菌の手順も知りやしないのにね。そのまま放置すれば細々とでも生きてられた病人を、あの人が強引に腹を開いたばっかりに、何十人殺したかわかりゃしない」

　頭の中では母の言葉がぐるぐると回っていたが、意識が必死に理解を拒んでいた。悪い夢でも見ているようで、足元が定まらなかった。

「侵襲創で病人の容態が悪化すれば、大量の鎮痛剤と抗生剤を与えてごまかして……そうすれば素人目には回復したように見えたから、みんなはあの人の腕を信じた。でも、そんなの長続きしない。半年もすれば、手術を受けた患者はばたばた死んでいった。それなのに、あの人は嘘をつくのだけは異常にうまかった。まるで本物の医者みたいな顔をして、『手術は成功しましたが、病巣が他の場所に及んでいました』そう言えば、遺族も恐れ入って引き下がった」

　このときになってようやく、祖母への称賛を聞かされるたびに、わたしがずっと覚え続けていた違和感の正体に気づいた。これまでにわたしは大勢のイリス沢の住民から、祖母の手術によって、彼らの家族がいかに病苦から解放されたか、たちどころに回復したかを、頻繁に聞かされていた。それなのに、祖母の手術を受けたあとで生き長らえている人には、一度も会ったことがないのだ。

「あれは、あの人なりの復讐だったんだと思うよ――

あの人はひいばあさんを救えなかったし、兄妹同然に育ったナグモの刀自さまの兄さんも救えなかった。どっちも、旧時代なら手術で救えてた病気だったのに。

それ以来、あの人はイリス沢に〝医学〟を復活させるという妄執に取り憑かれてしまった――ちゃんとした医療制度や医学校もなしに、そんなことができるわけがないのにね――その目標のためなら、何十人患者を殺しても平気だったし、自分の娘や孫はそのための道具に過ぎなかった。あの人は、クリハラ診療所を絶やさないためだけに、わたしを産んで、わたしにあんたを産ませたんだよ」

いつの間にか、居間の中には薄明かりが忍び入っていた。その藍色の中に、母の疲れ切った顔が見えた。

「でもね、わたしはあの人みたいに、誰かを殺しておいて、その家族から平然と感謝の言葉を受けられるだけの度胸はなかった……せめて、イリス沢の家から少しでも病人が出ないようにして、〝医者〟としての体裁を保とうとした。

内臓疾患の患者が来たら、手術をせずに手遅れだ寿命だと言い張って切り抜けた。わたしにはなにもできない以上、それは真実だったからね。

なにも知らない連中から、あの人は先代の足元にも及ばない藪だと、陰口を叩かれてるのは知ってたよ。その評価さえ、わたしには荷が重すぎた。本当は藪〝医者〟でさえないんだから」

「だけど、お母さんは大勢の人の命を救ったわ。毎日病人の出た家を走り回って、深夜でも怪我人が出れば飛び起きて……」

「わたしにやれるのは、放っておいても塞がってしまう外傷の縫合や、放っておいても治る風邪だの食あたりだのの治療——それだけさ。まあ、いないよりはましかもしれないが、こんなのは素人でもやれる仕事で、わざわざ御大層に〝医者〟を名乗って〝診療所〟なんか建てる意味はないよ」

「だったら、なんでお母さんはクリハラ診療所を続けてるの？　わたしはなんのために医者になる修行をしているの？」

「そんな張りぼての医者や診療所でも、存在してるだけでみんなが安心するからさ。今もイリス沢の中でだけは、昔と同様の文明が保たれてると信じてくれる。それなのに、クリハラ診療所がただの〝病院ごっこ〟のための場所だと知られたら、どうなると思う？　その他の〝ごっこ遊び〟の嘘も全部ばれてしまう。もう文明なんて存在しないことに、みんなが気づいてしまう」

「それでいいじゃない。無理にできないことをやれるふりをしなくても、診療所とか医者だなんて名乗らなくても、お母さんができるだけの仕事を続けていけば……」

「あんたは、みんなの期待を裏切れるのかい？　クリハラ診療所を訪ねれば、どんな病気でも診てもらえるし、少なくとも『手遅れ』や『寿命』でさえなければ、回復の見込みがあると信じてる人々を……。

　クリハラ診療所はね、イリス沢集落地をまとめていくための〝文明ごっこ〟の一部なんだよ。

〝クリハラの血を受け継ぐ魔女〟という、ひいばあさんやばあさんたちが生涯を費やして創りあげた幻想があるからこそ、まじない同然の医療でもみんなは信じてくれる。大怪我をしたり大病を患っても、死の瞬間までは希望を保っていられる。その幻想を壊さないためにも、わたしは

〝病院ごっこ〟を続けるしかないし、あんたは素人相手に〝病院ごっこ〟をやり通せる程度の知識は身につけなきゃならないんだよ」

「今からでもやめられないの？　もう、おばあちゃんはいないんだし、お母さんまでが〝病院ごっこ〟に付き合う義務はないわ」

「やめようとしたさ」

悲しげに答える母の姿は小さかった。自覚しないうちに、わたしは母の身長を追い抜いていた。

「あんたぐらいの年頃のとき、逃げ出そうとしたさ。弥那子《みなこ》と一緒にね」

「ミナコ？」

「ナグモの刀自さまの娘さ。あの馬鹿娘の母親だよ。あんたがナグモの馬鹿娘との付き合いをはじめたとき、嫌な予感がしたんだよ。いつかはこうなるんじゃないかってね。

――十七歳の頃、わたしも刀自さまの娘と友達だった。お互いに親友だと思ってた。でも、それは錯覚だったよ。

あの日、診療所の真実を知って絶望してたわたしは、弥那子と一緒にイリス沢を出ようと約束した。だけど、母さんからは逃げられなかった。弥那子との誓いを裏切った。その一件以来、弥那子とは疎遠になって、もう謝ることもできやしない――」

母の昔話を聞いて、イリス沢の過去にまつわる謎の最後の一片が埋まったような気がした。

以前にナグモ屋敷を訪れた際に、刀自さまは「また友達を連れ込んで」と言っていた。その言葉の真意はずっと不明なままだったが、あのときの刀自様は、現在のわたしと比那子を、二十年前のわたしや比那子の母と混同していたのではなかろうか。

「──それから二十年が過ぎて、今じゃ〝病院ごっこ〟がわたしの人生になっちまった。もう、やめるわけにはいかないんだよ。今やめたら、わたしにはなにも残らない。気の毒だけど、あんたもあの人の孫に生まれた以上、この茶番には付き合ってもらうよ」

ここにも、社会全体が共有する幻想があった。

だが、ここにあるのは「文化の幻想」ではなく、「文明の幻想」だった。存続のみを唯一の目的とした結果、存続する意味さえ見失った文明の幻想。それこそヒノモト新政府が選択した道であり、その幻想の終着点が、ここイリス沢集落地だった。

「道をあけて」わたしはもう一度小声で繰り返した。

すでに夜ではなかった。ほの青く黎明の光が差しそめ、家の外からは野鳥たちの囀《さえず》る声が聞こえた。

同じ幻想ならば、目的のない有益な文明の維持に協力するよりも、目的そのものである無益な文化を追究する道を、わたしは選んだのだ。この道の先にはなにもないのかもしれないが、少なくともこの道はそれ自体が目的地であったし、わたしにはその旅路を共にする仲間がいるのだから。

沈黙が続いた。母がわたしを見ていた。わたしも母の目を見返した。

「わたしがいくら言葉を尽くしたところで、あんたは聞き入れやしないんだろうね。だから、母さんから──あの人から、わたしが二十年前に逃げ出そうとしたときに言われた言葉を、今度はわたしがあんたに言わせてもらう」

　母がゆっくりと口を開いた。

「あんたは《廃京》行きを、娘時代の思い出作りぐらいに思ってるんだろう。ほんのちょっとばかり自由を満喫したら、あるいは、《廃京》の手前まで行って危なそうに思えたなら、すぐに引き返せばいいくらいに考えてる。

だけどね、そうはいかないよ。わたしは一度でも責任から逃げた者を許さない。今、この勝手口の敷居を一歩でもまたいだら、もう、あんたに帰る家はないと思いな」

「わたしが」震える声で質問した。「わたしがいなくなったら、クリハラ診療所はどうするの？」

　イリス沢の母系社会では、娘が家督を継ぐのが暗黙の了解となっている。だからこそ保守的な豪農たちも、未熟な三代目を笑って受け入れてくれた。

なによりも、〝クリハラの血を継ぐ魔女〟という存在は、診療所という幻想を支える重要な設定の一部なのだ。さっき母自身がそう言っていたではないか。

「また娘を産むさ――今度は育て方を間違えない」

　母は平然と答えた。

わたしの母は三十七歳である。現代では初老の範疇に入る。そろそろ現場仕事を子供に任せ、将来の楽隠居を視野に入れていい年齢だ。

　そんな齢になってから、また十七年間かけて、子育てを一からやり直せるのだろうか？　わたしが生まれたときは、祖母が育児を手伝ってくれたし、父も母も若く体力に溢れていた。だけど、もう祖母はいない。父も母も長年の過労により、日々老化の兆しが体に表れている。そんな状態から、また十数年もかけて、赤ん坊の面倒を見て、毎日の世話をして、教育を施し、一人前にまで育てあげるなど、考えただけで気が遠くなる。

そして、その子がわたしと同い齢まで育ったとき、母は五十代後半だ。生きていられるかどうかも怪しい年齢である。

でも、母なら——わたしは思った——母なら、やるだろう。十七年間毎日根気よく積み上げてきて、一度は崩れ去ってしまった石積みの塔を、もう一度十七年間かけて積み直すに違いない。

その、なんの救いもなく報われない人生を考えると、目が眩むような想いがした。

そんな母の人生に報いるには、わたしの人生を捧げるしかない。自分の理想を捨てるしかない。以前に読んだ本のヒロインも、そういう選択を下していた。延々と続く曲り角。終わることのない妥協。それが人生だ。神、そらに知ろしめす。すべて世は事も無し。その人生の果てに、今母が立っている場所には、二十年後のわたしが立っているだろう。わたしは、母から言われた言葉を自分の娘に繰り返す。そして、娘はその孫娘に。孫娘は曾孫娘に。魔女は魔女のままで。誰かがその連鎖の糸を断ち切らない限りは、永遠に。

それは、もっともっと救いがないように思えた。

わたしは無言で前に進んだ。土間にいる母の目の前まで来て、足を止めた。母がどいてくれなければ、これ以上先には進めなかった。

「行きな」

母はそう言って、横に退いた。わたしはそのまま進み、夜明けの戸外に出た。東雲《しののめ》の空は真珠色で、風は冷たかった。最後に母の声が聞こえた。

「十七年も棒に振っちまったよ」

背後で勝手口の戸が閉まる音がした。内側から掛け金をおろす音がカチリと響いた。

51

ひたすらに歩いた。一度も振り返らなかった。一度でも振り返って診療所の建物を見れば、その瞬間に意志がくじけてしまうのはわかっていた。黎明の光の中で、灰色の建物が周囲の緑に混じり、消えてしまうまでは、決して背後を振り返ってはならない。

けれども——ああ！　今なら、まだ間に合うのではあるまいか？　まだ家を出て、最初の百メートルを歩いただけだ。こんなのは旅のうちに入らない。母はああ言っていたが、今すぐ引き返せば許してくれるかもしれない。勝手口の戸をどんどんと叩き、泣きながら自分が間違っていたと懺悔すれば、母だって扉を開けてくれるのではないだろうか？

アメミヤのお社跡で、比那子たちはどれくらいわたしを待ってくれるだろう？　東に曙光が差し、太陽が顔を覗かせる。それでもわたしは来ない。太陽が全身をあらわし、白くまばゆい日光が大地を照らす。集落の人々が仕事に出る時刻になっても来なければ、彼女らもわたしの翻意を認めざるを得ない。それから、どうするだろうか？

彼女らはわたしを置いて出発するかもしれない。あるいは《廃京》行きを諦めて、それぞれの家に引き返すかもしれない。どちらにしても、もう二度とわたしは部室に顔を出せないし、彼女らと顔をあわせられない。

だけど、それでいいのではないか？　どうせ、いつかはやめねばならない〈部活〉なのだ。その日が、ほんの少し早まるだけだ。

一歩ごとに強まる逡巡と後悔の念が、わたしの後ろ髪を引き続けた。ついには一歩も進めなくなった。

後ろ髪を引かれるならば――わたしは焦燥の念に駆られ、混乱した頭でザックを道端におろし、脇ポケットの中を手で探った。あった。鋏を取り出すと、刃を開いて後頭部に当てた。襟足のあたりで見当をつけて、そのままひと思いに鋏を閉じた。

ざくり、という感触が手に伝わり、肩のあたりを髪の毛の束が滑り落ちていくのを感じた。そのままじょきじょきと鋏を動かすにつれて、毎日苦労して手入れしていた黒髪が、祖母が褒めてくれた人形のような黒髪が、イリス沢での想い出の詰まった黒髪が、まだ薄闇に覆われている地面に散らばった。

頭が軽くなった。体も。足も。わたしはまた前に歩けた。鋏を脇ポケットに戻し、ザックを背負い直し、先へ進んだ。

迷いは去った。退路は消え、進むべき道だけがあった。

52

アメミヤのお社跡の前には、例のインチキ祈禱師が立て直した鳥居と並んで、風雨に削られて表情もわからなくなった阿吽《あうん》の狛犬や、わたしの背丈ほどもある蛙の石像がある。

鳥居や狛犬はともかく、なぜ旧神社前に蛙の像があるのかは謎である。神社の縁起は暗黒時代に散逸しており、集落の年寄りたちも理由は知らない。けれども、狛犬と比べてそれほど表面が磨滅してないことや、いささか神事の場には場違いな外見から推察するに、おそらくは旧時代の末期に、神社と無関係な観光スポットとして作られたのではないかと思われた。

しかしながら、スズはこの御影石の像に「ケロケロ様」という名前をつけ、ケロケロ様こそはすべての子供の守り神であり、蛙に姿を変えていつでも子供たちを見守ってくれているのだという設定を、勝手に作っていた。

スズのケロケロ様に対する信仰は篤く、猟の最中に構えた銃身に小粒なアマガエルが飛び乗って来たならば、たとえ獲物に逃げられても、アマガエルが自然に飛び去るまでは引き金を引かかなかった。朝まだきの光の中、わたしがアメミヤのお社跡を訪れたときも、スズは茅に手伝わせて、ケロケロ様の周囲の雑草を抜いている最中だった。

スズはジャージの上下に迷彩ジャケットという、いつもの狩猟スタイルである。茅の方は作女がよく使っているフリースの野良着に、ブルゾンを重ね着している。ふたりの荷物が入ったリュックサックや、スズの猟銃とウメガイの槍、茅の藪払い用の鉈などの携行品は、鳥居の根方に置いてあった。

「あ、先輩。おはようございま……」

わたしの足音に振り返り、挨拶をしかけたスズと茅は、ぎょっとして口をつぐんだ。鏡も見ずにばっさり切ったわたしの髪型は、さぞかしひどいものだったに違いない。

「……ゆーにゃ先輩、その髪どうしたんですか？」茅がおずおずと言った。

長旅ではショートの方が手間がかからないからとか、いくらでも言い訳のやり方はあった。なのに、わたしの口から出たのは思いもかけない言葉だった。

「十七年間、わたしを縛ってた呪いを解いたのよ」

「へ？」

後輩たちが呆気に取られているところへ、比那子の声が響いた。

「みんな、遅くなってごめん！」

わたしとお揃いのブレザーに、やはり厚手のコートを着込んだ比那子が、大きな荷物を背負い、集落を東西に貫く道路を駆けてきた。すでに空は明るく、朝日が山の稜線から昇りかけていた。

《廃京》行きを言い出した当の本人が一番の遅刻とは、早くも先が思いやられる。

「――あれ、イメチェンじゃん」

わたしの新しい髪型に動じた様子もなく、比那子は簡潔な寸評を述べた。スズが肩をすくめて説明した。

「ゆーにゃ先輩が、なんか変なこと言ってるんですよ。『十七年間自分を縛ってた呪いを解いた』とかなんとか」

「そうなんだ」比那子が訳知り顔にうなずいた。「ゆーにゃにしては、ずいぶん時間がかかったね――あたしなんか、十年前にはとっくに解いてたのに」

「くだらないお喋りしてないで、すぐに出発するわよ。ただでさえ遅れてるんだから」

わたしの言葉に、スズと茅がわたわたと荷物を背負った。比那子は「えー、あたしは走ってきたとこなのに」と文句を垂れたが、無視した。

スズの提案により、四人揃ってケロケロ様に合掌して旅の無事を祈ると、わたしたちは東へ向かって歩き出した。

お社の跡地から少し先の道路に立てられた防柵を過ぎれば、そこはもう集落地の外である。森の中を抜けて防柵のある場所を迂回し、少し先の道路に出た。東へと伸びる旧時代の県道は、頻繁に住民の足で踏みつけられる集落内の道と違い、路面と草地との境界も曖昧で、道端から進出したオヒシバとハマスゲに覆われていた。

両脇はアカマツの混じったコナラの雑木林で、鬱蒼とした木々が緑の回廊を形作り、視界は悪かった。それでも、まだここは人間の生活の圏内であり、定期的な人の往来があり、大昔のアスファルト道路の上に刻み直された踏み分け道が、明瞭に見分けられた。わたしたちは四人並んで森の中の道を歩き続けた。道はゆるやかな上り坂だった。

「ま、気楽に行きましょ。クデタまでは遠足みたいなもんです。昼頃にはツキヨミの集落に着きますし、そこで休憩しましょう」

スズがそう言って、通い慣れた道を先導した。スズとは違い、わたしたちにとってははじめて歩く道である。小柄な茅は歩調をあわせてついてきてくれた。わたしが無理をしないようにと声をかけると、茅はあわてて返事をした。

「あ、平気です――ところで、あの、ゆーにゃ先輩、お願いしていいですか?」

「なにかしら?」

「ツキヨミに着いたら、先輩の頭、ちょっと整えさせてください。家族や近所の人たちの散髪で、髪の毛いじるのは慣れてますから」

確かに、この頭を他の人々には見られたくない。時間ができ次第、茅にある程度の格好をつけてもらうとしよう。

比那子は、大荷物に早くも顎を出しかけていた。見兼ねたわたしと茅が、荷物を少し分担してやった。聞けば、あの〈アニメ〉の映写箱もリュックに入っているのだという。わたしは開いた口が塞がらなかった。

「そんなもの持ってきてどうするのよ。ナグモ屋敷以外の場所じゃ見られないんでしょ?」

「光源さえ調整すればなんとかなるよ。それに、旅先で新しい〈アニメ〉が手に入ったら、すぐ見たいじゃん」

一度ばかり小休止を取って朝食代わりの清水と干飯を口にした他は、しゃにむに歩いた。太陽が天高くのぼるころに、峠道は下り坂に変わった。周囲の木立ちもまばらになり、ずっと遠くまで見渡せた。ツキヨミの集落は目と鼻の先で、更にその先には、クデタの遺跡がおぼろげに望めた。なかば森に没したその廃墟の中では、今もなお無数の住居が原形を留めていた。その無人の都市は、イリス沢集落地とは比べ物にならないくらい広大で、かつてはこんなにも大勢の人間が地上に住んでいたのかと、絶句せずにはいられなかった。

しかし、こんなのは序の口に過ぎない。あのクデタから南へと伸びる道の先には、《廃京》があり、塩水の海があるのだ。安日彦さんがとうとう虚構の中でしか訪れられず、わたしもマンガや小説の中でしか知らなかった土地を、わたしはこれから自分の足で踏み、自分の目で見るのだ。

天を摩《ま》するスカイツリーや都庁ビルといった建築物は、今もその威容を留めているのだろうか。その廃墟の下には、どれだけの本が埋まっているのだろうか。独裁政府を滅ぼした赤い霧や、塩水の海とはどんなものなのだろうか。未来と星々に手を伸ばす数多の物語を生み出し、その夢の果てに月にまで人間を送り込んだ偉大な文化と文明の、その片鱗にでも触れることはできるのだろうか。

そんなことを考えていると、ふと先日に読んだ『ベヴィス』のセリフが口を衝いた。

「いざ、オリオンをめざして」

「え、なに？」

わたしの呟きを、比那子が耳ざとく聞きとがめた。

「なんでもない」

わたしは赤くなって顔をそむけた。

風は海へとむかい、星々はいつも海のかなたにあった。

第七章および第十六章にある『ベヴィス』からの引用は、
Richard Jefferies (1848-1887) の *Bevis: The Story of a Boy* (1882) より私訳した。

第十二回ハヤカワＳＦコンテスト選評

ハヤカワＳＦコンテストは、今後のＳＦ界を担う新たな才能を発掘するための新人賞です。中篇から長篇までを対象とし、長さにかかわらずもっともすぐれた作品に大賞を与えます。

二〇二四年八月三十日、最終選考会が、東浩紀氏、小川一水氏、神林長平氏、菅浩江氏、小社編集部・塩澤快浩の五名により行なわれ、討議の結果、カスガ氏の『コミケへの聖歌』、犬怪寅日子（いぬかい・とらひこ）氏の『羊式型人間模擬機』の二作が大賞に、カリベユウキ氏の『マイ・ゴーストリー・フレンド』が優秀賞に、それぞれ決定いたしました。

大賞受賞作にはそれぞれ賞牌、副賞五十万円が贈られ、受賞作は日本国内では小社より単行本及び電子書籍で刊行いたします。

大賞受賞作　**『コミケへの聖歌』カスガ**

『羊式型人間模擬機』犬怪寅日子

優秀賞受賞作　**『マイ・ゴーストリー・フレンド』カリベユウキ**

最終候補作　『あなたの音楽を聞かせて』藤田祥平

『クラップ、クラッパー、クラップ』やまだのぼる

『バトルシュライナー・ジョーゴ　崩壊編／黎明編／飛翔編』水町綜

選評　東　浩紀

今回の最終候補作は過去十二回のなかでもっとも粒が揃っていた。それ自体は歓迎すべきで選考は楽しかった。

しかし同時に問題も感じた。じつはその最終候補作は六作のうち五作が商業媒体の経験がある応募者によるもの。規約違反ではないが、新人賞としてあるべき姿ではない。いまは本が売れない一方、デビューの道だけは多様化している。そんな時代に文学賞は作家の再出発の場として有効だろう。しかしそれがハヤカワSFコンテストの進むべき道だろうか。

講評に移る。大賞は二作。ひとつはカスガ「コミケへの聖歌」。筆者は本作に最高点をつけた。大破局が起きた近未来の日本。失われた消費社会と漫画文化に憧れる四人の少女が、存在するかしないかもわからない伝説のコミケを目指す物語。タイトルの印象と導入部分、そして「女子高生」の「部活」という設定から、オタクオタクしたSFで終始するかと思って最初は警戒した。しかしその予想はよい意味で裏切られた。文明崩壊後の厳しい環境、そのなかで四人の少女に割り当てられた残酷な身分格差やジェンダー搾取などが繊細に描かれ、四人四様の成長物語になっている。途中に入る作中作、最後の最後で描かれる主人公の母についての一種の種明かしも効果的。難を言えば、描かれている少女たちの悩みが漫画・アニメ的な類型でしかないようには見える（たとえば昨年の特別賞の『ここはすべての夜明けまえ』などと比較して）。しかしその類型を利用して感動的な物語を破綻なく構築できているのであれば、それも致命的な欠陥にはならない。よいエンタメを読んだ。今後の活躍に期待したい。

もうひとつの大賞受賞作は犬怪寅日子「羊式型人間模擬機」。じつは筆者は当初本作に最低点を入れた。死ぬ前に羊に変身する一族。その一族に奉仕するアンドロイドの視点から家族間の葛藤やジェンダーの問題が描かれる。全篇を通して独特の文体が貫かれ、それはまたアンドロイドの不完全な知性の表現にもなっている。力作であるのはまちがいない。しかし筆者には読むのが辛く自己満足にも思われ、最低点となった。ところが選考会では神林長平選考委員から強く推す意見が出て、筆者はむしろそちらに心を打たれた。文学に正解はない。ぼくは良い読者ではなかったが、それほどにだれかの心を摑んだのであればなんらかの真実があるだろう。そこで最終的に大賞に推した。

加えて今回は優秀作もひとつ出した。カリベユウキ「マイ・ゴーストリー・フレンド」は、「真空の裏側」へのアクセスを可能にする超古代文明装置「オルフェウスの竪琴」をめぐる物語。日常ホラーものとして始まりつつ、徐々に話が大きくなり壮大な世界観へ繫がる。設定の詰め込みすぎが原因か、百合ものになりそうでならない、スパイアクションものになりそうでならない、超古代文明ものになりそうでならない、などいささか中途半端な印象も残すが、複数ジャンルを横断し接合しようとした意欲は評価したい。じつは本作は最終候補作唯一のアマチュアによる挑戦。今後への期待も含めて選出した。

残り三作について。やまだのぼる「クラップ、クラッパー、クラップ」はクライミング競技のSF小説化。悪くないのだがいささか小粒。クラッピングの科学設定を詰めてほしかったし、「天の柱」で支えられた舞台となる世界（打ち捨てられた未来の植民惑星？）についてももっと語ってほしかった。登場するクラッパーがみなマッチョな男性であること、主人公の恋人があまりに古風な典型的「待つ女」であることも現代小説として欠点。

水町綜「バトルシュライナー・ジョーゴ　崩壊編／黎明編／飛翔編」は、おもちゃの想像力がディストピアを作ってしまった未来で、主人公が世界を救う話。ホビーアニメのパロディＳＦでもある。おもしろく読んだが、オタク的ガジェット満載で想定読者が狭い印象。シュライン星人の出現も唐突。宇宙人が日本のおもちゃを文明の根幹に据えた必然性が存在しない。『機動戦艦ナデシコ』のようなメタ設定があればおもしろかったのだが。

藤田祥平「あなたの音楽を聞かせて」は青春ＳＦでファーストコンタクトＳＦ。突然現れた宇宙人が少女に変身し、ひと夏の恋とバンド活動が始まる。雰囲気は悪くないが、ＳＦ設定が弱く全篇に散りばめられたポップミュージック関連の固有名詞の羅列も安易。なおこの作者はすでに早川書房で単行本を出版しており、社内に担当編集者もいる。公平性の観点からも受賞は好ましくないと判断した。

最後になるが、今回をもって選考委員を辞することとした。今後の発展をお祈りしたい。

選評　小川一水

応募番号順の一作目、カリベユウキ「マイ・ゴーストリー・フレンド」。かつて自殺の名所として知られた関東の大団地を舞台に、ギリシャ神話モチーフをかぶせて、人間社会に扱いきれない大型怪異を発生させた。強い生理的嫌悪感を催させる汚濁、狂気、怪物が遠近にちらつき、次第に近づいてくる描写が非常に秀逸だった。高次元の存在の干渉を怪異の遠因として、神話のエピソードに則った儀式的な行動で怪異を鎮める流れが、コズミックホラーとして面白い。中盤からの女二人のバディ行動によって引きこまれたが、それをタイトルに持ってくるならもっと早くから動かしてもいい。主人公が別に人格者である必要はないが、もう少し魅力的であればよかった。

二作目、藤田祥平「あなたの音楽を聞かせて」。高校生三人プラス宇宙人美少女一人がバンドを組んでキラキラした夏をやる。作曲という行為や楽器の扱いはこうやるんだろうな、と間近で見ているかのような気持ちにさせられる生き生きとした描写が魅力だった。物足りなかったのは、監視する大人社会側の不穏な動きがフレーバー程度で終わったことと、最後に現れたキャラクターが別人にしか思えなかったこと。楽しく可愛い話だが、作品が最終選考まで上がってくる過程に問題があったことがわかり、選考対象から外さざるを得なかった。

三作目、やまだのぼる「クラップ、クラッパー、クラップ」。文明崩壊後の廃墟ビル街で、男が壁登りレースに命を懸ける。特殊な金属グローブでの「拍手・かしわで」ひとつで磁気を発して壁に貼りつく姿には、確かにある種の聖性と爽快さがあった。しかし落ちれば死ぬ競技の巨大な恐怖や狂気、勇気といったものが、真に身に迫ってこない。悪役は陳腐な小物だし、クライマックスの登攀もごり押しで閃きに欠けるし、世界は入れ子で終わったように思える。そこでは質的な変化がほしい。

四作目、犬怪寅日子「羊式型人間模擬機」。今回もっともオリジナリティに富んだ一本だった。小川はこれがなんなのか理解しきれていない。ある一族にまつわる話だが、そこでは男が死ぬと必ず羊になる。そして一族はその肉を食わねばならない。語り手の召使ロボットが屋敷の内外に出かけてみなに触れ回る。一族の人々はジェンダー不適合や性転換の予定、両性具有、あるいは童貞のまま子を残したなどの性別にまつわる特徴を持ちつつも、この機に当たって何かをするわけではない。ただ生い立ちと性格が語られていく。これだけなのだが、様々な景色と手ざわり、匂いと仕草の美しさ、人々の個性を描いた文章が散りばめられて、どんどん読まされてしまう。

選考委員によって意見が分かれたものの、文体の跳ねるようなリズムが好ましく、引きこまれた。結末はロボットによる自己言及で、本機と一族の来歴がかすかに垣間見えるようでいて、不可解。しかしこれが刺さる読者は必ずいるという確信も抱かせる。

五作目、水町綜「バトル・シュライナー・ジョーゴ　崩壊編／黎明編／飛翔編」。肩に背負って接続する神輿型生体ブースター「シュライン」を中心に置き、熱血少年チームと悪の組織がけんかみこし風のバトルレースをする架空日本を描いた。ミニ四駆やベイブレードなどの、いわゆる「玩具で世界征服」系に対するジャンルパロディ作品。架空作品のパロディ自体はSFとしてアリ。物語も楽しかったが、進むにつれて中身の熱気にあぶられてパロディの包装が溶けてしまい、ラストバトルをすっ飛ばしたことが裏目に出たと思う。エピローグはまるでピリッとしない。ジャンルあるあるに対するツッコミ集大成にとどまらず、それを越えた自立した物語を成してほしい。

六作目、カスガ「コミケへの聖歌」。ポストアポカリプス滅亡譚である。もし現在の日本が分裂内戦を起こしてブレーキなしで衰退していったら、山村はこのように没落するだろう、という嫌な意味でのシミュレートを高い解像度で成し遂げてしまった。

新潟の架空村で四人の少女が「部活ごっこ」をする導入部はややオタク臭くてとっつきづらいが、彼女たちの確たるキャラ立てがわかると、不安は消えて村に入っていける。衣食は不足し文化は廃れ、おぞましい性差別と身分差別が戻ってきている。開明化は提案されるも望みはない。とどめは医療の敗北によるシャーマニズムへの陥落と、四人の関係の破綻。実に手厳しい展開で、もうやめてくれと目を逸らしかけた。だがそんな中に何本かの細い救いの糸が引かれ、自らの意志により主人公たちを、ここでないどこか、あるかもしれない明日へと歩かせた。絶望と希望の配分の妙により、今回一番の作品だと評価した。

選評　神林長平

今回の候補作はどれも面白くて、一気に読み通すことができた。しかし、ぼくの評価基準である、「この作品にこれからのSFを切り拓く力があるのか」を問えば、そこは弱かった。エンタメとしては文句なしだが、ぼくの考えるSFは「もっと変」で、理解するのに時間がかかり、それでも読ませる力がある、というものだ。

じつは今回の六作中、一作が、なんとも変な小説で、しかも内容や書き方がぼくの個人的な琴線に触れたので最高点をつけた。選考会での議論中も、初読時に覚えた「凄み」の印象は揺らがなかった。

「羊式型人間模擬機」だ。本作は主人公の非生命体が、生命体である人間の生きる有り様と人工物である自分自身の存在意義というものについて語る小説だ。人間によって実存について語られる内容ならばさほど惹かれなかった。だが、非生命体から、たとえば「生命の意義は死ぬところにある」などと指摘されれば、ある種の神託のようなものに感じられる。いつ死んでもおかしくない年齢になった評者のぼくは、おおげさに言えば、この作品から生きる力をもらった気分になったのだった。ごく私的な読み方ではあるものの、語り手の設定がそういう読みを可能にしているのは間違いない。文体は主人公アンドロイドの一人語りで、その視点から外れた物語世界における環境についての説明や解説は一切なされない。いわば「説明」を省いた「描写」のみで成り立っている小説空間だ。選考会では、可読性が低く読者を無視している、独りよがりの文章だ、という意見も出た。が、ぼくは逆に、むしろそれらに小説の可能性を見た。それも推した理由の一つだ。結果として大賞になったのは嬉しいが、選考会としては、理屈ではなく、ぼくの感性を信じての授賞だろう。ぼくの読後感に共鳴する読者は多くないにしても、ともかくも読んでみてほしい。

ほかの作品の評価については、五作五様のエンタメとしての面白さがあって順位はつけがたく、「状況設定が非常識にぶっ飛んでいる」順として点数をつけた。

その一番は、「バトルシュライナー・ジョーゴ　崩壊編／黎明編／飛翔編」だ。最初設定がよくわからず読む気が失せて投げ出したのだが、これは子ども向け連続アニメをそのまま言葉に置き換えたものなのだと理解してからは、内容の馬鹿馬鹿しさに疑問を抱くことなく存分に楽しめた。ようするに、本来映像であるべき作品なのだ。作者には、本作をノベライズした小説を望みたい。

二番は「マイ・ゴーストリー・フレンド」で、現実的な導入部から、すっと異世界の存在が身近になる書き方がいい。なぜギリシャ神話なのかという疑問に対するいちおうの説明もある。だがラストで主人公が体験したことを忘れてしまうというのが、ほとんど夢オチに等しくて不満だった。主人公が物語上で体験したことをこれからの人生に生かしてこそ、読者も力をもらえるというものだ。作者はまったくの新人ということで、受賞を足がかりに頑張ってほしい。

三番は、「あなたの音楽を聞かせて」。高校生の一夏の夢体験、青春ドラマとして読んだ。場面の多くで人物の思惑や感興を既存の楽曲を持ち出して表現するのだが、小説とは、そこを作者自身の言葉で書いてこそだろう。クライマックスの場面は素晴らしいが、そこで終えればいいのに、後日譚は蛇足だ。安易にハッピーエンドにしたかったとしか思えず、夢は続く。厳しい現実に目を向けて夢を終わらせ、主人公を救い出してほしかった。

四番目は「クラップ、クラッパー、クラップ」。これは落下への恐怖が手に汗握る臨場感で描かれ、ほんとに一気に読めた。作者が表現したかったのは、ひとつのことに命を賭けている人物を描くことだ。それはよく書けているが、SF設定がそれだけのために使われていてもったいない。ガジェットは独創的だし天に伸びている柱の存在も魅力的なのに、話が広がらず、深まらない。これなら本格的な山岳小説を読むほうが楽しめる。

最後は「コミケへの聖歌」、毒母の束縛からの独り立ちの瞬間を描く。そのとき主人公は自分たちがやっていた「部活」もまた、母の価値観と同じだと悟ったはずで、いまやコミケは聖地ではなく墓地だ。それでもそこを目指して旅立つのは、現実逃避を超えた自殺行為であって、それを救うのは真の創作活動しかない。だが、そこは描かれない。主人公の意識の変化、その真相に作者が無自覚だからだろう。それで評価できなかったが、結局のところ本作は、悲劇を描いたディストピアSFなのだと解釈して、授賞に賛同した。

選評　菅 浩江

今回は筆力の高い人ばかりで、苦労なく読み通せました。私好みのストレートなSFというよりも、ジャンルの境界線的作品が多かったです。SF風味の拡散は嬉しいものの、少し物足りなさを感じました。

「クラップ、クラッパー、クラップ」

これに最高点をつけました。状況によって色が変化する大気、遺物たる高層建築、そこを登る賭け事と、登るためのガジェット。お膳立ては万全であり、レース途中のずるい技も設定をうまく使った面白いものでした。

他の選考委員に小粒だと指摘されたのは、敵味方の人間模様が定石すぎる点、ラストの展望が雰囲気だけで設定が見えない点、だったでしょう。女性が出てこないというのも確かにそうです。臨場感は、私はさほど不満には思いませんでした。が、工夫があるとはいえ壁登りレースで押し切っているだけなのは事実で、強く推すことができませんでした。申し訳ありません。

「バトルシュライナー・ジョーゴ　崩壊編／黎明編／飛翔編」

このタイトルにふさわしい、年少向けのおもちゃ販促ストーリーとして読みました。悪役、女の子、盛り上がり、それらにあえて定番をもってくるのも年少向けであれば正しい。問題は、せっかくいい掛け声で盛り上げるレースが、目に見えてこなかったことです。何を背負ってどこを通ってどうぶつかっているのかが判らず、これは漫画原作としてようやく成り立つ作品ではないかと感じました。そうであれば、開発話が長すぎて展開が遅すぎると思います。

「あなたの音楽を聞かせて」

ひと夏の青春ものとして、とてもみずみずしいいいお話でした。音楽と波形と宇宙と青春を日常に落とし込んだ心地良さがありました。けれど、格好をつけすぎの感があり、気恥ずかしさはいなめません。キーとなる「あなたの音楽」はどこが特殊だったのか、陰謀や秘儀の影響は薄すぎやしないか、と、不満のほうが大きかったです。

ラストのフェスが顕著ですが、全体的に固有名詞に頼り過ぎています。雰囲気で押す作品なのに、その実在のミュージシャンや曲を知っていないと雰囲気すら伝わらない。既存のナニカに頼らず、音を聞かせてほしかったと思います。

以下三作が受賞となります。私は総じて低い点数でしたが、他の選考委員のご意見ももっともで、反対する気持ちはありませんでした。

「マイ・ゴーストリー・フレンド」

とにかく読ませる作品でした。前半はホラーで描写に凄味があります。「物語」がこちらの世界を浸食するという根幹も面白い。竪琴がこちらに来たきっかけは、たまたま発掘された、で正解なのでしょうか。人類の記憶の集合として神話があるのなら、ギリシア神話のみを取り扱うのはもったいないと思いました。じっとりしたホラーで開幕し、むしろのろのろした前半に比べ、後半はアクション主体で一気に安っぽくなっています。アランの存在も軽かった。七〇年代の新書ノベルのように、とにかく活力で引き込まれる作品。

「羊式型人間模擬機」

とても好みの作品でした。語り口も世界観も、幻想文学に慣れている人には嬉しくなるたぐいです。羊になってしまう現象については選考中もいろいろな読み解きが出てきましたが、これも幻想文学であるならば絶対に設定を書かなければならないというものではありません。書かなかったけど察してくれ、なら、問題があります。

ネーミングによって人物が混乱し、語りに紛れてせっかく書き分けたキャラクターの特徴が活かされなかったきらいがあります。シープとスリープ、アンドロイドが眠りによってリセットされること、など、もっとテーマを押し出してほしかったという欲が出ました。

「コミケへの聖歌」

謝ります。ほとんど評価できませんでした。コミュニティの内部を描くのに尽力しただけのように見えてしまって。それであれば、過去の日本のムラ社会と変わりない……と言うと、これから発展するのと文明を失ったあとは違う、という意見があり、そう読まなければならなかったのか、と気がつきました。

鬱屈した気分を創作にぶつける、読んでもらい語り合いたいと願う、のであれば、全篇、創作に向き合っていてほしかった。ムラを出るかどうかに終始し、肝心の創作に対する熱意やより多くの同志への憧れ、が薄まってしまったと思います。

六人全員のこれからに期待しています！

選評　塩澤快浩（小社編集部）

前回の最終候補作のレベルは過去最高だったと書いたが、今回早くもそれが更新された印象だった。前回は六作中五作に5点満点をつけたが、今回はあえて点数に差をつけた。

3点が二作。

やまだのぼる「クラップ、クラッパー、クラップ」は、クラッピングという競技のルールと駆け引きの面白さは認めるものの、やはり世界観の解明へと物語が向かってほしかった。

大賞の一作、犬怪寅日子「羊式型人間模擬機」の、土俗と象徴がひとつながりになったような筆致のオリジナリティは高く評価するが、やはり中盤は読み通しにくく、イメージの強さがプロットの弱さに勝っていないと感じられた。

4点が三作。

水町綜「バトルシュライナー・ジョーゴ　崩壊編／黎明編／飛翔編」の、ホビーアニメのパロディというコンセプトの美しさは称賛に値するが、他作品のオリジナルなストーリーの面白さには一歩およばなかった。

優秀賞のカリベユウキ「マイ・ゴーストリー・フレンド」は、安定感のある語りとシュアな描写が素晴らしい。初読では、クライマックスでギリシャ神話に振り切りすぎてバランスが悪いと感じたが、再読では、現実と神話との緻密な照応に気づいて感心した。小泉八雲まわりのプロットが弱い点だけが惜しかった。

藤田祥平「あなたの音楽を聞かせて」は、早川書房から出版歴があり、担当編集者がいる著者の作品への授賞は、公平性の面から好ましくないとの東氏の意見に他選考委員も同意した。

文句なしの5点を、大賞のもう一作、カスガ「コミケへの聖歌」につけた。SFコンテストの過去の大賞受賞作のなかでも、完成度では最高レベル。文明崩壊後の日本で伝説のコミケをめざす漫画研究会の四人の少女、というキャッチーな設定からは想像もできないシリアスな物語展開は、人間社会においていかに文化が必要であるかを、深く深く考察する。

「コミックマーケット」「コミケット」「コミケ」「COMIC MARKET」「COMIKET」「COMIKE」は、有限会社コミケットの登録商標です。本作に登場する同人誌即売会は架空のものであり、実在するコミックマーケットならびにその参加者、コミックマーケット準備会、有限会社コミケットとは関係ありません。

本書は、第十二回ハヤカワＳＦコンテスト大賞受賞作『コミケへの聖歌』を、単行本化にあたり加筆修正したものです。

コミケへの聖歌《せいか》

二〇二五年一月二十日　印刷
二〇二五年一月二十五日　発行

著　者　カスガ
発行者　早川　浩
発行所　株式会社　早川書房
郵便番号　一〇一 - 〇〇四六
東京都千代田区神田多町二ノ二
電話　〇三 - 三二五二 - 三一一一
振替　〇〇一六〇 - 三 - 四七七九九
https://www.hayakawa-online.co.jp
定価はカバーに表示してあります

印刷・株式会社亨有堂印刷所　製本・大口製本印刷株式会社

ISBN978-4-15-210393-2 C0093

乱丁・落丁本は小社制作部宛お送り下さい。
送料小社負担にてお取りかえいたします。